저승차사 화율의 마지막 선택

저승차사 화율의 마지막 선택

김진규 장편소설

문학동네

차례

1

―오줌이 마려운데……

소변, 소수, 소용, 소피. 완곡한 단어는 많았다. 한데 하필 적 나라하게도 오줌이라니. 평소라면 쓰지 않았을 단어였다. 그만 큼 아랫도리의 상황이 급박하다면 꽤 급박하게 돌아가고 있다는 뜻이었다. 하나 지관地官은 온 정신을 다해 욕구에 저항했다. 형편이, 그럴 형편이 못 되었다.

―괜찮아지겠지.

맞는 말이었다. 힘들겠지만 그래도 참다보면 무뎌지는 게 순리였다. 설령 참으로 미련했노라, 그리 결론이 날지라도.

지관의 몸이 사방으로 잘게 흔들리기 시작했다. 사흘째 빈속이었고, 한데서 흠뻑 젖었으며, 몸부림도 과한 터였다. 게다가 몸을 거스르기까지. 다 연식에 맞지 않았다.

―오늘이겠구나.

지관은 마을이 기청제祈晴祭의 제주로 자신을 지목했을 때, 이미 죽음을 예견했다. 이제껏 제사의 대소사를 주재해왔던 눈먼 무당이 앓다 파묻힌 이후, 마을엔 제를 주관할 만한 인물이 거의 동나 있었다. 지관은 피하지 않았다. 자신에게까지 밀려내려온 제주의 역할을 순순히 받아들였고, 코앞에 닥친 죽을 차례에 대한 긴장도 담담히 버티어냈다. 그래도 늙고 낡은 몸이었다. 어긋난 관절에, 가로막힌 혈관에, 무른 근육에, 무엇보다 호흡이 무리였다. 언제부터인가 그의 허파에서는 군데군데 작은 구멍들이 뚫려 그리로 바람이 버려지고 있었다. 하지만 지관은 박약해진 육신을 나무라고 닦아세웠다. 팔십 평생의 마지막 쓸모를 위한 기회였다. 마을이 자신을 원하지 않는가 말이다. 평생 침 묻힌 검지 끝으로 간신히 풍수만 찔러온 빈약하고 허술한 자신을.

─오늘이다.

이젠 확실했다. 끝이었다. 지관은 자꾸만 비뚤어지는 관모를 검지로 슬쩍 밀어 바로 세웠다. 누렇게 바랜 손톱 주위가 잔뜩 일어난 가시로 지저분했다. 지관은 입안에 가득 차오른 한숨을 목으로 넘겼다.

토기 안이 소란했다. 막 살라지기 시작한 토룡들의 미끄러운 몸부림이었다. 말이야 바른말이지 한낱 지렁이에게 토룡이니 지룡이니 하는 별칭은 좀 과하다 싶은 게 사실이었다. 덩치며 기운이며 다 한심한 것이 용에게 미칠 수가 없었다. 그래도 곧 죽어도 용은 용인가보다고 긴요하게 찾는 이도 많은데다, 앞에 매

단 토土자 때문인지 몸속에 섞인 흙 구인니埏埴泥조차도 사람의 어딘가에 무슨 효능이 있다고 했다. 그 고귀한 토룡이, 흙으로 빚어 주르르 늘어놓은 흑룡과 먹으로 휘둘러 덕지덕지 붙여놓은 화룡 앞에서 최선의 제물이 되어주고 있었다.

제주의 뒤에 나란히 늘어선 동자들의 얼굴에서 조금씩 핏기가 덜려갔다. 해쓱하니 벌어진 입술 사이로는 쉰내가 새어나왔다. 한 번도 겪어보지 못했던 탄내와 무언의 비명에 속이 뒤집어지고 있다는 표시였다. 메뚜기 여남은 마리를 잡아 다리를 구워 먹는 일이나, 잠자리 날개를 뜯어 이리저리 붙여 날리던 놀이와는 완전히 다른 차원의 살육이었다. 양과 돼지의 희생을 쓸 때만 해도 짐짓 신나는 놀이에 낀 것 같았던 동자들은 커다랗고 깊은 학살의 토기 앞에서 부동자세를 풀지 못한 채 기를 쓰고 눈물을 참아내며 앞으론 착한 아이가 되겠다고 다짐했다.

—사방의 소통과 사방의 망기望祈이신 산천지신山川之神이시여.

지관이 다시 엎드렸다. 신을 달래는 일이었다. 예법이나 관례 따위는 아무 소용 없었다. 어차피 기록조차도 중구난방에 중언부언 처지라 제의 진행에 아무런 도움이 되지 못했다. 그저 수단과 방법을 가리지 않고 빌고 또 비는 것만이 최선이었다.

—살피소서. 살피소서.

그래서, 그렇게 빌며, 지관은 생각했다. 신만큼 쉬이 노여움을 타는 존재가 또 있을 것인가. 도대체 신의 변덕엔 분수라는 것이 있기나 한 것인가.

—측은히 여기시어 태양을 회복시키사……

나라에서도 이미 제를 거듭하고 있었다. 백악산 꼭대기에 단을 높여 봉화를 올린 것을 시작으로 많은 공물을 쌓아놓고는 무당을 데려다 알아들을 수도 없는 수다한 기도를 뿌리게 했다. 당하관 여럿이 숭례문, 흥인문, 돈의문, 숙정문을 돌며 거들었다. 하나 삼 일간 세 번씩 공과 품을 들였는데도 비의 양은 조금도 줄지 않았다. 하여 이젠 왕이 몸소 나서 사직에 무릎을 꿇을 예정이었다.

—망극한 일이나……

드문 경우이기도 했다. 왕이 직접, 그것도 빈번히 나서서 챙기는 기우제와 달리 기청제는 친행의 예가 거의 없었다. 왕은 제에 쓸 향을 수수하는 의식에 참여하는 것만으로도 백성과 농사를 염려하는 마음을 충분히 보여줄 수 있다고 여겼다.

—이는 재이다. 천명을 잃은 징표다.

재이災異라. 재이가 무엇인가. 군주가 정치를 제대로 하지 않을 때 하늘이 재해와 괴이한 일들을 벌여 보이는 경고가 재이였다. 옛 부여의 풍속에 의하자면 가뭄과 장마가 들어 오곡이 제대로 영글지 않으면 그 허물을 왕에게 돌려 왕을 바꾸거나 심지어 죽이기도 했다. 지관에게 왕은 그럴 만한 축에 들었다. 제 자식을 제 손으로 죽인 몹쓸 아비 아니던가. 어찌 제 아들을. 지관에겐 평생 허락되지 않은 자식이었다.

어쨌거나 비가 그쳐야 호역도 수그러들 것이었다. 물은 땅을,

균은 목숨을, 그렇게 싹싹 쓸어가고 있었다. 뿐만이 아니었다. 아무것도 봐주지 않는 비의 폭력성에 정신을 놓친 자도 여럿이었다. 폭력은 폭력을 끌어당겼다. 미친 데는 매가 약이라며 몽둥이를 움켜든 장정들이 마을 곳곳을 설쳤다.

— 이제 그만지이다. 이제 그만지이다.

불뚝거리는 원망을 마음에 도로 묻은 지관의 시선이 신에게 흠향을 청한 거룩한 젯메 위를 걸었다. 사슴고기로 만든 포와 젓이 신위의 왼쪽과 오른쪽에 하나씩, 그 중앙에 쌀과 기장을 담은 그릇이 또 하나씩. 그리고 그 앞에 날돼지고기를 얹은 제기가 하나, 또 그 앞에는 술잔 하나. 무술과 청주를 담은 코끼리 모양의 술단지 두 개도 보였다. 남녀와 노소를 가리지 않는 아사의 시절에 한 치의 소홀함도 없는 차림이 서글펐지만 지관은 산천신이 자신의 속마음을 모른 체해주기를 바라며 다시 엎드렸다.

— 때에 맞게 개어주소서. 부디 하늘의 덕을 베푸소서.

엄나무 이파리 아래도 처참했다. 행여 노한 신을, 예민한 조상을 건드리기라도 할까봐 숨마저도 조금씩 나눠 쉬던 마을 사람들은 죽기도 전에 이미 송장에 귀신 꼴이 다 되어 있었다. 그 모양으로 둘러서서 그들도 빌었다. 옮지는 않았어도 곧 죽게 생긴 앙상한 제주의 등을 따라, 언제 옮아 죽을지 모르는 자식들의 마른 엉덩이를 보며, 몸이 굳는 것도 모른 채 절하고, 절하고, 또 절했다. 꼭 살고 싶어서만은 아니었다. 물론 그들의 간절함에 생존에 대한 욕망이 아주 없는 것은 아니었지만, 그들에겐 살고 싶은 마음보다는 죽는 것이 싫은 마음이 더 컸다. 정확하게 말하자면 대충 파놓은 흙구덩이 속에 떼로 파묻히는 것이 끔찍하게 두려웠다. 죽어서도 편안하지 못하다면 죽는 데 무슨 의미가 있단 말인가.

그래도 그들은 아비어미로 공유하는 것이 있었다. 안심이었다. 생때같은 새끼를 제물로 바치지 않아도 되는 대명천지에 살고 있음에 대한. 비가 안 와도, 비가 너무 와도 자식을 잡아 바쳐야 했던 무지한 시간이 그저 전설이기만 한 것에 대한. 옛날 옛적, 사람들은 서슴지 않았고 신은 말리지 않았던 인신공양을 야만이라고 비난할 수 있는 자신들의 당당함에 대한.

다행이었다. 호랑이 사냥에 강제로 동원된 것도 아니고 고작 솔선하여 지렁이만 잡으면 되었다. 왜 있잖은가. 강화 어느 짝에선 기우제 때 호랑이 머리를 댕강 잘라내 양화진 강물에 집어넣고 두루 모여 빈다지 않는가. 말이 쉽지 호랑이 목 끊기가 무슨 멸치대가리 따는 일도 아니고 피똥 싸며 애써봐야 떼로 호랑이 끼닛거리나 되기 십상이었다. 한데 지렁이는 만만했다. 얼마든 파내 나를 수 있었다. 손 삽질에 손톱이 빠진대도 억울할 게 없을 것이었다. 하지만 연이은 포획에 지렁이도 씨가 마를 판인데다, 궁지에 몰린 인간이 얼마나 모질고 잔인해지는지 사람들은 잘 알고 있었다. 비가 계속된다면 상황이 어떻게 꼬일지 장담할 수 없는 일이었다. 그러니 혹여 과거의 망령에 애먼 새끼가 붙들려 상할 날이 오기 전에 그만 비가 그쳐줘야 했다.

지관은 몸을 의지하던 명아주지팡이를 내려놓았다. 산으로 물로 들로, 그 품은 힘과 기운을 훑어보겠다고 방랑하는 동안 그와 더불어 길흉과 화복을 고민한 붙이였다. 뿐이 아니었다. 부모 상여가 나가던 동지에도, 아내를 묻던 소서에도 지관은 그 지팡이를 짚었다.

— 잘 살았어. 그만하면 쓸 만했지.

지관은 뒷산 팽나무 옆 봉긋한 아내의 묘를 떠올렸다. 무병하고 장수했으나 자식이 없어 후세에 틔워줄 운 따위 따지지 않아도 돼, 부담 하나 없이 쓴 양달의 소박한 자리. 이래저래 소외된 별볼일없는 중인으로 치대느라 마음이라도 튼튼히 간수하지 않고는 배길 수 없었던 서러움이 따라가 묻힌 얌전한 자리. 이제 그도 그리로 갈 것이었다.

— 소곡주 한 잔이면 가는 길에 몸이 덜 시릴지도 모르나……

지관은 오들거리는 자신의 바짝 비틀린 몸이 가엾고 민망했다. 술의 온기와 내력이라면 잠시 자신을 의지해도 되지 않겠나 하는 생각에 아껴두고 마시던 묵은 소곡주를 떠올렸다. 한산소곡주는 백제가 멸망하고 나서 그 유민들이 한산면 건지산 주류성 주변에 모여 함께 빚어 마심으로 한을 다독였다는 술이다. 주조가 까다롭기 이루 말할 수 없어 자존심 강한 술이라 평가받기도 했다. 유민에게 어울림 직했다. 하나 유민이 어디 따로 있겠는가. 지관에게 사람이란 따지고 보면 누구나 유민이었다. 나라가 망해서 평생을 유리하는 자나, 전생을 찾지 못하고 죽는 날까지 부유하는 자나, 거기서 거기 아니면 저기서 저기였다.

　—마지막이…… 춥구나.

　뼛속까지 젖은 노구에겐 늦여름 장대비가 초겨울 싸락눈보다
더 찼다. 지관은 한껏 팔을 벌려 자신을 안아주고 싶었지만 제
주의 채신상 그럴 수 없어 서운했다.

　—괜찮겠지. 곧 괜찮아지겠지.

　말 그대로 지관은 자신이 점점 괜찮아지고 있다는 것을 느꼈
다. 발가락 끝에서부터 올라오기 시작한 마비가 지관의 거친 경
련을 차례로 잡아나갔다. 헐거운 몸 안에 천천히, 천천히 평안이
차올랐다. 상투가 덮어버린 중간치 크기의 종기도, 어금니가 빠
져나간 검붉은 자리도, 바람이 술술 새는 허파도, 오줌 맛까지 달
게 만든 경맥도, 항문 밖에서 쓸리는 미주알도, 터져나올 것 같은
종아리의 굵은 핏줄도 다 아무렇지 않아지고 있었다. 그리고 더
이상 오줌도 마렵지 않았다. 드디어, 모든 움직임이 멈췄다.

　굳어버린 지관이 단 아래로 거꾸러져서는 도랑 위에 처박혔
다. 동자들이 새된 소리를 지르며 뿔뿔이 흩어졌다. 엎어진 지관
의 잿빛 머리통 가장자리로 거품이 일어오르다 한꺼번에 꺼졌
다. 함께 떨고 섰던 지관 또래의 늙은이 둘이 내 이리될 줄 알았
다는 듯 차분하게 제주의 시신을 거적으로 여미기 시작했다. 그
사이, 마을 사람들은 새로이 단에 세울 인물을 물색하기 위해
잠시 엄나무 아래를 떠났다.

2

털썩, 왕이 꿇었다.

— 내려앉으면 그만 아닌가. 왕이 무어라고. 그리하면 그만이다. 치사스럽기가 하루이틀이 아닌 것을……

용포에 가지런히 놓인 주먹이 부르르 떨렸다. 주글주글 마른 손등에 검버섯이 선명했다. 손은 제일 먼저, 가장 빠르게 늙었다. 왕이 그 손을 억지로 펴 이마에 붙이고 천천히 조아렸다.

— 마음을 잡자. 예가 어디라고……

다른 곳도 아니고 선원전이었다. 선왕들의 어진이 차례차례 모셔진 곳. 하여 거룩한 귀신들의 그림자가 종일 품위 있게 배회하는 곳. 왕은 예에 따라 예를 행했다. 그러면서도 그 지극함의 틈마다 신경질이 났다. 기청제 내내 만천하에 스스로의 부덕을 고하느라 읍과 배를 거듭했고, 그 후유증으로 호되게 앓다가 회복한 지 고작 며칠이었다.

— 재이라니. 우습구나. 하늘이 의도하는 것이 있던가. 만물은 목적이나 의지 없이 저절로 움직이는 것을…… 해서 자연, 자연이거늘……

천지는 만물을 키워주는 큰 공이 있으면서도 자랑하지 않고, 사철은 분명한 법칙을 지니면서도 논하지 않으며, 만물은 각기 생성의 이치를 지니면서도 스스로 설명하지 않는다고 했다. 장자였다.

―비루한 자가 신통한 말도 다 했지. 천지, 사철, 만물은 그냥 천지, 사철, 만물이거늘 대체 어디다 나를 갖다붙이는 겐가.

게다가 이젠 자신의 신하들에게 뒤통수까지 얻어맞은 터였다.

―황형皇兄, 차라리 그때 저를 죽게 내버리지 그러셨습니까.

왕의 혼잣말에 바로 뒤에 섰던 내관의 허리가 주르르 미끄러졌다. 용상에 앉기까지 왕이 겪어야 했던 지난 시간들의 부피가 새삼 등을 짓눌러서였다. 하지만 왕이 선왕 경종의 어진 앞에서 골똘할 때는 그 무엇도 참견하지 말아야 했다. 선왕의 붕어 이후 줄곧 계속돼온 일이었다. 꽃이 해의 온기를 따라가듯, 갓난아기가 어미의 젖내를 따라가듯, 왕이 이복형 윤昀의 흔적을 따라 마음을 가누어온 세월이 얼마나 깊은지 내관은 너무도 잘 알고 있었다. 그래서 내관은 왕이 무릎을 험히 해 엎어졌을 때도, 왕에게서 통운망극한 문장이 흘러나오고 있을 때도 발과 입을 가만히 두었다.

왕은 기가 막혔다.

―다랍게도 난데없질 않은가.

다시 부르르.

이틀 전이었다. 왕은 밀린 상소를 쉴새없이 읽어내려가는 승지의 요량한 목소리에 귀가 시렸다. 간곡, 유념, 황공, 간청, 처분 같은 단어들이 비단 위에 말려 붙인 흰 종이 위에서 때론 비통하고 때론 그악스럽고 때론 날카로웠다.

상소문은 원래 곧은 말을 피하지 않는 것을 귀하게 여기는 것이다. 그러나 모름지기 자세하고 부드러워야 하며 뜻은 곧으나 말은 순해야 하고, 너무 과격하여 공손하지 못한 병통이 없어야 할 것이다. 그래야만 아래로는 신하의 예를 잃지 않을 것이요, 위로는 임금의 뜻을 거스르지 않을 것이다.

퇴계 이황이 동료와 후학 들에게 건넨 언질이었다. 진실하고 독실하게 써 왕이 귀 기울여 듣게 하되 왕의 눈 밖에 날 만큼 지나치지는 말라는 진심 어린 충고. 그럼에도 귀에 발리지 않으면, 융통성 없이 고집을 피우거나 난폭한 주장으로 일관된 상소들이 흐르고 넘쳤다.

아니나 다를까, 글자 하나, 문자 둘이 마다마다 어찌나 찬지. 하지만 귀를 데울 수는 없는 노릇이기에 왕은 대신 일삼아 차를 들이켜기만 했다. 왕은 내내 연잎차를 달고 살았다. 몸속의 습기를 빨아들인다니 매일 자면서 속으로 우는 왕에게 아주 그만이었다.

─후루루. 쩝. 후루루루……

왕은 때때로 경박했다. 문득문득 유치했고 간혹 쩨쩨하기도 했다. 하나 승지는 왕의 본디를 따지지 않았다. 자신도 다를 게 없었다. 지망지망, 할랑할랑, 누구나 다 자신만의 바닥을 가지고 있는 법이었고, 승지의 바닥은 식탐이었다. 지난날 조부 상중에도 몰래 고기를 구워 먹지, 아니 처먹지 않았던가. 그러니 후루루 쩝쩝, 그따위 소리쯤이야. 승지는 괘념치 않았다.

홀짝이며 가슴을 문지르는 왕을 힐긋거리던 승지가 다음 상소를 집어들고 기다렸다. 왕은 건강했지만 그래도 노령이었다. 업무든 걱정이든 뭐가 좀 고되다 싶으면 심장이 벌써 알고 신호를 보내왔다. 조금씩 옥아들다가 결국엔 굳어버릴 것 같은 느낌이 시간차로 공격했다. 심인성 심장병이었다. 왕 본인도 알고, 어의도 알고, 지근도 아는 병. 하나 왕의 마음에 고질이 들었다고 대놓고 읊을 자, 고질을 떼어버리려면 이러저러해야 한다 감히 지시할 자, 있을 리 없었다. 알고도 모른 척 따로 근심할 뿐이었다.

왕이 다기를 내려놓더니 이번엔 타구를 들어 입에 댔다. 카악, 카아악. 왕이 찝찌름하며 질척이는 무언가를 어렵게 뱉어내는 동안 승지는 새로 들인 망아지의 식성을 떠올렸다. 그렇게 잘 먹으니 천리마로 자라줄 것이라, 자라면 데리고 사냥을 갈 것이라, 가서 꿩을 잡아 맛나게 배불리 먹을 것이라, 생각만 해도 흐뭇했다. 헤벌쭉, 입꼬리가 제 맘대로 들썩이려는 순간.

─읽으라.

왕이 돌아왔다. 승지는 잠깐 놀랐지만 지체를 두지 않고 장래의 천금준마에서 지긋지긋한 상소로 방향을 틀었다.

─신이……

그런데 첫 소절에서 승지가 멈칫했다. 한눈에 들어온 다음 줄의 글자들이 위험했다. 왕에게 올라가는 상소는 언제나 자신을 거치게 되어 있었기에 승지는 내용에 대해 이미 훤해야 했다.

한데 놓쳤는가. 왜 이걸 미리 파악하지 못했는가.

—신이……

이걸 읽어도 되는가. 그렇다고 안 읽으면 어쩔 것인가.

—신이……

승지는 부지불식간 또 꾸물거리려는 자신을 그냥 앞으로 떠밀어버렸다.

—신이 망극한 무어가 있으니…… 무어가 아직도 이와 같으니……

죽죽 밀려나가는 무어와 무어들.

—무어가…… 무어라?

상소는 청나라의 주린朱璘이란 작자가 지었다는 역사서 안의 한 대목을 문제삼고 있었다. 내용인즉슨, 고려 말 공민왕이 암살된 후에 이인임이라는 자가 우왕을 옹립하여 정권을 잡고 친원 정책을 쓰면서 독재를 하다가 최영과 이성계 일파에게 처형되었는데, 그 이인임이 바로 이성계의 아버지라는 것이었다. 조선 국조의 생부라는 자가 한 처신도 망령되기 이루 말할 수 없었지만 국조가 자신의 친아버지를 쫓아내 죽였다니, 왜곡도 그런 왜곡이 없었다.

효는 왕의 급소였다. 그 주제에 대해서만은 결코 담담하지 못했다. 지존의 아이를 낳고서도 무수리 출신이라는 하자 때문에 가슴에 골병이 들어 괴로워했던 생모에 대한 탄식과, 자신이 죽인 아들에 대한 죄책감으로 아직도 세손의 효심을 온전하게 믿어주지 못하고 있다는 자괴감이 그의 정서에 결함을 만들었다. 그런데 이번엔 자신의 근간이 오염된 사건이었다. 제대로 처리하지 못한다는 건 곧 시대를 초월한 불효였다.

하지만 왕의 노여움과 배신감은 오히려 다른 데서 끓었다. 오랑캐 잡배가 끼적인 발칙한 내용이야 말 잘하는 자를 보내 따지면 될 일이었다. 요령만 잘 두면 비린 목숨 하나 없애는 것쯤, 일도 아니었다. 또 지금껏 그래오기도 했다. 문제는 그 책을 들여와 몰래 읽고 필사해 돌린 선비들이었다. 왕에게 목숨으로 충을 맹세한 조선의 선비들 말이다.

─야속하고 괘씸하다. 그런 음험하고 참혹한 글을…… 오싹하고 몸서리쳐지는 꿍꿍이들 아닌가.

물론 들여온 이들에겐 나름의 변명이 있었다. 애당초 전질로 구입하였기에 그런 발칙, 망측한 내용이 끼어 있는 줄은 결단코 몰랐다는 것이었다. 하나 책은 이미 퍼질 대로 퍼진 상태였다. 왕은 고의이자 악의로 받아들였다.

벌떡, 왕이 일어섰다. 내관은 왕이 드러내는 부드러운 살기에 아연 긴장했다.

─어쩌면 잘되었다. 이 김에 털 것을 털면 되지 않겠는가.

사건에 연루된 노론청류를 손봐야겠다는 뜻이었다. 노론청류라 함은 늙어 죽을 때까지 왕의 정책, 특히나 탕평책을 비판하는 데 사활을 건 치들을 이름이었다. 지지기반이었던데다 하나

같이 꼬장꼬장하고 깐깐한 인사들이어서 왕에겐 늘 골칫거리였는데, 그들과 그들 자식 중 몇몇의 이름이 확인되었으니 걸려든 이름들로 무엇을 해도 가한 호재 중 호재였다.

그리고 또하나, 책의 유통 전체를 밝은 곳에 꺼내놓고 훑어봐야겠다는 의지이기도 했다. 역관이 제 맘대로 들여와 책쾌가 제 뜻대로 돌리는 방식이니 왕이 미처 모르는 불온서적이 또 없으란 법이 없었다. 누가 알랴. 저희끼리 모여 어떤 것들을 어떤 논리로 어찌 작당하는지.

―가만두지 않을 것이다.

왕은 그러고도 남을 사내였다. 아니, 그러고도 남도록 오지게 단련된 정치가였다. 이제 모든 것이 지나칠 것이었다.

3

그날은 명부조차 지급되지 않았다.

―가서, 걷어오라.

그게 다였다. 무엇을 더 구구절절 덧대겠는가. 작은 나라가 통째로 비어가고 있었다. 그리고 그날이 그 정점일 것이었다. 명부를 짚어가며 일일이 대조할 여유 따위 없을 것이었다.

수습차사들도 동원되었다. 학습은커녕 자격훈련조차 수료하지 못한 어정잡이들이었다. 바로 전날 사명使名만 받았을 뿐인 수습차사들은 갈팡질팡했다.

　—가서 걸어오라?

　—가는 거야 어떻게든 가겠지요. 명색이 저승의 차사거
늘…… 하나, 걷는다?

　—도대체가 가량없소.

　—무엇을 어찌 걸으라는 것인지……

　—그야말로 가리산지리산 아니요.

원성에 치받쳐 해설이 짤막하게 돌았다.

　—고리가 보일 것이다. 꿰어올리면 딸려올 것이다.

또 그게 다였다. 휘리리휘리리, 귀로 붙들 새도 없이 지나가버
린 해설 때문에 수습들은 더 아득해졌다.

　—무슨 고리?

고리에 대해 작은 단서라도 챙겨보겠다며 서로의 몸을 전후좌
우 살펴주느라 소동이 일었다. 하지만 아무리 수습일지라도 저
승차사는 저승차사였다. 사람의 몸을 걸치고 있었다. 꿰어올릴
고리 같은 것은 그 어디에도 보이지 않았다.

　—그냥 날면, 그냥 딸려온다는 뜻인가?

　—꿰라잖소. 시키는 대로 어디든 꿰기만 하면 되겠지요.

　—그러니까 어딜 꿰느냐고? 귓구녕? 콧구녕?

　—고리가 있다지 않습니까? 보일 거라 했으니 보이겠지요.

　—아니, 이거. 무슨, 뭐.

　—귀신이 마실 나갔다가 밤새 호랑이만 두들겨팼다는 우리

22

외할머니 옛날얘기보다 더 웃기누만.

　—우리 올 때도 그랬소? 어땠소?

　—난 나비밖에 안 보입디다.

　—나도 나비밖에 못 보았소. 나를 꿰었는지 집었는지 그건 아무래도 모르겠소.

　—자다 일어나 봉창 두들기는 것도 아니고 원······

　—아이, 아이, 편하게 생각합시다. 우리가 뭐 우리 태어나는 건 봤소? 못 봤잖소? 그러니 죽는 것도 못 본 게 당연한 거지. 그래야 공평한 거고.

　—허기사 나는 우리 어머니가 하루 하고도 반나절을 죽네 사네 하다가 날 낳았다고 할 적마다 그 말이 순 뻥 같았거든. 정말 내가 우리 어머니 자식인가 싶어서 어머니 뱃속에서 나오던 때를 기억해보려고 용을 썼는데, 영 안 되더란 말씀. 하니 죽던 때도 모르는 게 당연지사.

　—나비라, 나비. 근데 난 왜 그것도 모르겠지? 생각이 안 나는데.

　—그런 정신머리로 저승차사가 가당키나 할는지. 당신 같은 자가 차사를 하니까 이 넋 저 넋 막 바꿔 데려오고 그런 사고가 생기는 걸 텐데······

　—걱정이라면 고맙소.

　—그나저나 난 좀 비둔한데 날 수 있으려나.

　—이미 돌아가셨잖습니까. 그 몸이 그 몸이 아닌데 별걱정을

다 하십니다.

안 그래도 나는 것이 일이기는 했다. 물론 차사가 날 수 있다는 것은 익히 아는 바였다. 하지만 정말 날 수 있을까, 그들은 의심스러웠다. 이승에선 저절로 되는 것이 하나도 없었다. 걸음마부터 돌팔매질까지 무엇이든 연습이 필요했다. 잘될 때까지 필요한 시간의 길이와 양이란 게 있었다. 그러니 꾸준한 훈련이든 선배의 능숙한 시범이든, 눈과 몸으로 익힐 기회 한번 없이 무작정 날아야 한다는 사실에 이만저만 불안한 게 아니었다.

게다가 대차사가 친히 지휘하는 작전이었다. 실수라도 한다면? 거기서 수습들은 또 덜컹했다. 차사의 실수는 곧 직의 파면이었다. 사람의 넋을 옮기는 일에 실수란 있을 수 없었다. 하지만 아직 수습이었다. 교육도 마치지 못했고 훈육도 이해하지 못한 수습. 하면 수습이어서 넘어갈 수 있는 건지, 그렇다면 그 무마의 기준은 어떻게 되는지, 그들은 아직 들은 것이 하나도 없었다.

—저, 혹시 저희들이 미련해서 뭘 잘못하기라도 하면⋯⋯

덤받이로 의붓아비에게 내내 구박만 받다가 결국엔 팔려가 거기서 죽고 말았다는 곤주였다. '잘못'이라는 단어에 유난히 민감한 자로 훈육중에도 자신이 무언가를 놓치고 있는 게 아닌가, 늘 전전긍긍했다. 하지만 훈육차사는 곤주 쪽은 쳐다보지도 않고 단박에 말을 토막냈다.

—지금은 질문의 때가 아니다.

때. 대체 때를 정하는 것은 누구인가. 화율은 자신이 죽은

'때'를 떠올렸다. 맞아죽은 그 '때'의 소관은 어디의 누구인가.

수런수런 어수선한 틈으로 섭지의 담담한 얼굴이 떠 있었다.

—늘 봐도 꿋꿋한 자다. 도무지 속을 알 수 없다. 저만한 강단이면 풀지 못한 한 따위 있을 리 없을 듯한데, 어찌 차사의 길로 들어섰는지 모르겠다.

차사가 되기로 작정한 자들의 면면은 다 거기서 거기였다. 죽으면 산산이 흩어져야 할 기氣가 그러지 못하고 그대로 뭉쳐남아 귀鬼가 된 데는 다 나름의 사연이 있기 때문이다. 험하고도 억울한 사연 말이다. 질문에 남다른 소질을 보이는 곤주만 해도 그랬다.

의붓아비가 곤주를 팔아넘긴 곳은 한 노인의 사랑채였다. 돈을 얼마나 챙겼는지는 몰라도 집 떠나기 전날 배불리 먹은 소고깃국이 의붓아비에게서 받은 유일무이한 성의였다. 그런데 왜 공간을 집이 아니고 사랑채로 한정짓느냐 하면 곤주가 온전히 노인만의 소관이었기 때문이다. 오로지 어떤 사랑채의 어떤 노인.

곤주의 일은 어렵지 않았다. 거기 갇힌 채, 한 시진에 한 번씩 노인의 헌데를 핥아주기만 하면 되었다. 헌데? 어디 헌데? 그러니까 엉덩이의 민감한 골짜기, 말하자면 똥구멍. 굉장한 치질을 앓고 있던 노인이 어느 땡중에게서 어린놈의 싱싱한 침이 약이 된다는 소릴 들은 것이 시발이었는데, 오래 살겠다고 어린 숫색시를 사와 품고 잔다는 노인네 정도는 이름도 못 내밀 참사였다.

─그 푸르죽죽하고 축축 늘어지던 궁둥이만 생각하면 정
말…… 때마다 씻는 것도 아니면서 정말…… 차라리 죽는 게
낫겠다고 결심했었습니다.

하지만 곤주가 저를 제 손으로 죽이기 전에 노인의 똥찌꺼기
가 먼저 손을 썼다. 독이 올라 죽은 것이다.

예를 하나 더 들자면, 곤주와 동갑내기인 울계는 끔찍한 경우
에 속했다. 저승에서도 한참이나 화젯거리가 됐을 정도였다.

울계가 발견된 곳은 시전 뒷골목에 버려진 항아리 안이었다.
발가벗겨진 채로 목에 칼이 꽂혀 있었고, 항아리는 흐른 피로
가득했다.

─어쩌다가……?

─땔나무를 싣고 혼자 한양에 들어갔다가요, 붙잡혔어요. 어
떤 큰 아저씨들한테요. 그 아저씨들이 저를 죽인 것 같아요.

─그자들 얼굴을 보긴 했고?

─아니요, 못 봤어요. 저는 소만 봤거든요. 소가 자꾸 울어서
요. 제 소였어요. 태어날 때도 제가 옆에서 거들었어요. 그 아저
씨들이 소를 끌고 갔겠지요? 소는 팔면 정말 큰돈이 되거든요.
죽었을까요? 내 손데……

짐승한테 준 마음은 사람에게 준 마음과 달랐다. 그건 처음부
터 보상 같은 건 기대하지도 염두에 두지도 않기 때문이다. 짐
승에게는 정말로 아주 줘버리는 것이기 때문이다.

─소가 보고 싶어요. 정말정말 보고 싶어요. 여기서 볼 수 없

을까요? 죽은 건 다 모이는 데가 저승 아닌가요?

─글쎄. 누가 뭔가를 만났다는 소린 들어본 적이 없어서……

─있잖아요, 그 아저씨들요, 죽여버리고 싶어요. 싹, 다, 확.

말하는 곤주나 울계도 뭣하고 듣는 차사들도 뭣하디뭣한 심난한 내력이었다.

─섭지의 뜻은 무얼까. 섭지. 어쨌거나 정말 꼿꼿한 자다. 나는 지레 죽고 말 것 같은데……

화율이 혼잣말하다 말고 목울대의 살을 쥐어뜯었다. 긴장할 때면 어김없이 드러나던 이승의 버릇이었다.

─지레 죽는다. 죽는다…… 이미 죽었거늘……

화율은 조금은 창피한 마음이 되어 스스로를 어찌 그늘러야 할까, 잠시 머릿속을 뒤졌다.

─같이 움직이자 해볼까.

하지만 화율은 곧 생각을 접었다. 저승차사는 처음부터 끝까지 혼자여야 한다는 훈육차사의 가르침 때문도 아니었고, 쌀쌀맞은 섭지에게 인정에 대한 미련이 더는 남아 있지 않을 거라 여겨서도 아니었다. 죽은 자는 철저히 개별적이라는 오랜 믿음 때문이었다. 죽어서도 관계에 휘둘려야 한다면 그것은 진정한 죽음일 수 없었다. 죽음은 모든 관계의 끝이어야 했다.

수습들이 웅성거리기 시작했다. 대차사의 등장이었다. 의외로 해맑은 청년의 얼굴이었다. 요절한 원혼이었으리라. 병사였을까, 아사였을까, 횡사였을까. 별별 전쟁이 끊이지 않는 시기였으니 전사였을 수도 있겠다고 화율은 추측했다.

—참람한 건이의 때다.

역시 대차사였다. 저승에서의 오천 년을 꾹꾹 눌러담은 강하고 묵직한 목소리였다. 장수의 칼날에 적군의 목이 떨어지듯이 울리는 음절 하나하나가 장렬했다.

—한가락 했겠다. 전사라도 그냥 맥없이 죽어버린 병졸은 아니었을 거다.

하나 모르는 일이었다. 자리가 사람을 만들듯이 시간이 대차사를 완성했을는지도.

수습들이 겁 없이 수군거렸다.

—건이? 가을걷이 할 때 그 걷이?

—우리가 하는 일이 그러니까 걷이인 게군.

—그럼 혼걷이나 넋걷이라고 해야 맞지 않겠소.

—어쨌거나 거두는 일이고 거둬들이는 일이니 수확과 다름없네. 많이 걷을수록 많이 남을 것이야.

—남기는 뭐가 남아, 이 귀신아. 이 일에 이문 챙길 일이 무어 있다고.

지이이이이잉. 징이 지글거리며 울었다. 수습들이 조용해지자 대차사가 한마디를 더했다.

—부디 신중하라.

그리고 그들 앞에 남은 건 청띠신선나비라 불리는 작은 나비

한 마리였다. 순식간이었다. 참람한 걸이의 때다, 와 부디 신중
하라, 고작 두 마디. 대차사는 수습들의 혼란에 간섭할 뜻이 전
혀 없나보았다. 저승은 지나치게도 말이 없는 세계였다.

수습들에게도 변이가 찾아왔다. 먼저 배꼽이 문을 열었다. 어
미의 뱃속을 벗어나면서 닫혔던 생명의 문이 다시금 열리며 엄
청난 힘으로 몸의 나머지를 잡아당겼다. 그러더니 제 구멍으로
도로 쑤셔넣기 시작했다. 살이 말리고 피가 쏠리고 뼈가 접혔다.
가차라곤 없었다. 뒤이어 내장을 갈퀴로 긁어내는 것 같은 고통
이 차사들을 다죄었다. 길고 짧은 비명들이 가시처럼 돋았다.

훈육차사들이 고함을 쳤다.

—엄살이다. 너희들이 지금 느끼는 고통은 실재가 아니다. 변
하는 몸을 보고 아직도 살아 있는 본능이 불러낸 기억이다. 허
상이다.

그래도 불붙은 종이처럼 허공을 발작하는 수많은 몸체들. 수
습차사들은 '허상'이란 단어에 아랑곳하지 않았다. 하나의 고통
이 다른 하나의 고통을 응원하고, 그 다른 하나의 고통이 또다
른 하나의 고통을 격려했다. 그렇게 아프고 싶은 만큼 아파했다.
그래야 아팠을 때, 아프고 싶었을 때, 맘 놓고 아프지 못했던 이
승의 시간을 털 수 있을 것 같아서였다. 그 순간의 고통 총량은
저승의 역대 고통 평균을 가뿐히 제쳤다. 하지만 아무도 기록하
지 않았다. 수습은 열외에 속했다.

수습차사들은 모두 쇳빛부전나비가 되었다. 몸을 반이나 물들

인 짙은 청색이 떼로 몰려 서로의 눈을 할퀴었다. 사방에서 우왕좌왕했다. 무엇보다도 무게에 적응하기가 어려웠다. 이승에는 균형이라는 것이 있었다. 땅의 중력과 하늘의 인력이 적절히 분배된 조화로운 곳이 바로 그곳이었다. 하지만 저승의 땅에서는 격물의 이치가 통하지 않았다. 저승은 뿌리내린 땅이면서 곧 뒤집어진 하늘이었다. 저승의 그 무엇도 탈바꿈한 수습들을 단단하게 막아주지 못하고 있었다. 파닥, 퍼덕, 푸드덕. 여기저기서 충돌하고 뒤집혔다.

—겁먹지 마라. 자중하라.

훈육차사들이 돌아다니며 잔소리를 했다. 모처럼 저승이 소란했다.

대차사 청띠신선나비가 선두를 잡았다. 그 뒤로 갖은 나비가 팔락거리며 열을 지었다. 간격도 맞추지 못하고 아무렇게나 나풀거리던 쇳빛부전나비들은 아직도 걱정이 많았다. 감히 잘하기를 바라는 것은 아니었다. 다만 나 하나로 인해 문제가 생기는 일만은 없기를 염원했다. 그래서 이것저것 죄다 묻고 싶었다. 하나 참을 수밖에 없었다. 질문의 때가 아니었으므로.

화율은 섭지를 찾았다. 하지만 하나같이 똑같은 쇳빛부전나비들 틈에서 누군가를 구별해낸다는 건 불가능이었다. 화율은 두리번거리기를 그만두면서 스스로를 비웃었다. 그리고 더이상 무언가를, 누군가를 찾는 일은 없을 거라고, 없어야만 한다고 다짐했다.

　수습차사들의 산만한 귀에 청띠신선나비의 마지막 당부가 아련하게 울렸다.

　—명심하라. 눈을 떠선 아니 된다. 저절로 보일 것이다. 잊지 마라.

　드디어 출발이었다. 나비들이 일제히 날아올랐다. 화율도 날아올랐다.

4

　국청을 둘러싼 담장 한구석에 생강나무꽃이 무르녹고 있었다. 노란 꽃으로 머리를 한껏 부풀린 나무는 군데군데 벗겨지고 긁힌 가지의 살을 벌려 조금씩 생강 냄새를 흘렸다. 나무의 생채기는 언감생심 의원을 청할 수 없는 나인들의 짓이었다. 타박상성 어혈과 산후통에 효과가 있다는 삼첩풍이라는 약재가 바로 생강나무 껍질이었다. 여인들이었지만 맞고 때리는 일이 부지기수였고, 여인들이어서 몸을 풀기도 했다. 폭력과 출산이 허락되지 않은 금단의 영역이었대도 말이다. 순수와 순결을 기치로 걸고는 있지만 그게 다가 아님은 모두가 알았다.

　어디 나인이 어디 내관과 야밤에 어디서 살짝 나오더라, 대신 아무개가 궁인 아무개를 대놓고 건드렸다더라, 마마님 누가 애기나인 누구를 일없이 학대한다더라, 어느 전 상궁과 어느 전 궁녀가 심히 얄궂다더라, 어느 전각 무수리가 내명부 누구의 간자라더라, 등등.

하지만 그들은 그 누구보다도 조용했다. 입이 마음을 속이고 손이 머리를 속였다. 입이 마음을 말하고 손이 머리에 따르는 순간, 그들은 죽었다. 그저그런 사연과 알아도 모른 척해야 하는 비밀 들로 답쌓인 데가 바로 그들이었고, 그들의 자리였고, 그들의 시간이었다.

그리고 그 속사정만큼이나 깊은 우물.

생강나무 뒤 모퉁이 그늘에 돌을 넣어 메운 우물이 음산했다. 쌀밥을 고봉으로 퍼담은 주발처럼 둥글둥글 마모된 돌무더기로 봉긋한 우물은 한때는 거친 가뭄에도 일정한 깊이를 유지하던 물의 성소였다. 하지만 사내의 손을 탄 처녀가 더이상 처녀일 수 없듯이, 사람의 생몸을 탄 성소도 더이상 성소가 될 수 없었다.

우물에선 종종 고양이 울음소리가 났다. 때에 일관성은 없었다. 그저 어느 날 갑자기 시작해 짧게는 일각여, 길게는 하루를 울다가 문득 끊어졌다. 사람들은 질겁했다.

—그 아기가 우는 거야.

겨우 그 말 한마디를 속삭이듯 뱉어내고는 초조하게 뒷걸음질 쳤다. 아기라니. 고양이처럼이든 망아지처럼이든 궁에서 울 수 있는 아기란 왕의 혈손밖에 없었다. 그런데 아기라니.

그 아기란 아주아주 오래전, 궁녀 가시가 낳은 사내아이를 말했다.

구부정히 쪼그린 채로 밤을 넘긴 가시가 어깨를 옹송그리자 땋은 머리가 어깨 아래로 흘러내렸다. 군데군데 가닥이 진 은색 머리카락이 아직 젊은 그녀의 얼굴에 어울리지 않았다. 이부자리의 구김을 억지로 펴는 그녀의 손바닥이 땀으로 축축했다.

후우우. 한숨이 가느다랗게 뿜어졌다. 숨이 들고 날 적마다 배꼽으로 찬 공기가 퍼지면서 아래까지 시렸다.

—목이 말라.

자세를 고쳐앉는 가시에게서 무색무취의 향기가 모순으로 일렁이다가 가라앉았다. 머리를 대강 말아 비춰 찌를 꽂고는 주섬주섬 일어서던 가시가 또 후우우. 병풍 옆에 세워둔 큰 주머니의 매듭을 푸는 가시의 손길이 뻣뻣했다. 겨우 고가 풀리고 검은 비단이 흘러내리자 은쟁銀箏이 제 모습을 드러냈다. 이름도 모양도 소리도 참 어여쁜 악기, 은쟁. 왕비의 명으로 은쟁을 다루기 시작한 지 두 해였다. 바닥에 고이 내려놓고 열두 줄 중 가운뎃줄을 손가락으로 눌러 튕기니 방 안의 공기가 낮게 공명했다. 뜨으응.

—숨이 끊어질 땐 어떤 소리가 날까?

뜨등 디잉.

아기를 낳았다. 궁녀가 아기를 낳았다. 왕의 여자로 살아야 할 궁녀가 다른 사내의 아이를 낳았다. 다행이라면 아기가 죽어 나온 것. 어미의 회음을 찢고 나오기 직전 아기가 스스로 숨을 멈춘 건 잘한 짓이었다. 뱃속에서 내내 온갖 약초로 목숨을 협박당하던 아이, 세상에 나와봐야 아비어미 없는 고립무원에서 천천무리로 살아가는 것밖에는 아무것도 안 될 운명을 가진 아이의 현명한 선택이었다. 그래도 아기는 자존심만은 지키려는 듯 모양은 험하지 않게, 절차 또한 순조로이 지켜가며 말랑말랑한 상태로 출산되었다. 덕분에 가시의 젊은 아랫도리는 마땅히 흘릴 만큼의 피만 흘리고 아물 준비를 시작했다. 하지만 가시는 그 아물 때를 기다리고 싶지 않았다.

다다당 다앙.

—나도 죽어야 하는데······

어차피 죽을 운명이었다. '궁인이 밖의 사람과 결혼을 하면 남자와 여자 모두 참수한다. 임신한 자는 출산을 기다렸다가 형을 집행하나, 출산 후 백일을 기다리는 예는 따르지 않고 즉시 집행한다'는 『속대전續大典』「형전刑典」에 명시된 법조항이 가시를 노리고 있었다.

—거기가 좋겠지?

굴원은 지조를 증명하기 위해 멱라수에 투신했고, 아황과 여영은 지아비인 순임금에 대한 절개를 지키기 위해 소상강의 대竹를 피눈물로 붉게 물들이며 죽어갔다. 그들이 왜 물을 택했겠는가. 맑아서 쉬이 들여다볼 수는 있으나 깊으니 쉬이 닿지 못하고, 온도에 따라 모양은 변해도 되돌리면 다시 처음이도록 성질만은 오롯이 지키는 것이 물이었다. 하니 가시에게도 물이 좋을 것이었다. 기왕이면 깨끗한 물. 기왕이면 깊은 물.

따가당 둥둥.

―그이가 보고 싶어.

그이.

띠딩 디이잉.

―네가 세자궁의 주우 가시냐?

주우奏羽. 음악을 담당하는 말단 궁녀의 직함이라면 직함이었다.

―예.

―영리하겠구나.

―자주 듣습니다.

―허! 맹랑하구나.

별감이 설핏 웃으며 저도 모르게 가시의 이마에 엄지를 찍었다.

―왕비전의 명을 깊이 새겼느냐?

―예.

―줄악기에 밝다 들었다. 줄의 소리를 들을 줄 아느냐?

―마음을 다해 줄을 귀애하고 아끼면 줄도 마음을 전해주지 않겠습니까?

―허! 악기가 좋아하겠구나. 그러면 된 거다.

—지금 제겐 줄보다 더 좋은 것이 생긴 것 같습니다.

—내겐 곤란한 일이구나.

—별감 어르신을 곤란하게는 않습니다.

—허! 고맙구나. 은쟁을 가르칠 선생이 내 누이다. 평생 외로운 사람인데…… 공경을 바치는 제자는 널리고 널렸으니 너만은 동무가 되어주길 부탁하고자 한다면, 되겠느냐?

—별감 어르신의 동무는 아니 되겠습니까?

—허! 맹랑하구나.

—혼인하셨습니까?

—왜 묻느냐?

—질문은 제 마음이고 능력입니다.

—허! 맹랑하구나. 대답도 내 마음이고 능력이니 거절한다면?

—등뼈가 부러지시라 기도하겠습니다.

—허! 온전히 살려면 대답을 해야겠구나. 그랬다면, 혼인을 했다면 너만한 딸이 있겠지.

디디디디딩 딩.

그이.

그이는 지켜야 했다. 아이의 아비를 대라는 웃전의 추궁이 사나웠지만 가시는 꿋꿋이 버텨냈다.

—어떤 그인데. 어떻게 얻은 그인데.

눈앞에서 죽어버리겠다던 겁박, 살면서 생기는 모든 불행과
불운을 죄다 모아 탓할 터이니 알아서 하시라던 억지, 눈물 콧
물 줄줄 흘려가며 매달리던 생떼. 해를 넘겨가며 줄기차게 쫓아
다녀 기어이 얻어낸 항복이었다.

—그이가 뭘 잘못했다고. 무슨 일이 있어도 그이의 안위만은
지킬 거야.

가시는 은쟁을 구석으로 대강 밀어놓고 아기를 들어안았다.
여전히 말랑말랑했다. 그 아기를 야무지게 싸고 또 싸서 품고
밖으로 나섰다.

—목이 말라.

갓밝이의 한기가 제법 셌다. 그새 젖이 불어 앞섶이 젖어들면
서 살이 차가웠다. 가시는 아기를 더 꼭 여몄다. 그리고 어두운
우물로 향했다.

—그이가 보고 싶어.

하고는 순식간에 첨버덩, 첨벙.

소문이 궁을 채 한 바퀴 돌기도 전에 소식을 주워들은 별감
하나가 곧 그 뒤를 따랐다. 첨버덩, 첨벙.

왕비전 별감과 세자궁 주우의 비극적인 사랑 위에 차곡차곡
돌이 쌓였다.

오염된 성소. 폐쇄된 전설. 국문을 벌이기에 좋은 장소였다.

5

—무지개가 터졌나봐요.

숯티 가득한 목소리에 정적이 공손하게 물러났다.

—어머니.

연홍은 들렁들렁해진 마음을 진정시켜보겠다고 두 손을 납작한 가슴에 모아붙이고는 샐그러진 입술로 제 어미를 찾았다. 하지만 여전히 묵묵한 어미. 금세 서운해진 연홍이 쪽마루에서 방으로 고개를 돌렸다.

—어머니.

어미는 아직도 윗목에 모로 누운 채였다. 고쟁이 아래 맨발이 꾀죄죄했고, 난발로 솟구친 잿빛 터럭뭉치와 검게 부어오른 얼굴 구멍마다에는 붉은 거품이 말라붙어 있었다.

—아!

그랬지. 그랬다. 어미는 죽었다. 연홍은 한나절 전의 공포를 꺼내는 대신 조용히 체념했다.

꽤 아플 겨. 왜 호역虎疫이라 하겄어. 호랑이가 살점을 물어 뜯어내는 것 같다고 호역 아녀. 그러니 죽을 등 살 등, 그렇게 아플 겨. 그러다가 갈 거구.

사흘 전날 밤, 방이할매가 울타리 밖에서 단호하게 끊어내준 말이었다. 그냥 겁주려던 소리가 아니었음을 연홍은 어미의 첫 경련 때 확실히 보았다. 하지만 연홍의 어미는 구역과 구토보다도 팔손이울타리 안에 갇힌 초가를 더 견디지 못했다. 정신만 들면 빗속으로 기어나가 울타리를 뜯었다. 어머니, 엄마, 어머니. 그럴 적마다 연홍은 아기처럼 소리내어 울며 어미를 붙잡았다. 기운 없는 어미는 쉬이 끌려들어가주었지만 잠깐이었다. 어미는 어느새 또 맨발로 울타리에 매달려 있곤 했다. 연홍은 추웠다. 각다귀처럼 달려드는 빗줄기에 몸이 마를 새가 없어서, 아무도 모녀를 상관하지 않아서 추웠다.

어미는 진즉 돌아버린 상태였다. 흑산도의 관비로 보내라는 어명이 추상같았음에도 흑산도의 '흑'자도 닫기 전에 호역에 걸린 재수 없는 노비를 내버리면서 관리가 선심 쓰듯 던져준 말이 어미의 머리와 가슴에서 펄펄 끓어넘쳤다.

—너는 관비다. 따라서 네 몸뚱이는 신체가 아니라 물체다. 한낱 물物 따위에 인정과 사정을 둘 필요는 없는 일. 하나 너 이제 곧 죽을 터이니 아량을 베풀까 한다. 사건의 뒤가 궁금할 것이 인지상정. 알려주마. 짐작했겠지만 네 지아비와 두 아들은 매달려 죽었다. 죽으려고 환장했으니 죽여주는 수밖에 없었을 터. 네게 원망 같은 것이 있을 수는 없다. 최혁은 살아남았다. 네 집안이 벌인 작당과는 무관함이 밝혀진 것으로 안다. 하나 네 사위가 될 뻔했던 그 아들놈은 글씨 자랑한 죄를 갚아야 할 것이다. 눈알이 뽑힐 것이 분명하다. 명은 부지했으니 그나마 복이다.

아비가 왕의 심사를 어찌 건드려놓았는가에 대해 연홍은 잘 몰랐다. 어쨌거나 왕은 노발대발했고, 그 서슬에 아비와 두 오라비가 한날한시 매달려 죽었다. 내내 어미도 경각이었다. 평생 현모양처의 의지로 밀어온 은인자중의 삶이 지옥 중 지옥이 되어 어미를 몰아붙이고 있었다. 어미는 낮은 낮대로 밤은 밤대로 더 뒹굴고 더 발버둥쳤다. 또 몸은 몸대로 맘은 맘대로 더 끓고 더 비틀려갔다. 그러다 뚝, 모든 것을 그만둬버린 어미. 그 어미의 식은 몸이 방에서 조급하게 썩고 있었다.

—아!

며칠째 계속된 악몽이 연홍의 목을 다시금 졸라왔다.

—어머니, 무서워요. 너무 무서워요.

—나는 관을 따라다니며 살지. 죽은 자는 언제나 넘치고 그래서 난 허기를 몰라.

아주 잘생긴 귀신이었다. 아주 잘생긴. 제삿날 공들여 치던 밤톨처럼 반듯하고, 정월 보름날 아침 설렘으로 홀짝이던 귀밝이술처럼 맑고, 중양절 호호 불며 부치던 노란 국화잎 화전처럼 윤나는, 그렇게나 잘생긴 귀신.

—어디선가 누군가는 반드시 죽고 있거든. 먹을 것이 철철 한다니까.

그 귀신씨가 단단히 묶인 연홍에게 자랑했다. 연홍은 의아했다.

—하지만 난 당신이 언제나 산 자들을 덮친다는 걸 알아요.

넘치는 죽은 자를 두고 왜 산 자를 탐하는 건가요?

 —당돌하군.

귀신씨가 핀잔했다.

 —난 죽은 자를 따른다고 했지 죽은 자를 취한다는 말은 안
했어.

 —죽은 자들 때문에 먹을 것이 넘친다면서요.

귀신씨가 입맛을 다시면서 말했다.

 —아, 그거?

귀신씨의 얼굴이 반짝거렸다. 은근슬쩍 놀리는 게 꽤 재밌는
데, 하는 듯이.

 —내가 노리는 건…… 눈물이거든.

 —눈물? 눈물이요?

 —그래, 눈물. 넌 나를 오해했어. 죽은 자의 주변엔 산 자가
더 많은 법이야.

 —당신이 먹는 건, 그러니까 눈물이란 건가요?

 —그래. 산 자들의 얼굴 위쪽에 뚫린 구멍 두 개, 거기가 나의
샘이지.

눈물을 먹는 잘생긴 귀신이라니. 물론 그렇다고 흡혈을 일삼
는 전형적인 귀신보다 덜 무서운 건 아니었다. 귀신은 어쨌도
귀신이었다. 연홍이 다시 물었다.

 —내 눈물도 가져갈 건가요?

대답 대신 귀신씨가 연홍에게 다가왔다. 그러더니 크게, 아주

크게 입을 벌렸다. 훅 끼치는 비린내. 염장한 생선에서 나던 그런. 그때.

—우리……

연홍이었다. 불현듯 떠오른 질문의 처음이었다. 하여 입을 쩌억 벌린 채로, 여전히 냄새를 풍기는 채로, 가만히 기다리는 귀신씨.

—우리 알아요?

—지금은……

귀신씨의 창백한 두 손이 연홍의 어깨를 잡았다.

—지금은 질문의 때가 아니야.

그리고 바로 지극한 통증이 연홍의 두 눈을 후비고 들었다. 아. 비명을 지르는 순간, 꿈 밖이었다.

뒤통수가 볼록한 자그마한 머리통을 양무릎 사이에 집어넣고 조금씩 훌쩍이던 연홍이 고개를 들었다. 짓눌려 발개진 이마와 왼쪽 볼에 긁힌 자국이 뚜렷했다. 어미의 손톱 자국이었다. 격렬하게 몸을 뒤번지던 어미는 이미 어미가 아니었다. 그래도 마지막 숨줄을 놓기 전엔 연홍에게 아가, 우리 홍아, 하고 불러주었으니 끝까지 어미가 아닌 채로 죽을 수는 없었던 모양이었다.

—어머니, 비가 무지개까지 터뜨린 것 같다니까요.

연홍이 고집을 부렸다. 제 황고집이 어미의 부아를 돋우어 삶으로 다시 일으켜줄지도 몰랐다. 연홍이 무언가를 버틸 적마다 얼마나 낙담하던 모성이었던가. 연홍은 혹시나, 하며 다시 어미에게로 고개를 돌렸다. 하지만 그새 곱절로 늘어난 쇠파리떼가 연홍의 시선을 가로막았다.

—아!

그래. 그랬다. 어미는 죽었다. 연홍은 조금 전의 체념을 재생했다.

사람들이 와서 치울 겨. 너 위해서 하는 소린디, 도리고 뭐고 간에 살려면 만지지 말어.

방이할매의 충고였다. 그게 아니었어도 연홍은 끝내 어미를 만지지 못할 거라는 걸 알았다. 그래서 대신 만져줄 사람들을 기다리는 중이었다. 돌림병 환자의 집이라는 것을 표시해야 한다면서 지붕을 온통 가시나무로 뒤덮어놓고 간 그들을 말이다. 하지만 아직 아무도 나타나지 않고 있었다. 노비라서, 천하디천해서, 묻히는 순서에서도 자꾸만 뒤로 밀리는 모양이었다.

—아! 어머니.

갖은 색실을 꼬아 노리개를 만들던 어미. 저고리 속으로 숨는 동정 끄트머리에 이름을 깨알같이 금박하고 몰래 들여다보던 어미. 버선코마다 꽃잎을 수놓아 짝을 구별하던 어미. 은밀한 개짐한 장에도 쑥물을 들여 쓰던 어미. 옷감을 염색하는 날이면 하루 종일 환하던 어미. 색깔 하나하나를 귀히 여기고 즐기던 어미. 그런 어미가 알록달록 다채한 하늘을 보지 못하고 있었다. 연홍에겐 보이는데, 색색으로 다가오는 그것들이 보이는데, 무지개가 터져 부서진 것이 분명한데, 게다가 그 어여쁜 조각들이 모녀의 초가 위로 떨어져내리고 있는데, 그런데 어미만 모르고 있었다.

— 어쩌지? 어째야 하지?

연홍이 고개를 들었다. 순간 연홍의 눈이 부스러기 하나와 부딪쳤다.

— 아!

황홀한 충격이 연홍의 눈을 뚫고 두개골 깊은 곳을 향해 구불구불한 길을 내달렸다. 왼쪽으로, 앞으로, 잠시 뒤로, 오른쪽으로, 다시 앞으로. 그러다가 막다른 빈터의 고랑에 다다르자 마치 거기가 목적지였던 것처럼 질주를 멈추고는 스스로를 점화시켰다. 폭발이 시작됐다.

— 어머니, 어머니. 아!

연홍의 얼굴이 이지러지기 시작했다. 작달비를 피해 서둘러 달아나던 봄날 한낮의 아지랑이처럼, 뭉게뭉게 흐르다 말고 햇살에 맞아 풀어져버린 여름날 아침의 높쌘구름처럼, 한껏 모양 내려다 길고양이 오줌발에 스르르 녹아버린 가을날 첫새벽의 서리꽃처럼, 부르튼 엄마 젖꼭지 앞에서 차마 얼지 못하고 헤쳐진 겨울날 한밤의 송아지 입김처럼, 조금씩조금씩, 아주 조금씩. 그러더니 갑자기 벼락에라도 꽂힌 듯 궁극의 경악에서 멈추고 움

직이지 않았다. 연홍에게 닥친 건 일찍이 한 번도 경험하지 못
했던 하얀 어둠이었다.

6

형틀에서 풀린 죄인이 멍석으로 굴렀다. 차진 사내가 되기 위
해 착실하게 여물어가던 몸이 망가질 대로 망가져 있었다. 그
몸이 멍석 가장자리에서 요란하게 파들거렸다. 그러자 형리가
늘 하던 대로 죄인에게 찬물을 동이째 들이부었다. 날벼락에 몸
은 간신히 진정됐지만 그래도 죄인은 여전히 눈을 뜨지 못했다.
국문의 수월한 진행이 임무인 형리는 죄인이 혼절에서 깨어나지
못하는 것이 제 탓이 될까봐 불안했다. 하여 잠시 눈치를 보는
데 뜻밖에도 왕이 나섰다.
　─두라.
　주변의 놀란 시선이 죄다 왕으로 향했다. 모두 자신들이 제대
로 들은 것인지 귀를 의심하면서 무엄하게도 왕을 빤히 쳐다보
았다. 두라니. 그럼 그건 왕이 기다리겠다는 뜻인가?
　─기다리라.
　정말 그러겠다는 소리였다. 왕이? 왜? 하나 누가 감히 왕을
향해 그 의중을 캐묻겠는가. 그것도 신경이 바늘 끝처럼 곤두선
늙은 여우에게. 함께 기다리는 수밖에 없었다. 하나 말도 꺼내지

못하고 몸도 꼼짝할 수 없는 시간은 고문 자체였다. 배배 틀고 싶은 심정을 근엄한 표정 뒤에 숨겨놓고 저마다 어린 죄인에게 눈길을 박았다. 그러곤 어서 일어나주기를 기도했다.

시간이 기었다. 따분함과 무료함을 등에 업고 엉금엉금 기었다. 주변의 보잘것없는 인내심이 막다름에 부딪힐 즈음, 드디어 죄인이 꿈틀거리기 시작했다. 비 좀 긋게 해달라는 기원에는 요지부동이던 하늘이 어린 죄인 정신 좀 들게 해달라는 기도에는 느지막하게나마 용케도 반응했다.

— 으으……

멍석에 널브러진 채 눈꺼풀만 겨우겨우 밀어올린 죄인이 신음했다. 그러다 높은 데 앉은 왕을 알아보고는 그 와중에도 신속히 몸을 일으켰다. 왕은 죄인이 비틀거림을 무릅써가며 꿇어엎드릴 때까지 또 기다렸다. 이제 준비 완료. 왕의 오른손이 까딱, 했다.

위관이 읽어내려갔다.

— 읽고 베낀 죄, 가히 대역이다. 하나 내가 네 아비 최혁의 공을 기억하고, 차마 스승 장영을 거역할 수 없었던 네 고민을 이해한다.

여기까지 말한 위관이 왕을 곁눈질했다. 다시 까딱. 나는 염두에 두지 말고 어서 계속하기나 하라는 듯 적이 신경질적인 손놀림이었다.

왕은 반복되는 심문과 처벌에 지쳐 있었다. 꼼꼼히 찾아내 그예 사형시킨 인사만 해도 벌써 십여 명에 달하고 있었고, 생각

46

없이 함부로 책을 돌린 책쾌들도 빠짐없이 색출해 반역의 이름으로 벌할 예정이었다. 물론 왕실의 위엄과 조정의 기강을 위해 결연히 작정한 바였다. 그렇다 해도 누군가를 혼내고 죽이는 건 분명 피곤한 일이었다. 백성들도 호역으로 죽어나가는 마당이었다. 왕은 줄어드는 나라가 기가 막혔다.

─나는 선한가? 악한가? 선한 일을 하는 악한인가? 악한 일을 하는 선한인가? 아무려나, 분명한 건 선한이 악한이 되기 위해선 정치가 필요하다는 것.

왕은 자신이 쥐고 있는 생살여탈의 권리가 무서웠다. 그 권리를 빈틈없이 내세워 새끼도 죽이지 않았던가.

─황형 대신 내가 죽었어야 했다.

알아서 죽든 대신 죽든, 죽거나 죽이지 않고는 함께 갈 수 없는 게 정치였다. 정치를 잊어버리게 하는 것이 가장 좋은 정치라는 말은 그저 이론도 못 되는 이상일 뿐이었다. 아니, 망상이고 헛소리였다.

─지들이 한번 해보라지.

위관이 계속했다.

─또한 어린 세손의 하나뿐인 동무로 더불어온 시간을 내가 알고 있으니 눈알을 뽑아 들개에게 던짐이 참람하며, 무엇보다도 전날 소령원에 지어올린 네 학발시에 눈물로 고마워한 내 진심을 버리지 못한다.

소령원은 왕의 생모가 묻힌 파주의 묘를 말했다. 왕이 지금껏

늙도록 언제나 전전긍긍하고 애면글면하는 여인 숙빈 최씨. 그
녀의 지난 기일이었다. 세손이 왕에게 종이 한 장을 올렸는데,
그 안에 공부시간에 끼적인 동무의 시 한 편이 적혀 있었다. 왕
의 생모가 오래 살아 머리 하얀 할머니가 되었다면 아들을 향해
어떤 마음이었을까 하는 내용이었다. 학발시鶴髮詩 자체가 머리
카락이 하얗게 센 할머니의 슬픔을 그린 시라는 의미였으니 학,
발, 시, 세 글자만으로도 이미 서러움은 충분할 터인데 내용까지
구구절절이었다. 왕이 친히 어린 선비의 손까지 잡아주며 눈물
로 치하했다. 시는 그 자리에서 태워졌고 왕, 세손, 세손의 동무,
세 사람이 다 입을 다물어서 자세한 내용은 알려지지 않았지만.

위관이 어명을 이어갔다.

─대신 혀를 끊어 염색장 채관에게 보낸다. 네 여생, 왕실을
위해 색을 만들어 그 죄를 갚으라.

아비도 구명했고 멸문도 피했으니 감읍지경이었다. 어린 죄인
은 감사해야 하는 순간을 그냥 보내지 않았다.

─성은이 망극……

하나 왕은 다 귀찮다는 듯 오만상을 찌푸리며 인사를 물렸다.
다만 일어나 분부할 뿐이었다.

─지체 없이 시행하라.

그새 한 뼘은 작아진 왕이 붉은 용포 자락을 펄럭이며 생강나
무꽃 사이로 총총 사라졌다.

집행관이 청으로 들어섰다. 복면에서 장화까지 온통 검정 일색이었다. 검정은 집행관에게 매우 요긴한 색이었다. 그 어떤 것이 튀거나 묻어도 결코 내색하는 법이 없어서 아주 적절한 색이었다.

왕이 자리를 뜨면서 부담이 사라진 위관이 갑절의 위엄으로 어명을 반복했다.

—지체 없이 시행하라.

집행관이 움직이기 시작했다. 분주히, 그러면서도 정확하게. 단호히, 그러면서도 부드럽게. 진중히 그러면서도 냉혹하게. 노련히, 그러면서도 예의바르게. 또한 잔인해 보이거나 만만해 보이지는 않게.

집행관의 시선이 죄인을 서둘러 지나갔다. 집행관은 당황했다. 그리고 전날 밤 형조에 들러 자신이 처리해야 하는 죄인에 대한 사전정보를 구했을 때 난감하고 불편해하던 상관의 행동을 그제야 납득할 수 있었다.

—아직 아이다. 이리해야 할 정도로 죄가 있을 나이가 아니다.

집에 가면 그도 아비였다. 죄인 또래의 아들과 딸이 그에게도 줄줄이 있었다. 하여 틀에 죄인의 머리를 고정시키는 손길이 저절로 자상해지는 건 어쩔 수 없었다.

—움직이지 마시게. 힘도 주지 마시게. 목이 부러질지도 모르니.

복면을 뚫고 나온 목소리가 조용하고 둔탁했다. 대답을 기대한 말은 아니었다. 그저 미연의 사고에 대비한 평상의 당부였을 뿐이므로. 그래서 죄인이 예, 하고 공손히 답했을 때 집행관은 놀라면서도 슬펐다.

─이름을 여쭤도 되겠는가.

죄인이 제 이름을 제 입으로 발음할 마지막이었다. 새겨 알아 들은 죄인이 주춤주춤 입술을 뗐다.

─최가 수강이라 합니다.

─최, 수, 강?

죄인은 이번엔 가만히 있었다. 끄떡이자니 머리를 움직일 수 없었고, 대답하자니 자신의 목소리가 무서워져서였다.

─듣기에 좋은 이름이네.

빈말이 아니었다. 수강. 진정 듣기 좋았다.

─그 이름, 내 기억함세.

집행관은 정말로 오래오래 기억할 것이었다.

─약조드리겠네.

죄인은 조금 난데없다는 생각이 들었다. 이제 이름 따위 쓸데 없어질 텐데, 약조는 무슨. 그래도 집행관이 보여주는 진정만큼 은 고마웠다.

집행관이 죄인의 입을 벌리고 윗니와 아랫니 사이에 고정쇠를 끼웠다. 극심한 고통에 죄인이 입을 앙다물어버리면 혀를 끊기 전에 집행관의 손가락이 먼저 잘려나가는 수가 있었다. 고통엔 이성이 없었다. 고통과 공포로 날뛰다 미친 자, 그러다 지레 죽

50

어버린 자, 수없이 겪은 집행관이었다. 무례하고 무심하고 무정하고 무식한 게 고통이었다.

—순식간에 지나가네. 하나 통증은 남네. 이게 도움이 될 걸세.

집행관이 종이에 도르르 만 풀을 그슬어 죄인의 코밑에 대주었다.

—약담배일세. 힘줘 들이맡으시게.

시키는 대로 따르던 죄인이 연기에 재채기를 했다.

—어서. 힘껏, 쭈욱. 정신을 가벼이 해줄 걸세.

죄인이 조금 몽롱해지자 이번엔 입안 구석구석 무언가를 골고루 문질러 발랐다.

—토란대를 짓찧었지. 얼얼해지게 한다네.

집행관은 일일이 설명하는 것으로 죄인의 정신을 계속해서 딴데로 끌었다.

약담배건 토란대건 마취의 효과는 그리 대단치 않았다. 하지만 집행관은 지금껏 한 번도 그것들을 생략하지 못해왔다. 상투적일지언정 도움이 될 거라는 말과, 의례적일지언정 이것저것을 피우고 묻혀주는 행위가 형을 당하는 자를 의외로 꽤 안심시켜준다는 경험 때문이었다. 역설적이게도 그건 집행관 본인에게도 해당했다. 그마저도 하지 않는다면 몸의 일부를 끊거나 뽑고 잘라내야 하는 임무는 정말로 견디기 힘든 일이었다.

죄인의 아랫입술에 침이 질척하게 맺히더니 집행관의 신발 위로 뚝뚝 떨어져내렸다. 죄인의 눈빛이 미안하다고 말했다.

—이따위엔 신경쓰지 마시게.

집행관이 조심스럽게 죄인의 혀를 뽑아 잡고는 손끝으로 이리저리 눌렀다. 다른 때 같으면 욕지기가 나와도 한참은 나왔겠지만 죄인에겐 그럴 경황이 없었다. 잠시나마 가물거리던 정신이 바짝 개어서는 성을 부리며 요동까지 치고 있었다.

—시작하네.

집행관이 칼을 들었다. 칼을 쥔 손과 칼을 보는 눈이 함께 긴장했다.

—이 칼자루가 나를…… 업에서…… 땜해주리라.

집행관은 스스로에게 최면을 걸었다. 벼락 맞은 대추나무가 부적의 효과가 있다 하여 부러 구해 성심으로 다듬어 끼운 자루였다. 업을 만 겹으로 쌓는대도, 그것이 무섭고 두려워 그만두고 싶대도, 맘대로 그만둘 수 있는 일이 아니었다. 없는 의지도 만들고 다 쓴 인내심도 다시 벌어 해야 할 일이었다. 엽전 한 닢이 없어 새끼를 다섯이나 잃은 무능한 아비였다. 자신의 의지나 인내가 고갈될까, 그래서 일이 고역이 되면 어쩌나 하는 걱정은 배부른 소리였다. 자신이 걱정해야 할 건 집의 쌀독이었다.

—반드시 땜해주리라.

하찮은 나무토막일 수도 있었지만 집행관은 나무칼자루의 기운이 자신의 후천적 살기를 탕감해줄 거라 믿어 의심치 않으며 일로 집중했다.

—소리를 지르시게.

죄인의 몸이 덜덜덜, 덜덜거렸다. 집행관은 죄인의 무릎을 옥
쥔 자신의 양다리에 힘을 더 실었다. 그래도 더 심해지는 덜덜
덜. 집행관은 도망치고 싶었다. 도망할 수 없어서 더 도망치고
싶었다. 도망칠 수 있다면 도망가면 그만이니 거기서 도망은 거
저이며 도망치고 싶다는 마음은 명분이었다. 집행관처럼 도망할
수 없는데도 자꾸만 생겨나는 도망치고 싶다는 마음은 저주였
다. 하니 만약에 누군가가 집행관을 붙들고 도망치고 싶으면 그
냥 도망가, 라고 입을 놀리기라도 한다면 집행관은 그 누군가의
무책임한 혀부터 끊을 것이었다.

　—그 또한 도움이 될 걸세. 있는 힘껏 지르시게.

　칼이 들어가기 시작했다.

　—어으어어아……

7

　나비는 아직 그냥 나비였다. 훗날 누군가 뿔나비라고 이름 지
어 불러주기 전까지는 그렇게 이름 없는 나비로 살아갈 것이었
다. 그래도 나비는 뿔나비라는 이름이 무척이나 어울리는 모습
이어서 아주 오랜 시간이 흐르고 나면 자신을 알아볼 누군가에
의해 뿔나비라고 불릴 거라는 사실을 잘 알고 있었다. 그래서
나비는 아직 그냥 나비였지만 뿔나비이기도 했다.

뿔나비는 축축하게 젖은 제비집 아래 거꾸로 매달려 수염에 매달린 빗방울을 살살 털어냈다. 더이상 갈 곳이 없었다. 작은 무덤가 팽나무에서 더부살이하던 뿔나비는 매일 밤낮으로 인사 하던 쇠똥구리 식구들이 굴 밖에 뒤집혀 죽어 있는 것을 발견하 자마자 그곳을 벗어나왔다. 말 그대로 몰살이었다. 땅 위 인간들 의 사정보다 땅속 곤충들의 형편이 더 참혹했다. 땅속은 그렇게 급속도로 헐어가고 있었다.

꽃꿀도 점점 귀해지고 있었다. 즐기던 먹이는 아니었대도 막 상 없으니 아쉬웠다. 꽃꿀은 입가심 같은 거였다. 썩은 과일이나 죽은 동물로 배를 채우고 난 후의 달달한 여흥 말이다. 하지만 이젠 성한 꽃이 드물었고, 어쩌다 마주친다 해도 불길한 냄새가 진동했다.

뿔나비는 앞다리에 빽빽이 나 있는 긴 털을 고르며 다음을 걱 정했다. 태어나 이런 때는 처음이었다.

살아남을 수 있을까?

물론 뿔나비는 제 종족의 적응력을 믿었다. 이른 봄, 그들의 알이 한꺼번에 부화를 시작하면 다른 종족들은 살이에 대한 근 심과 걱정에 지레 말라가곤 했다. 뿔나비들은 강골이었다. 쉬이 지치지 않았고 쉬이 포기하지 않았다. 날것들의 몸은 태어날 적 부터 날것들만의 길을 알고 있으니 맘대로 동선을 바꾸려 들지 말라거나 하는, 다른 나비들도 다 알아 지키는 소소한 잔소리에 서부터, 아름다운 수면 아래는 으레 무서운 깊이의 물이니 함부로 내려앉지 말라거나, 으슥한 숲에 오롯이 피어 있는 화려한 꽃에서는 끈끈한 혀가 튀어나오니 섣불리 다가서지 말라거나 하는, 많은 나비들이 번번이 무시하는 충고들과, 위험이 닥칠 경우 그게 애벌레라면 입에서 실을 내어 나무 아래로 타고 내려오면 된다거나, 그게 큰 나비라면 몸을 어찌어찌 달궈 날개 뒷면의 색을 나뭇잎에 최대한 맞추면 된다거나 하는, 오로지 뿔나비만을 위한 지침까지, 모조리 나누어가며 만들어온 기질이었다.

뿔나비는 좀더 참을성을 가지고 세상을 지켜보기로 했다. 해서 좀체 비가 그을 기미라곤 없는 강퍅한 하늘을 향해 힘차게 날갯짓을 시작했다.

― 어으어어아……

소리를 빨아들인 더듬이가 곤추섰다. 놀란 뿔나비는 날개를 떨며 제자리를 뱅글뱅글 돌았다. 오래전 퇴화해 가슴에 붙어버린 앞다리가 다 꿈적거렸고 흥분한 날개맥이 성난 힘줄처럼 도드라졌다.

모진 가뭄에 나뭇등걸이라도 뒤틀리는가?

하나 비의 때였다.

뿔나비가 낱눈을 한꺼번에 굴려 이상징후를 찾았다. 별다른 것이 없었다. 벌집 같은 시야에 들어오는 건 무수히 떨어지는 빗방울뿐이었다.

착각이었을까? 허기에 몸이 곯아서?

뿔나비는 더듬이의 경계를 풀고 다시금 씩씩하게 날아올랐다. 기상은 가상했으나 비행의 흐름은 이미 구겨질 대로 구겨진 뒤였다. 날개에 힘이 곱절로 들어갔다. 보상이 필요했다. 동기도 필요했다. 이것저것 수작해보려던 나비에게 문득 지난봄날의 노랑이 떠올랐다. 꽤 쌉싸래했던 꽃꿀도.

그게 지금도 남아 있을까?

하나 비의 때였다.

길은 쉬웠다. 뿔나비의 몸이 나무의 자리를 기억하고 있었다. 다행히도 노랑은 잔뜩 남아 있었다.

왜 진즉 저 노랑을 생각해내지 못했을까? 닫힌 우물에서 피어오르던 물냄새와 바삐 스쳐가던 여인들의 옷소리가 노랑을 얼마나 흥겹게 했던가.

하지만 나비는 노랑이 품은 꽃꿀을 향해 바로 돌진하지 못했다. 더듬이가 갑자기 불안스레 떨면서 어수선한 주변을 가리키고 있었다.

바닥이 흥건했다. 기름 먹인 차일을 둘러쳐 하늘을 막았는데도 흠뻑 젖어 있었다. 뿔나비는 구별할 수 없는 색의 물이었다.

하늘이 흘린 물이 아닌가?

사람도 많았다. 그 많은 사람들이 마음을 험히 다루고 있었다. 나비는 보이지 않는 그 움직임이 불안하고 불편했다. 다만 사람들이 걸치고 선 색이 녹색과 파란색이어서 나비는 마음을 조금 풀었다. 그 두 색은 나비의 낱눈이 식별할 수 있는 영역이었다.

뿔나비는 대번에 알아차렸다. 어으어어아, 가 그 사람들 중 하나에게서 나왔음을.

저 많은 사람들 중 어으어어아, 의 주인은 누구일까?

뿔나비는 자신이 나비여서, 나비이기 때문에 사람을 알지 못해서 속상했다. 뿔나비의 본능이 꽃꿀을 포기하라고 했다. 노랑을 이고 진 나무도 버리라고 했다. 그건 죽음이 죽음을 알아보고 채비하는 인사 같은 거였다.

꽃꿀이 또 나올까?

하나 비의 때였다.

뿔나비는 서둘렀다. 하여 물이 뚝뚝 떨어지는 구름 지근에서 낯선 나비떼를 만났을 때 뿔나비는 멈추지 못했다. 속도는 끊는 것이 아니라 줄이는 것이어서 그렇게 갑자기는 곤란한 법이었다. 상대도 친절하지 않았다. 양보 없이 돌진해오는 무리에 뒤엉켜 뿔나비가 갈지자로 허우적댔다. 이리 부딪고 저리 날리다가 폭. 더듬이가 꺾이고 날개가 찢긴 뿔나비가 땅으로 떨어졌다. 벗어나려 했던 바로 그 물 위였다.

8

은하의 강을 건너면서 쇳빛부전나비들은 조금씩 안정을 찾아갔다. 보지 않는데도 잘 보였고, 날갯짓에도 요령이 붙었다. 무엇보다 길을 알아보았다. 지도를 배운 것도 아니고 좌표를 기억하는 것도 아니었지만 저절로 그렇게 되었다. 그들이 저승으로 불려가던 그날 그 길이었다. 그대로 계속 거꾸로 되짚어가면 이승이었다. 쇳빛부전나비들은 심란했다.

이승도 그대로일까. 당연히 그대로겠지. 달라질 이유가 없으니. 달라진 건 오로지 그들의 부재뿐. 쇳빛부전나비들은 차이의 차이를 절감하며, 눈을 감고 조용히 날았다.

—화율…… 화율……

화율이 속으로 사명을 주물럭거렸다. 어색했다. 저승에서 첫날 받은 번호 78이 이승에 두고 온 이름, 황우재보다 더 애틋하게 느껴지던 참이었다. 익명은 곧 방임이었다. 저는 세상을 상관하지 않아도 되고 세상은 저를 내버려두는 데서 오는 홀가분함이 숫자 78을 아끼게 했다. 한데 이젠 화율이었다.

—화율…… 내 속의 화열을 본 걸까. 하여 그 불을 다스리라고 화율인가. 내가 가진 불, 이 뜨거운 욕망 말이다.

훈육차사는 사명의 뜻을 풀이해주지 않았다.

—훈련을 시작한 지 이제 백 일이다. 아직 어리석고 미련하니 너희들은 기다리라.

고작 백 일. 백 일.

하루, 이틀, 보름, 백 일. 그건 이승의 시간이었다. 저승은 시간에서 해방된 곳이어서 날짜와 시간이 무의미했다. 그래도 질서라는 것이 필요했다. 그것도 아주 절대적인 질서 말이다. 더군다나 시작과 끝에 대한 인식 없이 수습들이 저승에 적응하기에는 죽음 이전의 기억이 아직 강렬했다. 그래서 수습들은 이승의 시간으로 움직이고 있었다. 물론 앞으로는 달라질 것이었다. 하지만 달라진 시간이 어떨지는 수습차사들의 짐작 밖이었다.

어쨌거나 백 일은 제대로 무언가가 되기에 부족한 시간이었다. 곤주도 협소도 섭지도 울계도 복각도 모두 마찬가지였다. 그저 받은 이름의 실마리가 이승의 내력에 있지나 않을까 하는 골똘함으로 마음을 다물었다.

—화율, 화율……

화율이 이름을 뭉쳐 입에 넣어보았다. 하지만 곧 뱉어냈다. 이름이 너무 단단했다.

—그만둬. 쓸데없어. 이름은 그냥 이름밖엔 안 되는 거야.

하지만 그냥 이름밖에 안 되는 그 이름 때문에 화율은 아팠다.

징신. 설징신.

화율은 징신의 살맛을 떠올렸다. 산개를 입에 넣고 우물거렸을 때의 맛, 꺼끌꺼끌하면서도 씹으면 씹을수록 쫀득해지며 달달해지던 그 맛, 그 맛이 참을 수 없게 지절했다. 죽으면 다 없어질 줄 알았던 감각이었다. 그래서 살아생전 죽고자 한 적도 몇 번이었다. 그런데 이게 무언가. 죽었는데, 매일 매 순간 원했던 대로 죽었는데, 감각의 기억이 생생했다. 죽은 몸에서 산 기억이 활개치고 있었다.

검은 구름을 빠져나오던 저승의 나비떼가 지상의 날것들과 충돌했다. 원래 날것들끼리의 충돌이란 있을 수 없는 일이었다. 두목도 없고 지휘관이 없어도 날것들은 제 경계를 유지하며 날 수 있어야 했다. 하늘은 곧 그들의 집이었고, 집이어서 누구에게나 편안해야 했고, 집이기 때문에 그 안에서 누구와 더불어서든 날 수 있어야 했다. 아니면 땅은 날것들의 사체로 뒤덮일 것이었다. 하지만 쇳빛부전나비들은 하늘의 객이었다. 어색하고 낯선 손님. 게다가 어수룩하고 서툴러도 저승 소속이었다. 비에 젖어 흐물흐물 녹아가는 날개로 간당간당 균형을 잡고 있던 지상의 날것들이 그 무질서한 힘을 감당하지 못하고 아비규환으로 떨어져 내렸다.

재앙이라면 재앙이었다. 순간적인 연민이 울계를 비롯한 몇몇 차사들을 사로잡았다. 실제로 너덧은 부스러기처럼 떨어져내리는 날것들을 따라가기라도 할 듯이 날개를 아래로 틀기도 했다. 하지만 곧 마음을 돌이켜 동료들을 따랐다. 사람의 넋을 거둬들이는 도구에게 연민이라니, 가당치 않은 감정이었다. 쇳빛부전나비들은 궁금했다. 저 말 못하는 넋들은 이제 어디로 가게 될까. 왜 저승에는 짐승들의 자리가 자투리로도 없는 것일까.

혼란중에 화율의 마음속 눈이 어떤 얼굴을 스쳤다. 그 얼굴은 눈 모양이나 코의 기울기, 입술의 보드라움이나 턱의 그림자로 구별하는 그런 것이 아니었다. 그냥 전체였다. 오직 하나이면서 모두인 얼굴. 눈을 감았어도, 설혹 눈이 없다 하더라도 알아볼 수 있는 얼굴.

화율은 빠른 속도로 대오를 이탈했다. 갸름하고 홍조 띤 얼굴을 향해, 저 얼굴이 그 얼굴이 맞는지 확인하기 위해, 눈을 부릅떴다. 화율의 눈과 부딪힌 건 한 소녀의 눈이었다.

—징신!

작은 실눈과 두 겹으로 꺼풀진 커다란 눈이 마주쳐 빛났다. 우재가 방에 들어서는 징신을 반가이 맞았다. 같은 검사복인데도 참으로 오랜만이었다. 왕의 친위군으로 업무와 훈련이 되기로 악명 높기도 했고, 우재는 검사복 2부대인 이겸, 징신은 1부대인 일겸 소속이어서 거의 독립적으로 움직이다보니 겹치는 틈도 드물었던 탓이다.

—한데 뭐야? 나무가 제대로 털어댔나본데?

징신의 어깨가 노름노름했다.

—재채기가 나서 혼났어. 천지가 송홧가루야.

등잔을 바짝 대 제 꼴을 살핀 징신이 겉옷을 벗어들고 나가 털었다. 털럭털럭 턱턱. 덩달아 우재의 가슴에도 바람이 일었다. 징신은 금세 말끔해져 들어왔다. 이것저것 건드리며 부산을 떠는 징신에게 우재가 부스럭부스럭 종이꾸러미를 내밀었다.

—웬 거야?

—찰떡. 숙위 밤참인데 오늘 당번이 입맛이 없대서 내가 챙겨

왔지. 잘했지?

우재의 순진한 생색에 징신이 파안했다. 우재가 붉어지다 못해 검어지는 동안 징신은 점점 더 하얗게 환해졌다. 좁은 방이 순식간에 둘로 나뉘었다. 한쪽에선 흐릿하게나마 시작되던 달돋이가 구름 속으로 꺾여들어가 숨었고, 다른 쪽에선 맹렬하게 진행중이던 해돋이가 말끔하게 마무리되었다.

둘은 미지근한 아랫목에 나란히 등을 기대고 앉아 사이좋게 떡을 우물거렸다.

—어머니께는 다녀왔어?

징신은 쉽사리 대답해주지 않았다. 언제나처럼 우재가 조바심을 쳤다.

—우리가 버틸 일이 아니란 거 알잖아. 다녀와, 제발.

닿은 엉덩이로 서로의 체온이 오고갔다.

—안 보는 게 서로 편해.

아주 오랫동안 혼란을 나눠온 몸이었다. 어려서는 우애로 덮을 수 있었다. 밖에서는 형제처럼, 안에서는 자매처럼 놀면서. 지금은 동료애로 가리고 있었다.

—그럼 나라도 다녀오게 해주든가.

언제나처럼 손과 손이 먼저 닿았다. 깍지를 꼈다 풀었다, 손바닥을 간질였다 긁었다, 희롱이 신중하고 진지하게 이어졌다.

—그냥 있어.

—징신!

—그렇게 해.

그리고 입술이 닿았다. 서로의 입안에서 끈적이던 찰떡이 혓바닥과 함께 뒤섞였다. 그때였다.

—이보게들!

허둥지둥 입술이 떨어졌다. 누군가가 찾아오기엔 상당히 늦은 시각이었다. 게다가 단 한 번도 누군가가 그들을 찾아온 적 또한 없었다.

—일겸 허완구하고 문숙이가 일이 있어 왔네. 좀 열어주게.

누구냐고 물을 짬도 없이 밖의 사람이 먼저 정체를 밝혀왔다. 우재와 징신은 당황했다. 그들과는 무슨 일이 있을 만한 사이가 아니었다. 그들은 그저 동료였다. 군인이기에 전우애로 결속되어 있어야 함에도 전쟁에 나간 적이 없어 전우가 될 기회를 갖지 못한 그들이었다. 훈련장 안의 열기에는 전장의 급박함이 없었고, 훈련장에 흐르는 땀방울에는 끈끈한 피냄새가 없었다. 그래서 그들은 동료, 그 이상도 그 이하도 아니었다. 또한 만약에 사람을 포위하는 자와 포위당하는 자, 단 두 가지 기준으로만 나눠야 한다면 전자의 선봉에서 신이 날 자들이 허완구와 문숙이였고, 후자의 중간에서 어물쩍거릴 자들이 황우재와 설징신이었다. 그들은 결코 같은 종족이 될 수 없었다. 화해는 할 수 있어도 화합은 불가능한 사이였다.

우재는 징신에게 어찌해야 할지 눈짓으로 물었다. 징신은 가만히 고개를 젓기만 했다. 그러다가 우재를 잠시 도닥이고는 숨을 고르며 일어섰다. 우재는 별일 아닐 거라고 스스로를 추스르며 문 쪽을 노려보았다.

징신이 고리를 풀자마자 문이 벌커덕 열렸다. 뒤이어 거세게 덮쳐들어오는 검은 그림자들. 억, 징신이 그 자리에 쓰러졌다. 우재가 본 것은 거기까지였다.

눈을 뜨니 상엿집이었다. 한가운데 놓인 상여가 황폐했다. 집의 기본을 본떠 만든다는 상여였다. 찢어진 휘장을 따라 늘어진 거미줄에는 속을 빨린 날벌레들이 말라붙어 있고, 나무용이 호기롭게 물고 있어야 할 여의주는 어디로 달아났는지 보이지 않았다. 게다가 부서지기 직전의 빛바랜 종이꽃들이며 쪼개진 오채 깃발이며 구석구석 괴기스럽고 어지러웠다. 폐가였다. 그러니 폐가 안에 폐가가 하나 더 있는 셈이었다. 우재와 징신, 그들의 처지와 같았다. 두 사람은 몸도 마음도 이미 다 폐허였다.

─소리질러봐야 소용없어. 알지? 우리 말고는 아무도 없다는 거.

모를 리 없었다. 도망치는 도둑도 일단은 피하고 본다는 학산山이었다. 한낮에도 빛을 숨기는 촘촘한 나무들과 그 나무들에 빌붙어 산다는 온갖 이름의 도깨비, 그리고 중턱에 버틴 상엿집 탓이었다. 상엿집은 언제나 귀신들로 문전성시라는 소문이었다.

─정신이 제대로 박힌 종자라면 이 밤에 여기 올 일이 있을까?

해 떨어진 험준한 산에서의 볼일이란 뺏거나 뺏기거나 하는 일밖엔 없을 것이고, 버려진 상엿집 안에서의 볼일이란 죽거나 죽이거나 하는 일밖엔 없을 것이었다.

—도대체 이게 웬일이래. 우리 잘난 동료들께서 짐승도 안 하는 짓거리를 몰래 하고 계셨으니.

말은 완구가 도맡기로 한 모양이었다. 숙이는 인상을 쓴 채 안을 돌며 막대기로 거미줄을 걷어내고 있었다. 그리고 귀퉁이가 부서진 채 뚜껑이 열린 불그레한 관 비스듬히 징신의 늘어진 몸뚱이가 보였다.

—누가 먼저 시작한 거야?

—시작?

—어? 쟤야, 너야?

—시작……은 없어.

시작을 하다, 에는 의지가 필요했다. 하지만 어떤 의지? 우재와 징신은 의지가 어쩌고저쩌고 힘을 써 통제하는 차원의 관계가 아니었다.

—같은 수놈들끼리 그러고 싶디?

—싫었던 적……도 없어. 그건 체질 같은 거야. 결코 선택의 차원이 아니야.

—누가 책임지기로 하고 시작한 거냐구, 엉?

—나한테도 징신한테도 책임은 없어. 하지만 벌은 충분히 받고 있지.

―이 새끼가 입이 붙어버린 모양인데? 지금 끝내기엔 아까운데 말이야.

완구가 우재에게서 몸을 돌리더니 징신한테로 다가갔다.

―징신은 그냥 둬.

―이제야 입을 떼시네.

느글느글.

―살살 할 테니 걱정 마. 살살. 아주 살살.

그러면서 완구가 징신의 옷을 하나씩 벗겨갔다.

―크크크크. 니들 말이야, 그 뭐야, 똥 싸는 데를 여는 거라면서?

완구의 손이 징신의 아랫도리를 헤집어들어갔다. 하지만 우재의 눈에는 분주한 완구의 손보다 담담함을 유지하는 숙이의 눈빛이 더 위험해 보였다.

―하지 마. 그러지 마, 제발.

―더러운 새끼들. 처음부터 난 니들 둘이 싫었어. 당최 냄새가 안 났거든. 수컷이라면 당연히 풍겨야 하는 그 뭐랄까…… 뭐랄까……

―사나운.

숙이가 거들었다. 그새 막대기가 무명실패처럼 거미줄로 뚱뚱해져 있었다.

―그렇지, 사나운. 역시 숙이는 똑똑해.

느물느물.

―니들한테서는 그 사나운 냄새가 안 났거든. 그래서 싫었다고. 크크크크.

―나도 내가 싫어.

―니들은 우리 친위군의 수치야. 그래서 우린 너희 둘을 죽일 생각이고. 여봐, 잘나신 동료! 죽어야지, 안 그래?

―내가 알아서 죽을 거야. 죽으려던 참이었어.

완구가 징신에게서 떨어져 우재 쪽으로 왔다.

―알아서 뒈져? 어떻게? 아, 그러니까 비역질에 날밤 까느라 좋아 죽는 것도 죽는 거다?

완구의 야비한 입김이 우재의 얼굴을 덮었다.

―근데 어쩌나. 우린 이미 결정했는데. 우리가 죽여주는 걸로. 유들유들.

―어떻게 죽고 싶어? 보기 좋기로는 피 흘리는 게 제일인데, 안 그래?

―징신은 살려줘.

완구는 그 말에 오히려 신이 난 듯 우재의 갈빗대 사이를 칼 끝으로 천천히 짚어내려갔다.

―그런 건 없어. 너희 둘 다 해 뜨기 전에 죽어야 해. 그러니까 니가 선택할 수 있는 건 어떻게 죽을 건지, 그것뿐이야. 솔직히 나는 목을 따고 싶어. 그래야 피가 콸콸 쏟아지거든. 콸콸 쏟아져야 빨리 끝나고. 아까도 말했다시피 보기에도 좋고. 물론 니가 다른 방법을 원하면 들어주긴 할 거야. 허심탄회하게

말해봐.

징신은 여전히 움직이지 않고 있었다. 어디가 어떻게 상한 걸까. 우재는 징신의 호흡이 느껴지지 않아서 미칠 지경이었다.

─하지만 그 전에 한번 보여줘야겠어. 너희 둘 붙어먹는 거.

우재가 꿈틀했다.

─왜? 치고 싶어? 물론 너하고 나는 동띠니까 겨뤄봄 직하기야 하지. 근데 어쩌나. 너는 묶여 있고 나는 아닌데. 그러니까 승산은 나한테 있단 말씀이지. 안 그래?

완구가 와락 우재에게 달려들더니 바지춤을 풀어내리기 시작했다. 우재는 다리를 꼬아 있는 대로 힘을 주며 몸부림쳤다.

─벌려봐, 새끼야. 얼마나 잘 들어가나 보게.

우재가 꼬아붙인 다리에 탄력을 실어 완구의 사타구니를 걷어찼다. 헙. 완구가 소리도 못 지르고 몸을 말며 나뒹굴었다. 그러자 그때까지 점잖게 구경만 하던 숙이가 거대한 몸을 일으켜세웠다. 걷어올린 숙이의 팔뚝이 분노로 울퉁불퉁했다.

9

비가 그쳤다. 자고 일어나니 그쳐 있었다. 무거운 물방울 같은 건 품지도 흘리지도 않았던 것처럼 시침을 떼고 개어 있었다. 의심과 탄식을 담은 각각의 소리들이 각각의 마당에서 흘러나왔다.

—너무 말짱해서 발칙하기가 내 서방 후린 사당패 잡년 상판 같으다.

　—어찌 저리 하루아침에 말이야. 기가 차고 기가 차서.

　—못 믿어. 못 믿고말고. 언제 바뀔지 누가 알겠어.

　—불쌍한 제주만 여럿 잡은 건데. 이제 마을 제산 누가 지낼 건가.

　—좀 지켜봐야 해. 안심해도 되는 건지, 고마워해도 되는 건지.

　비가 그쳤다. 울타리 안에서 골목 밖까지 뿌얀 아지랑이가 연일 뭉클거렸다. 땅이 몸을 식히고 있었다. 하늘이 대체 무엇을 작정했었는지는 몰라도 하늘의 만행으로 땅이 위태로웠던 건 사실이었다. 죽음과 삶의 의미가 간단하게나마 회나무, 오동나무, 작살나무 옆 정자 주위를 떠돌다 사라졌다.

　—물은 생명의 근원입니다.

　—만병의 기원이기도 합니다.

　—물 때문에 모든 것이 경각에 이르도록 앓았습니다.

　—물 때문에 많은 것들이 경각을 넘어가 죽기도 했습니다.

　—앓고 죽은 것들은 모두 땅의 것들입니다.

　—날것들은 땅의 것이 아니지 않습니까.

　—땅에서 먹고 땅에서 쉬니 그들도 땅의 것이 맞습니다.

　—하늘이 너무하셨습니다.

　—이젠 하늘이 땅을 달랠 차례 아니겠습니까.

비가 그쳤다. 죽은 자들을 쓸어넣은 구덩이 구덩이마다 미나리아재비가 빼곡히 솟아올랐다. 샛노랗게 간드러지는 꽃들을 지날 적마다 사람들은 진저리를 쳤다. 방자한 욕설과 뜻도 애매한 문자들이 구덩이 앞에서 시시콜콜했다.

　─아유, 요매한 거. 보기 싫어 죽겠네. 차라리 뻘건 게 낫지.

　─아주 기분 나쁘게 노래.

　─내 말이.

　─황달도 오래 묵으면 검어지는데 저것들도 그럼 어쩐대.

　─설마 꽃이 검어질까.

　─검은 꽃이라. 염병할. 대갈 속에 아예 그림을 그리지 말아야지.

　─염병이랑 호역은 다르지.

　─골로 가는 건 매한가지일 터. 달라봐야 달고 있는 이름만이지.

　─보기에 영 거시기한데 싹 다 솎아버려야지 않겠나.

　─할 수 있음 당신이 해보든가.

　─역병은 어느 때나 돌았어. 그것도 기근이랑 짝 맞춰서. 우리야 앓다 죽거나 굶어 죽거나.

　─저번 나라님 때도 겪었다지, 아마.

　─그랬지. 암만. 그랬고말고. 언제는 달랐나?

　─고매한 나라님은 들어앉아 공묵하시고 신하들은 제 앞가림

에 바빠 유유범범만 일삼고, 아주 좋았다니까.

—이래저래 죽어나가는 건 우리 같은 상것들이지.

—내 말이.

—짚신나물처럼 지혈에 효험이 있다거나 하는 선초들은 씨가 말랐어.

—한두 자리 막으면 뭐하나. 구멍은 어딘가에 또 뚫리게 마련인 것을.

—하필 미나리아재비일까.

—황달에 좋대.

—호역으로 돼지는데 황달이 무슨 상관이라고.

—몸에 좋다는 건 다 나오는 거지.

—몸에 좋다고 송장 뚫고 나온 풀까지 뜯어 먹나.

—내 말이.

—너무 어둡게 노래.

—내 말이.

—그래도 아예 생면부지가 묻힌 건 아니라서 난 견딜 만해.

—그건 당신 생각이고. 귀신은 아는 놈, 모르는 놈, 그런 거 안 봐줄걸.

—이승에서 괴로웠던 영혼은 죽을 때 그 괴로움을 가지고 가지.

—그러니 귀신이 무섭다 하는 거지. 다 두고 가서 한 하나 없는 귀신이면 왜 무섭겠어.

—불쌍히 생각하자구. 그냥 가여워하자구.

—그래도 저놈의 꽃 정말 싫네.

—해원굿이라도 쳐야 하나.

—산 놈 살기도 벅찬데 죽은 놈 넋까지 씻어달랠 여력이 어디 있어.

—꼭 죽은 놈만 좋자는 건 아니지. 해원굿이란 게 산 사람 액도 막아준다니까.

—액은 이미 넘치고 넘친 것을. 남은 액이 또 있을라고.

—그래도 사람의 맘이라는 게.

—내 말이.

달포. 휴식 없이 비가 흐른 기간이었다. 이레. 호역으로 땅의 사 할이 비는 데 걸린 시간이었다. 가난한 땅은 더 가난해졌고 피폐한 인심은 더 피폐해졌다.

10

—무서우냐?

그랬다. 수강은 무서웠다. 불투명하고 불확실해진 미래가 무서웠고 전복돼 깊숙이 가라앉은 처지도 무서웠다. 전부가 달라졌다. 어찌 무섭지 않을 수가 있겠는가.

—쓸모를 염려하느냐?

　내내 글로만 살아온 시간이었다. 글 없이 자신의 쓸모를 찾을 수 있을까. 글 밖에 자신의 쓸모가 있기나 한 것일까.

　—쓸모 있음과 쓸모없음의 끗은 아무도 헤아리지 못하는 것이 이치……

　이치. 충과 효의 이치. 예와 지의 이치. 생사의 이치. 남녀의 이치. 이치.

　수강은 염색공장으로 오던 그날 새벽으로 생각을 옮겨갔다. 안개. 하늘에서 땅까지 온통 안개. 얼마나 두꺼웠던지. 어찌나 하얬던지. 태초에, 하늘과 땅이 나누어지기 이전에, 천지가 비었을 거라고 수강은 생각하지 않았다. 세상은 단 하나라도 무언가를 가지고 있었을 것이고, 그 단 하나란 아마도 안개였을 것이었다. 그러다 빛이 끼어들면서 하늘과 땅은 갈라졌을 테고, 안개는 그 사이에서 오도 가도 못 하다가 색으로 굳어졌을 테며, 매일 분열하고 진화하며 세상을 단란하게 메워갔을 것이었다. 안개가, 새벽을 낳은 안개가 정말 하얬다. 거름이나 실어나르던 수레에 아무렇게나 던져진 몸뚱이, 무른 홍시처럼 온통 물컹거리던 제 몸뚱이도 잊을 만큼 하얬다. 색에도 이치가 있을까.

　—장석이라는 자가 있었느니.

　—이치의 부연인가. 싫은데, 아무것도 듣기 싫은데……

　—그가 제나라로 가던 길이었느니. 가다가 거기 토지신을 모신 한 사당을 지나게 되었는데, 거기서 상수리나무를 본 게지.

컸어. 수천 마리의 소를 가릴 정도로 크고, 산을 내려다볼 만큼 높았고. 나무 주변이 구경하는 사람들로 북적북적했지.

—스승의 마지막도 북적댔지. 좋은 구경이니까……

—한데 장석 이자가 그 나무를 거들떠도 안 보고 그냥 지나쳐 버린 게야. 제자가 물었지. 저는 이처럼 훌륭한 재목을 아직 본 적이 없는데 선생님께선 그대로 지나쳐버리시니 대체 어찌 된 일이신가 하고. 장석이 대답했지. 그 나무는 재목이 될 만큼의 쓸모가 없어 오래 살 수 있었던 거다, 그렇게. 그런데 그날 밤 장석의 꿈에 그 사당의 나무가 나타나서 이러는 게야. '너는 나를 무엇에다 비교하느냐. 쓸모 있다 하는 나무에 비교하느냐. 배, 귤, 유자 등은 열매가 익으면 잡아뜯기고, 뜯기면 부러진다. 큰 가지는 꺾이고 작은 가지는 잡아당겨진다. 이는 그 능력 때문에 제 삶이 괴롭혀지는 셈이다. 그래서 천명을 다하지 못하고 죽게 된다. 세상의 공격을 받는 것이다. 세상의 사물이란 다 이와 같다. 나는 쓸모 있는 데가 없기를 오랫동안 바라왔다. 여러 번 죽을 뻔했으나 오늘 자네가 나를 쓸모없다고 했기 때문에 비로소 뜻을 이루어, 그 쓸모없음을 내 큰 쓸모로 삼게 되었다. 가령 내가 쓸모 있었다면 어찌 이토록 클 수 있었겠는가. 너도 나도 다 같은 하찮은 것이다. 어찌 서로를 하찮다고 헐뜯겠는가.'

—싫은데, 아무것도 듣기 싫은데……

들을 만하나 듣고 싶지 않아서 들리지 않는 이야기였다. 수강은 심각하고 진지한 방 안을 느슨하게 조명해들어오는 늦은 아침의 하얀 빛에 염색장의 늙은 목소리를 섞어 뭉갰다.

―쓸모없는 것의 쓸모 있음에 대한 얘기지.

수강은 계속 생각 속을 배회했다.

―난 소령원의 의리를 높이 샀을 뿐이야. 그 의리를 스승께 지키려고 했을 뿐이고.

왕의 생모이자 선왕 숙종의 후궁이었던 숙빈 최씨가 숙종의 비 인현왕후에게 최선을 다했음은 누구나 다 아는 일이었다. 수강에게 그것은 의리였다. 스승 장영이 받은 모함에서 발을 빼지 않은 자신의 행동 또한 의리였다.

―앞의 의리는 전하를 기쁘게 했고 뒤의 의리는 전하를 노하게 했지. 그래도 앞의 기쁨이 있었기에 뒤의 노여움이 덜해졌으니, 의도한 바는 없었대도 내가 학발시를 지어 앞을 세워둔 건 분명 다행인 셈이야. 한데…… 눈을 빼앗겼다면 어땠을까. 모든 분별을 잃었을까. 정말로, 진심으로 눈을 그냥 둬준 전하께 감읍해야 할까.

―그리 나쁘지만은 않을 것이야.

나쁘지만은 않다? 처음으로, 공장에 와 처음으로 수강이 염색장을 정면으로 바라보았다.

―말을 잃은 대신 얻는 것도 분명 있을 터. 그것이 무엇일지 지금은 알 수 없으나……

채관은 되는 대로 말을 밀어냈다.

―때는 분명 올 것이고……

수강의 눈이 더 공허해졌다.

―『장자』에 이런 말이 있느니.

―그따위……

―하찮아도 스스로에게 맡겨둘 수밖에 없는 것이 사물이다.
천한 신분이라도 스스로에게 기댈 수밖에 없는 것이 백성이다.
뚜렷이 드러나지 않아도 스스로가 할 수밖에 없는 것이 일事이
다. 거칠지만 말할 수밖에 없는 것이 법이다. 인정과는 멀지만
지킬 수밖에 없는 것이 의이다. 인정에 가깝지만 사회적으로 넓
혀갈 수밖에 없는 것이 인仁이다. 옹색한 절제는 있어도 쌓아갈
수밖에 없는 것이 예이다. 세상 사람들을 따르지만 높일 수밖에
없는 것이 덕이다. 유일하지만 상황에 따라 변화할 수밖에 없는
것이 도이다. 신비롭지만 실천할 수밖에 없는 것이 자연天이다.

―듣는 게 힘들어. 들어오는 문은 있으나 나가는 문은 없는 방
에 갇힌 것 같아. 차라리 귀를 내놓았어야 했어. 소리가 막히면
말도 저절로 잊히는 것이 순리. 그럼 좀더 편안했을지도……

―그럴 수밖에 없고, 그럴 수밖에 없고, 그럴 수밖에 없지.

―전하께도 더 좋았을 거야. 귀 하나를 거둬 듣기와 말하기
두 가지를 없애니 일거양득.

채관이 잠시 쉬며 흐트러진 생각을 입으로 모았다. 하지만 맘
대로 생각할 수 있대서 맘대로 할 수 있는 말은 아니었다. 안 되
는 말은 그만두어야 했다. 그래서 서둘러 마무리로 향했다.

—바람도 쌓이고쌓여 두터워져야 큰 날개를 띄울 힘이 생긴다고 했느니. 지금은 그냥 바람이 부는 게야. 힘을 만드는 거지.

　—아니. 바람은 이미 불었는지도 몰라. 힘이 충분해서 벌써 날개를 띄워보냈는지도 몰라. 나는 그저 바람이 휩쓴 자리에 남은 작은 이파리 같은 건지도 몰라.

　호야나무 가지에 매달린 죄인은 넷이었다. 나무를 빙 둘러 사방 한 구씩이었는데 서쪽이 스승이었다. 굵게 치솟은 나뭇가지도, 가늘게 늘어진 스승도, 무언가를 굳게 다짐한 듯 결연해 보였다. 그 모습을 굳이 보게 한 왕의 저의를 읽으면서 수강은 '허무'를 깨달았다. 사람은 벼랑에서 떨어져 몸이 으깨지고도 살아남지만, 복숭아 한 알에 체해 하룻밤 새 죽기도 했다. 사람은 그랬다. 별것 아닌 일에 곤죽이 될 수도 있고, 오히려 별것인 일에는 말짱할 수 있는 그런 존재였다.

　—그러니 이치? 이치 따위 따져 무엇하게. 사람이 대체 무엇을 할 수 있다고.

　수강이 숨죽여 흐느끼기 시작했다. 덩달아 채관도 급속히 허물어졌다.

　—내가…… 너무 많이 살았어.

　채관은 가물거리는 자신의 나이를 되새긴 다음 거기서 선비의 나이를 덜어내보았다. 어마어마한 세월이 후두두 떨어졌다. 채관은 무모했던 셈을 후회하며 맥도 제대로 잡히지 않는 어린 선비의 손을 감쌌다.

—가문과 목숨은 보전했으니. 눈도…… 남았고……

—가문…… 목숨…… 내 눈……

—때가 올 게야.

—때라. 때. 그 모호함이라니.

수강이 퉁퉁 부어오른 입안에 한 이름을 채웠다.

—어으어어아……

굵어지는 눈물방울과 격해지는 울음소리.

—그래, 그렇게 불러. 차라리 소리를 내.

격려받은 선비의 입술이 소리를 반복했다.

—어으어어아, 어으어어아……

그날, 시간이 쩔쩔매며 기어가는 더운 사랑에서 수강은 처음으로 스승의 두려움을 보았다. 그동안 장영의 감정은 당황에서 분노로, 분노에서 억울함으로, 억울함에서 체념으로 빠르게 자리를 이동해왔다. 그리고 이제 마지막 순서, 두려움이었다. 누명도 죄였다. 그간의 처신에 문제가 있었다는 방증이니만큼 무엇으로든 기워 갚아야만 했다. 한데 왕은 지나치게도 목숨을 요구하고 있었다. 수강은 후회라도 하고 싶었다. 그래야 버텨낼 수 있을 것 같았다. 하지만 후회할 건더기가 하나도 떠오르지 않았다.

—밖에…… 연홍을 부르라.

그날, 장영의 첫말이었다. 목소리가 꼬여 있었다. 성대에 갑자기 힘을 주는 바람에 근육이 놀란 탓이었다.

그리고 연홍. 장영의 외동딸이자 수강의 정혼녀.

수강의 아비 최혁과 연홍의 아비 장영은 자식을 나누어가지는 것을 관계의 완성이라고 보았다. 한쪽은 소론, 한쪽은 노론, 정치와 파당은 절대로 허락하려 하지 않는 우정이었다. 하지만 두 사람은 붕당 안에서의 가파른 대치와 정치 밖에서의 긴밀한 공존을 조절하기 위해 고투했다. 철학과 이념을 사람과 한 높이에 두지 말라던 가르침의 영향이었다. 그 가르침의 맨 앞에는 당색 앞에서 거꾸러지려는 우정에 괴로워하며 남겼다는 스승의 스승의 스승의 스승인 어우당 유몽인의 절언이 있었다.

한 가지를 말할 수 있다. 간과 폐는 사람 몸속에 함께 있지만 성질이 같지 않고, 눈과 귀는 얼굴에 함께 있지만 기능이 같지 않다. 우리나라의 고기와 진나라 땅의 고기 맛이 같고, 새의 깃과 눈송이의 흰빛이 같다. 억지로 다른 것을 같게 하려면 같아지지 않지만, 같은 점을 중심으로 보면 절로 같아져서 원래부터 같은 것 같다. 그러니 벗을 위해 한 몸을 바치지 않을 수 있겠는가.

위대한 유산이었다. 어느 쪽으로든 쏠려 있지 않으면 정치 자체가 불가능했기에 어느 쪽으로든 끼어들어가 있어야 했지만, 그래도 무게중심을 잡을 수 있도록 한 스승들의 유산. 그 중심의 너른 처마 아래에서 수강과 연홍은 미래의 가족으로 엮여 있었다.

—연홍……

수강에게 연홍은 늘 추상적이기만 한 사람이었다. 물론 존재
감은 깊었다. 서로에 대해 전해듣는 것이 원체 많아서였다. 그래
도 남녀가 유별한 탓에 단 한 번도 마주친 적이 없었기로, 수강
에게 연홍은 그저 맘 밖을 서먹하게 겉도는 '남'일 뿐이었다. 그
런 연홍을 스승이 부르고 있었다. 눈치껏 일어서려는데 장영이
수강을 조용히 말렸다.

—그냥…… 보아두라.

법도가 지엄한 반가의 사랑채였다. 게다가 의금부에서 언제
들이닥칠지도 모르는 상황이었다. 파격에 당황한 수강이 띄엄띄
엄 내려앉았다. 마음에 좀이 쑤셔왔다.

연홍은 그리 멀리 있지 않았던 듯 바로 대령했다.

—아버님.

흠뻑 젖은 목소리.

—들라.

방을 들어서던 연홍이 문지방 바로 앞에서 멈칫했다. 순식간
빨갛게 졸아드는 연홍. 그런 딸에게 장영이 일렀다.

—아가! 괜찮다. 예다 아니다, 가릴 거 없다.

연홍이 쭈뼛거리다 몸을 내리자 젖은 치맛단이 바닥에 퍼졌
다. 다홍치마가 마치 주술처럼 수강에게 다가왔다. 연홍, 다홍,
홍, 홍. 머리가 어지럽고 속이 울렁였다. 수강은 고개를 더 숙여

색을 외면했다. 그때 늙은 목소리 하나가 밖에서 날아왔다.

—다과입니다.

다과라. 달달한 그것들을 넘길 만큼 심심한 목구멍이 아니었다.

—됐다.

장영이 물렸지만 그래도 찬모는 꾸역꾸역 방으로 밀고 들어와 그예 한가운데 상을 놓았다. 세 사람의 시선이 오색다식과 구름떡에 머물렀다. 안주인의 정성이 모락모락, 했다. 장영에게는 마지막으로 누리는 아내의 어여쁜 솜씨였고, 수강에게는 새삼 확인하는 장모의 여전한 솜씨였으며, 연홍에게는 두고두고 기억하고 싶은 어미의 탁월한 솜씨였다. 세 사람의 처지와 너무 멀어서 이의를 달고 싶을 만큼 두드러진 솜씨였다.

—마님께서 이거라도 드셔야 한답니다.

찬모가 보기 딱할 정도로 울상을 지으며 세 사람을 한 번씩 쳐다보고 물러나갔다. 장영이 그런 찬모의 등을 물끄러미 바라보다가 입을 열었다.

—내게 세상은 죽어도 그만 살아도 그만이었다.

위태로운 시간이었다.

왕은 강력하다. 강력해야 한다. 하나 왕 뒤에는 왕보다 더 강력한 것이 존재한다. 그것은 신하다.

그 주장 하나만으로도 장영의 인생은 모험 그 자체였다. 그가 존중하는 왕권의 신성함이란 신권臣權이 인정하는 한에서만 가능하고 지켜질 수 있는 그런 것이었다. 왕권의 주체인 왕이 불쾌해했음은 물론이었다. 왕은 왕권이 신이 부여한 절대적 권리라는 신권神權주의에도 회의적이었지만, 신하가 인정하고 주도해야 하는 권리라는 신권臣權정치 개념에 대해서는 아예 부정적이었다.

─아무리 그랬다 해도, 이렇게 졸지에……

아니었다. 장영은 졸지에 당할 만큼 쉬운 사람이 아니었다. 그는 노련한 정치가였고 노회한 책략가였다. 다만 세상이 다 아는 시간, 왕이 장영을 노리고 별러온 그 시간이 때를 맞이한 것뿐이었다.

─수강아.

─네.

─연홍아.

─예.

─내가…… 미안하구나.

이판사판 정치판에서 닳고닳은 장영이었다. 백성들이 말라 죽는 것도, 선비들이 맞아 죽는 것도, 왕의 아들이 굶어 죽는 것도 다 담담히 겪어낸 그였다. 하지만 두 아이, 자결하거나 노비가 되거나 둘 중 하나인 딸과, 불구도 되고 노비도 될 사위는 감히 견딜 만하다, 의 범주에 속하지 않았다. 장영은 제 머리를 깨 뇌

수를 흩뜨리고 가슴을 찢어 심장을 터뜨리고 싶었다.

그날, 숨마저 조마조마 움츠러들던 더운 사랑에서 세 사람이
울었다.

—어으어어아……

—그래, 울어. 그렇게 울어.

—어으어어아, 어으어어아……

11

하얀 어둠이 황홀했다. 때론 의젓하게 연홍을 지키는 것도 같
았고, 때론 거칠게 공격해오는 것도 같았고, 때론 적개심으로 외
면하는 것도 같았고, 때론 옴짝달싹도 못하게 꽉 안아주는 것도
같았다. 이렇게 저렇게 바꿔가며 하얀 어둠은 연홍을 놓아주지
않았다. 연홍은 닫혀버린 눈 때문에 동요할 틈도 없을 만큼, 닫
힌 눈을 슬퍼할 여유도 없을 만큼 하얀 어둠에 끌려들어갔다.
하얀 어둠이 지독히도 황홀했다.

꿈도 더 잦아졌다. 잘생긴 귀신씨 사이사이로 꾸준히 새로운
꿈들이 생겨났다. 다행스럽게도 꿈은 보였다. 꿈에는 추억도 있
었고, 암시도 있었고, 환상도 있었다. 볼 수도 없고 할 일도 없
는 연홍은 이 꿈에서 저 꿈으로 이동하면서 하루 종일 몽롱하게

늘어져 있었다. 하지만 '종일'이라고 가늠할 수 있는 하루가 있기나 한 것인지. 연홍은 벌써 시간을 잊어가고 있었다.

꿈 하나.

회나무 잎들이 녹두, 연두, 갈색으로 제각각 말라갔다. 그 틈틈이 열매들이 빨갛게 익고 있었다. 주름이 다섯 개 잡힌 주머니 모양의 회나무 열매는 규방의 아녀자들이 본떠 쌈지로 만들어보고 싶을 만큼 앙증맞았다. 연홍이 그 모양으로 만두를 빚었다.

반죽을 치댈 때 계절을 섞었다. 쑥가루를 넣은 만두는 열매가 익기 전처럼 보였고, 대추즙을 넣은 것은 익고 나서처럼 보였다. 어여쁜 응용이라며 어미가 칭찬했다.

—우리 홍이가 동청화를 피웠더이다.

동청화冬靑花는 회나무의 별칭이었다.

—허허허! 허허허!

어미는 연홍이 빚은 주름만두만을 따로 삶아 사랑에 내어 아비를 웃게 했다.

—허허허! 허허허!

아비 장영의 웃음소리가 연홍의 꿈밭을 이리저리 굴렀다.

꿈 둘.

창의 격자가 촘촘했다. 흠 하나, 티 한 점 없는 창호가 저녁을 받아걸러 안으로 들였다. 연홍은 조심스럽게 방 안을 기웃거렸다. 안은 꽤 어두웠지만 벽 군데군데 붙은 조악한 춘화들만은 내용까지 환했다. 연홍의 동그랗고 하야말간 얼굴이 고루고루 붉어졌다.

민망함이 가시자 빛의 결핍으로 커다래진 눈동자에 아무것도 놓이지 않고 아무것도 걸리지 않은 가난한 공간이 드러났다. 갑자기 아랫배가 아파왔다. 초경이 시작되려나보았다.

— 배꼽 반뼘 아래가 뭉근히 아파올 거야. 속탈이 났을 때하고는 다르니 알 수 있지. 그러면 당황하지 말고 누누이 알려준 대로 하면 된다. 개짐을 어디 두었는지는 알 테고. 홍아, 놀라지 말고 차분히. 알았누?

어미의 가르침이 있었지만 연홍은 아직 마음의 준비가 돼 있지 않았다.

— 어쩌지? 어째야 하지?

당황한 마음은 안달을 냈지만 몸은 아랑곳하지 않았다. 치맛자락에 얼룩이 찍혔다. 하나. 둘. 그러더니 맹렬하게 번져들었다. 붉게 젖은 치마가 무거워 연홍이 주저앉았다. 연홍을 받은 방이 붉어지기 시작했다.

꿈 셋.

목이 쥐어뜯기는 갈증이었다. 연홍은 우물로 내달았다. 있는 줄도 몰랐는데 불현듯 생각난 우물이었다. 닿자마자 연홍은 힘껏 두레박을 던졌다. 참방. 나 가득해요, 나 깨끗해요, 확인시켜주는 듯한 맑은 소리, 참방. 연홍은 서둘렀다. 두레박의 그득한 기운이 손아귀에 실려왔다. 순간 푸드덕, 하는 기척. 연홍이 길

어울린 건 까마귀였다.

까마귀는 너무 크고 새카매서 어둠 속에서도 확연히 드러났다. 까마귀가 움직일 적마다 어둠이 움직이는 것 같았다. 연홍은 움직이는 어둠이 무서웠다. 그 까마귀가 작은 포대기를 물고 있었다. 포대기 안은, 아기였다. 오물락꼬물락, 아기였다. 아기가 연홍을 보더니 울음을 터뜨렸다. 자지러지게, 숨이 넘어갈 듯이. 그 소리를 연홍은 참을 수 없었다. 연홍이 손을 뻗어 아기를 받아안았다. 아기가 울음을 그쳤고 까마귀는 도로 우물 속으로 사라졌다.

꿈 넷.

꿈 다섯.

그렇게 꿈을 꾸면서 연홍은 하얀 어둠에 스스로를 물들이고 있었다.

눈의 통증은 거의 줄어들었다. 발작적으로 뜨거워지던 느낌도 상당히 무뎌지고 있었다. 연홍은 제 눈이 어떤지 알고 싶었다. 그래서 더듬고 문질러봤지만 아무것도 알아내지 못했다.

—아, 아버지!

마흔일곱에 얻은 막내딸을 유독 겨울이면 심해지던 심병처럼 아파했던 아비 장영.

—아, 어머니!

그 막내딸의 눈앞에서 거품을 뿜다가 죽은 어미 윤씨.

―오라버니!

매일 오고가는 문안중에도 어렵고 어색했던 두 오라버니.

―아!

연홍은 마지막 남은 한 얼굴을 손바닥 가득 떠올리기 위해 그리움의 샘으로 몸을 숙였다. 그때 멀리서 미투리 끌리는 소리가 들려왔다. 연홍이 긴장했다. 미투리를 그렇게 심통스럽게 끌고 다니는 이는 많지 않았다. 방이할매의 짜증스러운 발짝이 눈에 선했다. 연홍은 조금씩 예민해지는 청력이 신기했다. 더 지나면 마음까지 들을 수 있을지도 모른다고 연홍은 기대했다.

―음……

관은 여전히 연홍을 팔손이울타리 안에 가둬놓고 관찰하는 중이었다. 새 관비의 어린 몸에 혹여 호역의 찌꺼기가 가라앉아 있을지도 모른다는 판단에서였다. 명쾌하지 않은 상황에서 서둘러 흑산도로 보냈다가 거기까지 호역을 퍼뜨려버리면 큰일이었다. 하지만 갑자기 눈이 멀어버린 계집아이의 한계가 너무나도 명백했기로 관은 울타리 안까지 따로 감시를 붙이지는 않았다. 전부터 잘 알고 지내왔다는 방이할매를 보내 매일 경과를 보고받는 것으로 틈을 때우고만 있었다.

―너 땜시 성가시고 구찮어 죽어, 내가.

짐작대로 방이할매였다. 방이할매는 대장간 주가의 어미로 종종 연홍의 집안일을 봐주고 쌈짓돈을 챙기던 이였다. 그때마다 어찌나 깍듯했던지. 하나 방이할매는 연홍 모녀가 노비로 떨어진 즉시 안면을 몰수했다. 그녀의 자글자글한 입술에서 하대가 술술 흘러나왔다. 망설이는 기척도 주저하는 기미도 없었다. 그것이 인심인가보다고 연홍은 생각했다.

—또 안 먹었네? 왜, 내가 괴기라도 사다 바쳐야 하는 겨?

부엌을 둘러보고 나온 할매가 짜증을 냈다.

—입맛이……

—입맛? 지랄. 지금 때가 어느 때라고, 주제에 입맛? 청개구리 배때기 터지는 소리 하구 있구만. 벌써 며칠째여? 시장이 반찬, 아니지, 욕이 반찬이란 말 모르는 겨? 이 찬 저 찬 해도 그만한 찬이 없지. 널 이 꼴로 만든 이놈의 세상 욕하다보면 뭐든 고냥 넘어갈겨. 그러니 뭐라도 먹어둬. 느이 모녀 여기 올 적에 관에서 요만한 보리쌀주머니 딸려보낸 뜻이 뭔 중 아냐? 관비다 이거여, 관비. 나라 물건이란 거지. 그러니 먹으란 말여. 너 잘못되면 나만 낭패여. 그거 몰러? 입맛? 꼴값!

—예.

연홍이 수긋하게 대답했다. 할매를 거슬러선 안 되었다. 그간 들인 성의를 밑천으로 꼭 알아내야 할 것이 있었다. 방이할매는 할매대로 습관처럼 연홍의 눈을 살폈다. 보기에는 멀쩡한데 보이지가 않는다니 아무래도 거짓말 같았다.

—똑 공갈인디.

—예?

—아녀. 늙은 년이 비 맞은 중놈마냥 일없이 중얼거린 겨.

—저…… 혹 염색장 채관을 아셔요?

—알기야 알다마는, 왜?

—그럼 그분이 어디 사는지도 아셔요?

—그니가 어디 사는지 왜 묻는디? 알아 뭐하려고 그러는 건디?

—저…… 부탁…… 하나 드리려구요.

—왜, 비단 염색이라도 해달라게?

—저…… 저를 좀 데려다주시면……

—누구, 채관한테? 너를? 내가?

—그분한테 여쭐 게 있어요.

—무신 소리여. 미쳤어? 니가 아직도 대가댁 아가씬 중 아는 겨? 관비 주제에 어딜……

연홍이 뒤로 돌아 부스럭부스럭 고쟁이 속을 뒤지더니 무언가를 꺼냈다. 칠보로 꽃잎을 박아넣은 금장도였다. 방이할매의 찢어진 눈에서 바각바각 쏠리는 소리가 났다.

—이걸…… 날 주는 겨?

—예, 은혜는 잊지 않을 거예요.

방이할매가 침을 소리나게 삼키며 울타리 너머를 살폈다.

—저 좀 살려주셔요. 여쭙기만 하면 되니까……

—물어보기만 하고 금방 와야 하는 거 알지?

—예.

—생각 좀 해봐야겄네.

말은 그래도 방이할매는 받아들일 요량이었다.

—밤을 타서 후딱 댕겨오면 누가 알겠는가.

엉덩이가 깃털처럼 가벼워진 방이할매가 서둘러 팔손이울타리를 벗어났다.

연홍은 미투리 끌리는 소리가 완전히 사라질 때까지 기다렸다. 그러곤 다시 하얀 어둠 속으로 고이 들어가 기다리고 있던 얼굴 앞에 마주 섰다.

방이할매는 흥이 났다.

—밤이래야 혀. 행여 관에 시비라도 잡히지 않을라면 말이여. 학산 쪽이 낫겠지? 보는 눈 없기로는 그짝이 제일이니께.

방이할매는 자신이 있었다. 이제껏 살면서 넘긴 죽을 고비가 한둘이 아니었다. 기근, 홍수, 가뭄 같은 자연하고의 싸움은 물론이고, 악악거리며 견뎌낸 돌림병과 앙앙거리며 견뎌낸 아전의 수탈에, 딸만 내리 다섯번째라고 산모 누운 엄동설한 구들에 불도 안 넣어준 시어미의 구박을 거쳐, 눈먼 산삼 좀 없을까 하고 산 탔다가 뱀에 물린 채로 벼랑에서 구른 사고에 이르기까지, 그 내용도 별별 가지였다. 그 모두에서 살아남은 자신이었다. 구사일생의 내공으로는 감히 방이할매를 넘볼 자가 없었다.

—내가 누군디. 그까짓 거.

중얼중얼, 히죽히죽. 의기양양하게 걸어가는 방이할매 곁을 나비 한 마리가 바삐 날아갔다. 푸른빛이 고상했다.

12

물이 끓으며 내는 들뜬 소리가 채관의 귀를 깨웠다.

─물이 이제 달아졌는가.

물이 속을 썩일 때가 채관은 가장 속상했다. 염색의 기본은 물이었다. 짜거나 쓴 물은 색을 곡해했다. 하물며 비린내가 나는 다음에야. 정직하고 솔직한 색을 내기 위해선 우선 물부터 맞춰야 했다.

─흐으으읍!

콧구멍을 좁혀 수증기를 가득히 빨아들인 채관의 표정이 아늑했다. 끓였다가 식혀 다시 끓이는 게 벌써 몇번째이런가. 비가 그쳤는데도 물이 회복되지 않아서 채관은 괴로웠다.

─잘 속은 듯싶다.

결국 채관의 인내심이 물의 오기를 꺾은 것이었다.

채관은 염색장이었다. 상의원이나 제용감에 소속된 공식 장인도 아니고, 그저 일개 염가染家의 일꾼에 불과해 경공장조합에선 끼워주지도 않는 처지였지만, 그럼에도 그의 이름은 높았고 대우를 받았다. 수많은 청염장, 홍염장, 황단장, 하엽록장이 채관에게서 배출되었다. 그리고 그들은 감히 스승의 이름을 입에 담지도 못할 만큼 '일개 일꾼'을 경외했다.

채관이 언제부터 염색을 업으로 삼았는지에 대해 사람들은 아는 바가 없었다. 시간을 거슬러 올라갈수록 그의 정체는 흐릿해졌고 결국엔 사라져 아무것도 찾을 수 없었다. 하나 그걸로 그만이었다. 사람들은 더이상 캐지도 쑤시지도 않았다. 채관에게서 기대하는 것은 오로지 색뿐이었다. 그것만큼은 왕도 다르지 않아서 혹자와 식자 들이 색 외의 문제로 채관에게 따지는 걸 허락하지 않았다. 채관은 색만 잘 내면 되는 사람이었다. 하니 채관이 물 앞에서 색을 예상하고 색을 추측하고 있는 모습은 아주 당연한 그림이었다.

— 이제 속도를 내야지. 너무 많이 놀았어.

채관은 수강의 절망을 잠시 뒤로 미루었다. 할 일이 있었다. 의외로 물건이 일찍 도착한 때문이었다. 노루가죽이 이리 빨리 구해지는 경우는 드물었다.

— 수강아!

아무 반응이 없을 거라는 걸 알면서도 채관은 또 불렀다. 그저 한 번이라도 더 불러두겠다는 마음이었다. 아비와 함께했던 시간도, 자신이 아비였던 시간도 너무 짧아서 아비에 대해 아는 바는 없었지만, 아비라면 왠지 그랬을 것 같다는 생각을 언제나 해오던 채관의 아비 같은 마음이었다. 어쩌면 아비의 마음을 몰랐기 때문에 어미의 것처럼 생겨버렸을 수도 있는, 그런 마음이었다.

— 수강아!

들여다본 수강은 여전히 그대로였다. 누워 있거나, 울거나, 누워서 울거나, 셋 중 하나였다. 간간이 서고를 기웃거리는 것 같기는 했지만 서고의 책들이야 거개가 색 이야기이니 신통치 않을 것이 뻔했다. 그렇다고 아무렇게나 색 사이로 끌고 다닐 수는 없는 일이었다. 색에도 순서가 있고 예의가 있었다.

─약은 절대 잊으면 안 되느니.

채관은 수강의 본가에서 사람이 왔다는 것을 수강에게 말하지 않았다.

─수강의 작은외숙 됩니다. 친가 쪽은 발이 묶인지라 제가 움직이게 됐습니다.

─일개 일꾼입니다. 편히 하대하십시오.

─매형께서, 공손하라 부탁하셨습니다. 부실한 자식을 맡길 수밖에 없는 가슴 아픈 아비에게 신분의 귀천 따위는 아무런 명분도 아니다, 하셨습니다.

─차마…… 그 마음을 나도 안다, 하지는 않겠습니다.

─조카는 어찌 지냅니까?

─외람되나 먼저 여쭙습니다. 최혁 대감께선 궁에 거역하실 뜻을, 전하와 대결하실 의향을 가지고 계신 겁니까?

─어찌 감히 그런 대역무도한 말씀을 하시는 겝니까?

─하면 대감께 그냥 계셔야 한다, 하셔야 합니다. 사람을 보내 묻지도 마시고, 사람을 통해 무얼 보내지도 마셔야 한다, 하셔야 합니다. 수강은 최혁 대감의 아들이 아니라 장영 대감의 사위로 벌을 받았습니다. 그러니 전하께서도 최대감을 그냥 두

셨을 겁니다. 엮을 생각이셨다면 어떻게든 엮으셨을 겁니다.

─그야 그렇긴 하나……

─지금은 장대감의 사위로만 있는 것이 낫습니다.

─참담한지고. 참담한지고.

─죄가 풀리기를 바랄 뿐입니다.

─그래도 혀를 회복할 수는 없는 일. 요행으로 돌아온다 해도 상처가 말이 아닐 겝니다.

─견디고 있습니다. 심성이 반듯하니 이겨낼 겁니다.

─어쩌고 있습니까?

─글 때문에 잊고 있었던 몸을 찾고 있습니다.

─몸을 찾는다?

─외람되나 노비는 몸으로 사는 물건입니다. 몸을 잃으면 그 가치도 없는 법입니다. 몸을 찾아서 몸을 더 만들어야 합니다. 그래야 살 수 있습니다.

─참담한지고. 참담한지고.

─그렇지요. 그렇습니다.

─상한…… 데가 더 상하진 않겠습니까?

─저도 수강도 함께 애쓰고 있습니다.

─약을 챙겨왔습니다. 약도 거절하실 겝니까?

─아닙니다. 받겠습니다.

─수강아! 약은 때를 놓치면 안 되느니.

때가 올 거라고 수강 앞에서 했던 장담은 어쩌면 치기일 수도 있었다. 연장자로서, 책임자로서 뭐라도 한마디를 보태야 한다는 압박에서 비롯된. 채관 자신도 그 '때'에 대해 무지하기는 마찬가지였다. 채관은 때가 그 때인지 아닌지 분별할 능력만을 얼마간 가지고 있을 뿐이었다. 때는 언제나 모호했다.

─하나 색은 모호함이 없지.

누런 종이봉투를 뜯어 뒤집자 울금이 쏟아졌다. 울금은 생강과의 매운 풀로 뿌리를 염료로 썼다. 작두로 잘라 바람 드는 그늘에 매달아두었는데 자른 면의 색이 진하게 익어 있었다.

─잘 말랐어. 하니 잘 나올 게야.

벌써부터 천진난만한 색이 떠올라 채관은 설레었다. 울금으로 만드는 노랑은 장난기가 가득한 색이었다. 물론 치자나 황련으로도 어여쁜 노랑을 뽑아낼 수 있었다. 특히나 치자는 다른 염색에 비해 작업과정이 수월한 편이어서 장판지에 물을 들이는 데 쓰기도 할 정도였다. 서고 바닥의 장판지도 치자였다.

그래도 채관은 유독 울금을 편애했다. 울금, 하고 발음할 때마다 줄렁이며 차오르는 밀물 같은 통증이 그를 더 그렇게 했다. 색을 다루면서 소리까지 거들다니. 아닌게 아니라 소리 때문에 색을, 색 때문에 향을, 향 때문에 맛을, 그렇게 이것 때문에 저것이나 저것 때문에 그것을 취하고 버리는 것이 사람이었다. 사람의 오감이라는 것이 얼마나 미묘하고 복잡한 것인지,

그 오감 때문에 사람은 또 얼마나 더 복잡하고 미묘해지는지, 채관은 때마다 절감했다. 그래서 그중 하나를 잃은 수강이 가여웠다.

울금 토막 중에 가장 큰 놈을 집어들고 냄새를 맡던 채관이 저도 모르게 얼굴 가득 웃음을 그렸다.

─좋구나. 꼭 갓난이 똥냄새라니까.

구별할 수 있는 냄새였다. 부러웠던 냄새였다. 어디서나 잘 맡아지던 냄새였다. 갖고 싶던 냄새였다. 그예 달아나버린 냄새였다.

─울금은 이래서 좋느니.

울금은 매염을 무엇으로 하느냐에 따라 색이 달라졌다. 매염은, 말하자면 인간사의 중매였다. 마땅한 염료에 마땅한 섬유를 이어주는. 아무 여자나 아무 남자를 아무렇게나 엮어줄 수 없듯이 염료와 섬유에도 마땅한 합이라는 것이 있었다. 울금도 그랬다. 일종의 쇳물인 철장액으로 하면 황갈색이, 석회로 하면 호박색이, 잿물로 하면 암적색이 되었다. 그렇다고 과하면 안 되는 것이 중매자의 역할이었다. 결론의 방향을 이끄는 건 염료와 섬유의 성질이었다.

하나 이번처럼 밝고 선명한 노랑을 뽑고자 한다면 매염 처리를 하면 안 되었다. 오로지 울금 혼자서 만들어야 할 결론이었다.

─나도 좋은 결론은 아니었지.

채관이 웃음을 지웠다.

—그렇다고 그렇게까지 할 일은 아니었어.

끊임없이 되풀이되던 두 여인의 대화가 그를 얼마나 비참하게
했던가. 그를 얼마나 죽고 싶게 했던가.

—그러시면 아니 됩니다. 그러지 마십시오. 곡기를 이으셔야
합니다.

—생각 없어요.

—아기를 포기할 생각이십니까? 어미십니다.

—어미요? 제 뜻이 아니었는걸요.

—어미가 어찌 사사로운 의지로 되겠습니까? 하늘이 허락하
셔야 합니다.

—하늘의 뜻만으로 되는 것도 아니지요.

—말로 놀려 하지 마십시오.

—제가 노는 것으로 보이셔요?

—그를 낙심케 마십시오. 그에겐 죄가 없습니다.

—저에게는 죄가 있나요?

—잊으실 때도 됐습니다. 아니, 이미 잊으실 때가 지났습니다.

—그런 때는 없어요. 혹여 그런 때가 있다 해도 그 때는 제가
정하는 거구요.

—섭리와 순리에 트집을 잡지 마십시오.

—그런 것도 없어요. 이런 이치, 저런 이치, 그게 다 무언가

요? 문자의 뜻을 이용해 말을 잘 듣게 하는 것, 그 책략만 있을
뿐이지요.

—제게, 제가 가진 경험과 지혜에 맞서지 마십시오.

—무엄하시군요. 저는 어머니의 딸이기 전에 부족의 어머니
인 걸 유념하셔요.

—잘못했다고 말씀드렸습니다. 더 해야 하는 겁니까? 더 할
수 있습니다.

—이젠 안 그러셔도 되어요. 그런 건 원하지 않아요.

—아닙니다. 저를 벌하십시오.

—그만하셔요.

—하면 부디 그에게 아비가 될 기회를 주십시오.

—싫어요.

—모쪼록 그가 아비가 되어 고향으로 돌아갈 수 있도록 해주
십시오.

—제가 왜 그래야 하지요? 저는 알지 못하는 그의 고향이 도
대체 나한테 뭐라구요?

—지금 비께선 저를 듣지 않으십니다. 천한 시녀라서, 키우기
만 한 어미라서 무시하십니다.

—무슨 말씀을요, 어머니. 제가 바로 그 천한 시녀의 딸로 살
아온 것을요. 그리고 말씀 잘하셨어요, 어머니. 제가 양녀임을
늘 강조하신 분이 어머니이셨음도 잊지 마셔요.

—하면 저와 부족의 결정에 왜 처음부터 저항하지 않으셨습

니까?

—잊으셨나요, 어머니? 그 누구도 저를, 제 뜻을 상관하지 않았다는 것을요?

—그래도 상관하게 할 방법을 찾으셨어야 했습니다.

—왜 죽지 않았느냐는 말씀이시네요. 하지만 왜요? 저는 죽고 싶지 않았는데요.

—그럼 그냥 받아들이십시오. 이제 와서 굳이 왜입니까?

—이건 제 선택의 영역에 있다는 걸 알았으니까요.

—모지십니다.

—알아요. 이 땅과 어머니가 저를 모질게 키웠죠.

—땅은 땅일 뿐입니다. 땅은 아무 짓도 하지 않습니다.

—하나 어머니는 하셨죠.

—저는 새끼를 몰랐을 뿐입니다.

—그래도 그에게는 젖을 주셨잖아요?

—그건 제 모성의 바깥에서 벌어진 기적 같은 거였습니다.

—맞아요. 어머니는 기적이 아니면 결코 어미가 되실 수 없는 분이시지요.

—비께서도 어미는 아니십니다.

—맞아요, 어머니. 저는 어미가 아니어요. 여인이 곧 어미이다, 그런 법은 없어요. 그래서 어머니를 원망하지는 않아요.

—하면 지금을 어떻게 설명하시렵니까?

—왜 설명해야 하는 거죠? 싫은 게 다여요. 싫다구요. 제가

싫은 것이 왜 어머니에 대한 원망이 돼야 하는 거죠?

　—벌 받으실 겁니다.

　—그래요, 어머니. 알았어요, 어머니.

　—장담컨대 백 번을 다시 태어나도 어미가 되지 못하실 겁니다.

　—그러지요, 뭐. 그럴게요, 어머니.

　비참의 끝은 황폐하고 황량했다. 두 여인은 가차 없이 서로를 버렸고, 결국 덩달아 채관까지 버린 셈이 되었다. 채관은 다시는 인생을 선택하고 싶지 않았다.

　—그런데도 자꾸 지는구나. 나는 그 사람을 종내 버리지 못하려나보다. 이리 찾고 또 찾는구나. 찾아 헤매고 또 헤매는구나.

　채관이 손에 묻은 울금의 색을 입속에 넣어 남김없이 빨았다.

　—모든 것이 제자리에서 제값을 할 때 결과가 편안한 법. 나는 지금의 내 값을 할 뿐이야. 그러면 되는 거야.

　색을 내면서 언제 한번 소홀히 군 적이 있겠는가만, 채관은 이번에야말로 최선을 다하리라, 마음을 다잡았다.

　—수강아!

13

쇳빛부전나비 한 마리가 나무장승 둘레를 돌았다. 나비는 아직도 갈피를 잡지 못했다.

―계속 이래도 되는 걸까.

이탈이고 일탈이었다. 걷이가 있는 것도 아니고 그렇다고 따로 허락을 얻은 것도 아니면서 화율은 매일같이 이승을 배회하고 있었다.

―몰래가 언제까지 가능할까.

함부로 무리에서 빠져나왔고 눈을 뜨지 말라던 당부를 지키지 못했다. 아직 들키지 않았다고 안도하고 있기에는 일이 너무 컸다.

―난…… 왜 그랬던 걸까.

화율은 소녀의 눈과 부딪히는 순간 단박에 알았다. 자신의 눈빛이 소녀를 눈멀게 했음을. 죽음이 삶을 손상시켰음을.

―죽겠다.

비겁하게도 화율은 바로 달아났다. 겁이 나서였다. 고아가 어떤 존재인지를 이해했을 때보다도 겁이 났고, 같은 사내에게로만 움직이는 몸의 이질성을 깨달았을 때보다도 겁이 났고, 상엿집에서 허완구와 문숙이를 발견했을 때보다도 겁이 났다. 죽음은 끝이어야 하는데 그 끝에서 추방될지도 모른다는 두려움이 화율을 궁지로 몰았다.

—살이 저승까지 따라붙은 건가.

눈먼 무당은 이렇게 읊어주었다.

겁살이야, 겁살. 재살하고 세살하고 해서 삼살로 통하는. 거기서도 가장 으뜸이라고 흉살 중의 흉살로 꼽는 대살. 그 겁살이라고. 귓등으로도 안 듣지? 얼굴 보면 다 알아. 그래도 들어둬. 문자는 좀 아는 거지? 무슨 소린지 못 알아듣겠으면 바로 말해. 풀이해줄 테니까. 겁살이 끼면 말이지, 한마디로 재수가 없어. 살해, 사고, 재물 손실, 관재 구설, 이런 데 말려드는 수가 있거든. 일단, 음…… 생년에 겁살이 있으면 일찍부터 타향을 떠돌아다니게 되는 건 기본이야. 안정이 없으니 열심히 일해도 만날 궁상이고. 궁핍이 친구지. 그리고 생월에 겁살이 있으면 부모나 형제자매하고의 인연이 박해. 일찍 부모를 여의거나 생이별하는 수가 있지. 또 생일에 겁살이 있으면 부부금실이 좋지 않아. 그러니까 같이 사는 시간이 매우 적을 명이란 얘긴데, 이게 같이 산다고 하더라도 제각기 쓸쓸해. 그러니까 남녀 간 정이 그렇다는 거야. 마지막으로 생시에 겁살이 있으면 자손운이 없어. 자손이 병약하거나 키우기 어려울 명운이지. 어때, 딱 너지? 죄다 너지? 물론 겁살이 들었다고 무조건 나쁘기만 한 건 아니야. 대부대귀하는 경우도 있고, 사람만 잘 만나면 꾀가 많고 두뇌가 좋은 쪽으로 풀리기도 해. 길하게 작용만 해준다면 말이야.

—길할 리가 없잖아. 길해본 적이 없는데. 그럼 나는 죽어서
도 재수는 없다는 건가.

　화율은 망쳐버린 첫 걸이가 애통했다. 정말 잘하고 싶었는데.

　—찾을 수 있을까.

　하나 고작 가시나무 지붕과 팔손이울타리, 그것뿐이었다. 조
선 천지 어디나 다 있는 그것들이 화율이 기억하는 전부였다.
단서라고 할 수도 없게 부실하고 빈약하기 짝이 없었다.

　—찾아서⋯⋯

　부지런히 찾아서, 기어이 찾는다 해도 무얼 거들 수 있는 처
지는 아니었다. 화율은 저승이었고 소녀는 이승이었다. 저승에
서도 저승을 거들지 못하는데 하물며 이승임에랴.

　—그래도 찾아야겠지.

　들키기 전에, 무조건이었다.

　화율은 우락부락한 천하대장군의 관모에 나긋하게 내려앉
았다.

　—찾지 못한다면⋯⋯ 나는 어찌해야 하는 걸까.

　길은 하나일 것이었다. 금부에 이실직고하여 벌을 자청하고,
차사의 실수를 되돌릴 방책을 구하는 것.

　—아, 죽겠다.

　염려와 걱정과 두려움이 쇳빛부전나비의 더듬이 위를 소용돌
이쳤다.

─한데 왜 이러는 걸까.

화율의 진심은 자꾸만 다른 쪽을 곁눈질했다.

─자꾸만 보여. 하지만 언제나 아니야.

얼굴이 너무나 많은 데서 보였다. 툭하면 눈에 띄어 화율을
혼란스럽게 했다. 하나 번번이 아니었다. 그가 아니었다. 징신.
차사의 지위를 담보로 잡혀서라도 찾고 싶은 또다른 사람, 징신.

─징신.

몇 년 전이었던가. 화율, 그러니까 우재는 외딴 산채에 홀로
엎어져 있었다. 우재에게 겁살을 통보한 무당이 남한산성 쪽으
로 옮겨가고 나서 방치된 굿당이었다.

─언제까지 가리고 살 수 있을까. 가리기만 하면 다 되는 것
일까.

우재와 징신은 함께 컸다. 출산을 코앞에 두고 있던 징신의
어미가 기방 앞에 버려진 우재를 어미의 측은지심으로 거두었던
것이다. 우재와 징신은 징신 아버지의 변덕에 따라 징신 어미의
손에 이끌려 본가와 기방을 전전하며 살았다. 징신의 아버지는
뜨르르한 집안의 종손이었는데 그에게는 두 가지 '때'가 존재했
다. 애정과 관용의 때와 결벽과 신경질의 때. 앞의 때가 다가오
면 세 사람은 본가로 불려들어갔다가 뒤의 때가 닥치면 도로 기
방으로 내쳐졌다. 본가에선 귀한 종손의 몸을 꿰차고 쥐락펴락
하는 귀신에 대해 고민했고, 기방에선 이리저리 치대는 세 사람

104

의 팔자에 대해 숙덕였다. 세 사람은 본가에선 본가에서대로 기방에선 기방에서대로 객식구였다. 단지 기방에선 징신의 어미가 몸 바쳐 춤춰온 시간이 최소한의 정리로 작동해 보살핌을 유지시켰고, 본가에선 징신의 어미가 몸 바쳐 생산한 핏줄의 존재가 최소한의 의무로 작동해 관리를 보장할 따름이었다.

징신은 본가에선 늘 목말라했고 기방에선 늘 잠을 설쳤다. 본가가 있던 건천동乾川洞은 이름처럼 물에 인색해서 개천이라고 해야 갓난이 오줌발만큼도 못해 큰비라도 오지 않고서는 물길이라는 흔적조차 찾기가 힘들었다. 기방은 기방 본연의 임무에 따라 밤마다 화려하게 소란했다. 본가와 기방을 오고가던 길에는 시비, 행패, 설움, 난동, 무시, 그런 것들만 즐비했다. 그 길에서 우재와 징신은 연민으로만 알고 있던 서로에 대한 감정의 정체를 서서히 깨달아갔다.

징신과 우재의 사정을 알아버린 징신의 어미가 자신의 전생을 저주하며 절로 들어간 이후 징신은 본격적으로 놀기만 했다. 그러지 않아도 얼자이니 즐기기나 하다 죽겠다던 비틀어진 심성에 불이 붙은 격이었다. 우재는 우재대로 어딘가 틀어박혀 있는 징신을 찾아다니는 것이 하루 일과의 전부이다시피 했다. 그러다 찾은 것이 무예였다. 설득하고 부추긴 건 우재였지만 징신도 의외로 순순히 받아들였다.

같은 겸사복이 되었다고 낙락했던 처음과 달리 우재는 징신을 자주 만나지 못했다. 내내 그리워했고 내내 굶주렸다. 우재는 시들시들 말라 죽거나 주려 죽을 수도 있겠다고 기대했다. 하나 더 참아내기엔 우재의 고통이 상상 그 이상으로 치닫고 있었다.

—때를 기다릴 게 아니라 때를 만들어야 할 것 같아.

더불어 오염된 몸까지 정화하려면 최대한 끔찍하고 과격하게 죽어야 한다는 그동안의 강박도 실천해야겠다는 의지였다.

—그래야 하늘이 봐줄 거야. 봐주지 않는대도 그만이지만.

어차피 지옥이었다.

—어떻게 죽지?

방법은 많았다. 독을 마실 수도, 목을 매달 수도, 배를 찌를 수도 있었다. 우재는 불을 선택했다. 살라지는 것만큼 확실한 정화는 없었다. 또 살라진 육체만큼 적절한 제물도 없었다. 굿당에 꽉꽉 들어찬 각종 신들과 더불어 타 죽는 것이 우재로선 오히려 기꺼울 뿐이었다.

시기도 맞춤이었다. 가뭄으로 사방천지가 바짝 말라 있었다. 겨울은 겨울대로 세상이 지겨웠는지 눈에 야박했고, 봄은 봄대로 세상이 시시했는지 비에 게을렀다. 작은 불도 큰불이 되기에 부족함이 없는 때였다.

우재는 굿당을 빙 둘러 마른 가지와 마른 풀잎 들을 차곡차곡 쌓았다. 흙이 손톱 밑을 까맣게 채웠다.

불을 붙이자 처음부터 화르르. 우재는 그대로 방에 들어가 웅크리고 앉아 열기가 밀어닥치기를 기다렸다.

—뭐하는 거야?

징신이었다. 언제나처럼 소리 하나 없이.

징신은 언제나 조용했다. 본가와 기방을 잇는 길가 어미의 통곡 옆에서도, 돈 한푼 없이 끼어든 투전판의 말썽 한가운데서도, 한밤 느닷없이 밀치고 들어오던 달빛 뒤에서도, 결코 소리를 내지 않았다.

그런 면에서 징신은 타고난 군인이었다. 군인은, 병사는 고요를 다룰 줄 알아야 했다. 적 앞에서 최대한으로 힘을 끄집어내려면 그전에는 스스로를 최소한으로 아껴두어야 했기 때문이다. 일종의 매복이었다. 때가 이르기도 전에 스스로를 드러내는 자, 곧 죽음이었다. 대련 때도 그들은 겨누기에 공을 들였다. 거기서 승패가 결정된다 해도 과언이 아니었다. 징신은 그 고요에 능했고, 기 싸움에서 늘 이겼다.

우재는 대답하지 않고 잠자코 기다렸다. 징신의 분노가 충만해지기를, 그래서 남김없이 포효하기를.

―이렇게는 아닌 거야, 우재. 너 자신한테 뭘 자꾸 묻지 마. 나 때문에 무언가를 선택하려고도 하지 마. 너도 나도 스스로 변하기 전엔 도리가 없어. 아무것도 할 수 있는 게 없는 거야, 아무것도. 그러니까 그냥 있자. 이대로 살아가자.

징신은 여전히 고요했다.

―우재, 우리 살 수 있어.

―징신!

징신.

—도대체 그는 어디 있는 걸까.

화율은 징신의 생사만이라도 알고 싶었다.

—아, 죽겠다. 나…… 죽는다.

화율이 떨었다. 이미 죽었는데도 금방이라도 다시 죽을 것처럼 아파하며 떨었다. 우락부락한 천하대장군의 관모 위에서 쇳빛부전나비가 떨었다.

14

—좀 천천히요.

연홍의 다급한 청에 방이할매가 획, 하고 돌더니 팩, 하고 쏘아붙였다.

—너, 봉사 맞는 겨? 눈을 말뚱하니 그리 똑바로 뜨고 있는 게 아무래도 공갈인디? 뭐여? 앙큼, 발칙하게 빠져나갈 구멍이라도 뚫어보겠다고 부러 그러는 겨?

그러면서도 방이할매는 연홍에 맞춰 짐짓 걸음을 늦추었다.

배시시, 웃음으로 응대하고 마는 연홍.

—나 원, 만날 이리 부대고 저리 부대고 다니면서 지 대갈만한 혹 만드는 거 보면 봉사는 필경 봉산디. 무신 봉사 눈이 그리 맑댜? 암만 봐도 정상이구만.

방이할매는 불을 들어 연홍의 눈앞에 대고 다섯 손가락을 꼼작거렸다. 소용없다는 것을 빤히 알면서도.

—허긴 맑기는 해도 차. 눈에 온기가 없어. 똑 입동날 얼음 동동 뜬 냉수여. 옛날에 말여, 갓 시집간 어떤 며느리가 맹추처럼 아궁이 불을 꺼뜨린 겨. 새벽에 나가보니 물에 얼음이 떠 있더란 거지. 그때 그 물이 얼마나 새치미스럽고 야시럽게 보이던지. 그 상황에 물 한 대접 보고 그런 생각하고 자빠졌던 거 보면 새각시 정신이 그때도 보통 별났던 건 아닌디. 하여튼 많이 울었어. 혼날까 겁나서 울구, 혼났다고 서러워 울구. 진종일 진저리나게 울었지.

누가 들어도 방이할매 본인 얘기였다.

—내가 미친년이지. 허투루 늙은 겨. 이 밤에 앞도 못 보는 애를 데리고 학산이 뭐여, 학산이. 내가 미친 겨. 그놈의 금붙이가 뭐라고.

학산 들어서부터 같은 말이 벌써 몇번째인가 몰랐다. 우. 우. 거참 시끄러우니 입 좀 다물라는 듯 올빼미 한 마리가 연신 따라오고 있었다. 연홍도 제 불안 달래기에 바빠 듣다 말다 대강 넘어가고 있었다. 가는 길이건 돌아올 길이건 그건 대수도 아니었다. 어찌 됐든 가는 길은 방이할매가 함께 하고 있었고, 서로 아는 것도 아니고 한 번 본 적이 있는 것도 아니지만 돌아올 길은 염색장이 해결해줄 거라고 믿었다. 문제는 수강이었다.

—거기 있겠지.

어디로건 보내질 수 있는 게 노비였다.

— 만날 수 있을 거야. 수강은 분명히 거기 있을 거야.

— 이놈의 뒤숭숭한 학산. 너, 이런 타령 들어봤냐?

어느 상황에서건 질문은 무적이었다. 연홍의 귀에 할매의 '들어봤냐?'가 턱, 하고 걸렸다. 연홍이 저도 모르게 귀를 기울였다.

— 화미이이인검객사아아 일양사아알일혁사아알 유고사아안수학시이이 불험저어얼불기저어얼. 뭔 뜻인 중 아냐?

— 화미인검객사 일양살일혁살 유고산수학시 불험절불기절…… 그러니까 미인 검객……

— 이쁜 칼잽이년 얘기 말인디 들어는 본 겨? 한번 간질여도 찔러 죽이고 한번 을러도 갈라 죽인다는디? 높은 산 깊은 골짝 어허야 노닐면서 눈 하나 꿈쩍하지 않는다누만 글씨?

피식, 연홍이 또 웃었다. 천지간에 고운 것이 사람이고, 사람 중에 고운 것이 말이고, 말 중에 고운 것은 글이며, 글 중에 고운 것은 시라고 들었다. 한데 방이할매의 시는 그 대척점에 있었다. 천지간에 모진 것이 사람이고, 사람 중에 모진 것이 말이고, 말 중에 모진 것은 글이며, 글 중에 모진 것이 시였다. 하늘한테서건 사람한테서건 변변한 대접 한번 받아보지 못하고 악으로 꼬여 늙어온 여인이었다. 무엇 하나 곱게 나올 리가 없었다. 그래도 천성마저 괴팍진 않았던 듯 종종 연홍을 웃겼다.

— 이 아무개라고 어떤 역관 양반이 지은 시 나부랭이여. 내가 꽃각시였을 적에 말이여, 호련이라고 칼잽이년이 있었어. 호

런이, 그거 아마도 어디서 뚱쳐온 이름일 거여. 냄새가 그렇잖여? 어쨌거나 여기 학산서 아주 이름을 날렸지. 성깔이 어찌나 지랄발광인지 말도 못 혔어. 사람을 잡아놓고는 말꼬리로 시비를 붙여서 그냥 죽이는디, 아유, 아주 징글징글한 년이었다니께. 근데 인물은 오죽 잘났어야지. 호련이한테 칼 맞아 죽은 사내 송장을 살펴보면 십중팔구가 좋아 죽겠단 표정을 짓고 있었다누만. 알 만허지 알 만혀. 호련이 그거, 나도 한번 봤어. 이쁘긴 겁나게 이쁘더만. 눈 마주치기 무섭게 달아났는디, 안 쫓아오데? 호련이 그게 주로 사내만 잡는다던 소문이 사실이었던 겨. 어쨌거나 이쁜 것들이 칼을 드니까 아주 요사시럽더란 말이지. 니도 한 인물 하는디 칼 좀 들어보지그려? 아, 그 칼 나한테 줬지? 아까워 어쩐대?

금장도. 집이 결딴나던 날 어미가 챙겨준 것이었다. 혹 일이 생기면 이것으로 너를 구하라, 던 당부와 함께였다. 딸 손에 칼을 쥐여주면서 새파래지던 어미의 입술이 연홍의 가슴에 멍으로 남아 있었다.

―엄마! 아, 어머니!

―이놈의 고약한 학산. 호련이한테 서방 잃은 과부들이 귀신이 돼설랑 떼거지로 훑고 다닌다는디. 그리고 댕기다 중간중간 쉬러 들어가는 바람에 상엿집도 미어터진다는디. 이놈의 학산서 무슨 영화를 보겠다고 말여. 당장이라도 저승차사가 나타나선 살 만큼 살았으니 갑시다, 할 호호 나인디.

이 상황까지 끌고 들어온 연홍이 뒤늦게 괘씸하고 야속해진 눈치였다.

—내가 얼렁 죽어야 혀. 노망났으니 죽어야 헌다니께. 허구한 날 화덕 앞에 쭈그리고 앉아서 쇠꼬챙이 붙들고 뽕 빼는 내 새끼 등골 빼기 전에 얼렁 죽어야 헌다고. 그 새끼가 어떤 새낀디. 딸년 다섯 끝에 간신히 건진 하늘 같은 새낀디.

방이할매의 사설과 구시렁거림은 끝날 줄을 몰랐다. 물음에서 놓여난 연홍은 다시 하얀 어둠으로 흘러들어갔다.

수강이 선명했다. 얼음에 묻힌 시신이 멀쩡하듯이 하얀 어둠에 갇힌 수강도 보존상태가 썩 훌륭했다. 연홍은 느꺼웠다. 하나 눈이 뽑힐 게 분명하다던 관리의 말은 연홍에게서도 끓어넘치고 있었다.

—이젠 수강도 앞을 못 보는 걸까?

—또, 또…… 또 수강이란다. 저번날 작은오라비한테 그리 혼나놓고도. 조선천지 어떤 여인이 제 정혼자 이름을 그리 함부로 불러댈까.

어미가 연홍의 볼을 톡톡, 쳤다.

—수강이 온 거 맞지요? 오늘은 뭘 내가실 건가요, 어머니?

수강이 오면 연홍의 어미는 분주했다.

—내 사위가 오셨는데 좋은 거 내가야지. 아주 좋은 거.

내 사위. 우리 사위도 아니고 내 사위. 코흘리개였을 적부터

112

수강은 연홍의 어미에게 이미 사위였다.

—한데 매번 어찌 그리 용케도 알아듣누?

안채에서도 별채에서도 사랑까지는 거리가 꽤 있었다. 하지만 연홍은 한 번도 수강을 놓친 적이 없었다. 그건 며느리발톱 같은 거였다. 새끼발톱 뒤에 어물쩍 덧달려버린 작은 발톱, 며느리발톱. 미쳐서 집을 나간 사냥개 뒷발에서도 달랑달랑, 했던 그 발톱. 여분이고 이물이었다. 하나 필요 없다고 해서 강제로 제거할 수는 없는 엄연한 몸의 일부이기도 했다. 수강을 따로 알아듣는 연홍의 귀도 그런 능력이었다. 수강만을 위해 생겨나 수강만을 위해 발달한 재능이었다.

—저도 도울게요, 어머니.

—우리 홍이 속 울렁거리는 거 다 아는데 무슨. 수실이나 마저 고르면서 맘을 다독여야지. 저번처럼 작은오라비한테 걸려서 눈물 빼지 말고. 어미 역성에도 한계가 있으니. 알았누?

하나 사람에게 가는 마음을 무슨 수로 잡아둘 수 있겠는가. 마음은 야생이었다. 마음을 길들이겠다는 건 오만이었다. 길들여진 마음에는 생동이 없었다. 연홍도 마음을 따라갈 수밖에 없었다.

별채를 돌아 후원을 지나면 그때부턴 세상이 비밀이 되었다. 연홍의 발이 바빠졌다. 담 너머에 아비 장영의 책방이 있고, 책방 건너편 담 모서리 아래에 안 쓰고 못 쓰는 항아리들이 오로로 모여 있었다. 그 독을 키 순서대로 밟으면 담까지 닿을 수 있

었다. 옷이 좀 더러워져서 그렇지 연홍 정도의 무게는 충분히
감당할 수 있었다. 담을 넘으면 사랑의 마당을 둘러친 배롱나무
가 나왔다. 꽃이 참 오래가는 나무여서 연홍의 아비가 좋아했다.
그 배롱나무 가지를 잡고 뛰어내리면 되었다. 그 배롱나무 뒤에
서서 나무껍질을 간질이다보면 언젠가는 수강이 모습을 나타내
곤 했다.

사랑 마당에 선 수강은 아직도 소년이었다. 연홍의 작은오라
비에게서 무술 수련을 받고 온 듯 푸른 무복에 붉은 띠를 둘러
맨 수강의 얼굴은 옷의 푸른 기운에 받쳐 풋기가 더 진했다.

—왜 저리 나이가 더디 드는 거지.

도대체가 성별도 희미하고 쑥쑥 크는 것 같지도 않으니 우리
아가씨 어찌 시집이나 가시겠소, 찬모가 툭하면 놀려댔다. 그때
마다 어쩔 줄을 몰랐지만 내심 연홍은 시간을 신뢰했다.

—마음이 이상해.

수강은 연홍의 두 오라비들과 달라도 너무 달랐다. 직선과 곡
선의 차이였고, 창과 봉의 차이였고, 삼베와 모시의 차이였으며,
거문고와 가야금의 차이였다. 같은 선이고, 같은 무기고, 같은
천이고, 같은 악기임에도 엄연히 구별되는 기질이었다. 수강은
연홍에게 전혀 다른 세계였다.

알 듯 모를 듯, 조바심 같기도 하고 설렘 같기도 하고 긴장 같
기도 한 것이 연홍의 가슴을 조였다.

—아!

—아!

문득 연홍의 마음속에서 작은 둔덕 같은 것이 무너져내렸다.

—나도 수강을 못 보고 수강도 나를 보지 못한다면 이 길은…… 뭐가 되는 거지.

—조심햐. 비탈이여.

방이할매가 소리를 지르며 망연자실한 연홍을 잡아끌었다. 그때였다.

—거기.

우악한 목소리 하나.

연홍이 기겁하는 사이 방이할매가 욕했다.

—이런 옘병.

15

또 허탕이었다. 소녀도 징신도 찾지 못했다.

—집에 가야겠어.

화율은 저승을 향해 담담히 날개를 틀었다.

—집에 가는 거야.

집은 마지막이었다. 그 어떤 곳을 헤매었더라도, 그 어느 곳에서 놀았더라도 결국 두 손 두 발 다 들고 기어들어가는 곳이 집이었다. 어려서도 그랬다. 아무리 최선으로 노력해도 무언가를 잘못하거나 실수하는 나이였다. 집에 들어가지 말자는 징신의 장단에 맞춰 용감한 척 내내 밖을 돌다가도 해가 떨어지면 발짝은 저절로 집 쪽을 향해 떨어졌다. 기방의 양어미가 눈물바람으로 기다리고 있을 게 뻔해도, 본가의 나리가 회초리를 들고 벼르고 있을 게 뻔해도, 그래서 정말 들어가고 싶지 않았어도 종내는 버티지 못하고 징신과 서로 등을 떠밀어가며 돌아갈 수밖에 없던 곳이 집이었다. 이를테면 집구석.

화율의 눈에 노을이 조금씩 들어차올랐다.

—집이다.

저승의 노을. 저승만의 노을. 색과 색 사이의 경계가 너무나도 분명해서 마치 색을 차곡차곡 쌓아놓은 것 같았지만 분명 노을이었다.

이승에서나 저승에서나 노을은 질펀한 축제였다. 낮과 밤 사이의 경계에서 벌이는 한바탕의 놀이가 산 자들을 위한 노을이라면, 삶과 죽음 사이의 경계에서 벌이는 한바탕의 놀이는 죽은 자들을 위한 노을이었다. 그러니까 마치 오시娛屍처럼.

—어둥둥, 우리 어여쁜 도련님들.

징신의 어미는 말 알아듣고 말 잘하는 꽃, 해어화답게 말이고왔다.

—내 긴하고 중한 청이 있소.

또한 친아들과 양아들에게도 꼬박꼬박 존대를 지켰다.

─훗날 나 죽으면 부디 오시로 해주시오.

오시.

오시는 장례잔치였다. 출상 전날 밤, 떡 벌어지게 차린 잔칫상 앞으로 기생에 무당에 중에 놀 줄 아는 것들은 다 데려다놓고 놀게 하는, 혼례잔치에 버금가는 아주 큰 놀이판이었다. 상주와 이웃이 한데 어울려 북치고 노래하고 춤추고 거기에 범패까지 아우르다보면 죽는 것이 두렵지 않았고, 죽은 자로 인한 슬픔도 덜렸다.

징신의 어미는 오시의 현장에서 활짝 피었다. 죽은 자에게는 죽는 것만큼 더 좋은 일은 세상에 없다는 듯 진심으로 축하하며, 남은 자에게는 떠난 자의 즐거움을 온전히 전해주려는 듯 최선으로 위로하며 정성껏 놀아주었다. 그렇다 해도 죽음은 죽음이었다. 오시를 고대할 정도로 세상에 정을 붙이지 못한 그녀와 그녀의 뜻이 우재와 징신, 둘 다에게 서럽고 서글펐다.

─도련님들, 어이 대답이 없으시오?

우재는 차마 입을 떼지 못했고 징신이 머무적거리다 간신히 대답했다.

─예가 아니고 풍속이 상한다 하여 나라에서 싫어하니 어렵지 싶습니다.

─알음알음 구멍구멍 다 한다오. 나는 말이오, 도련님들. 죽는 날이 잔칫날이라오.

─어머니!

─나한테 좋은 일을 왜 도련님들이 슬퍼하시오? 하니 모쪼록 잘 놀아주시오. 물론 무리하여 돈 쓰게는 마시오. 패물을 처분하는 것만으로도 충분할 터이니 그 이상 과하게는 마시오. 아시었소? 내 그날을 기대하오리다.

하지만 양어미보다 먼저 이승을 떠나왔으니 오시는 불가능했다.

─그럼 징신은……

화율은 또 욕지기를 느꼈다. 집에 다 왔다, 하는 순간이면 어김없었다.

─내 명현은 언제까지 가는 걸까.

화율이 저승으로 오던 첫날, 제일 처음 들은 단어가 '명현'이었다.

─명현이다.

신중한 목소리와 차근차근한 발음. 우재가 눈을 떴다.

─임계를 넘느라 멀미가 난 것이다.

나비였다. 나비가 말을 하고 있었다. 우재를 데려온 검은 물결 무늬의 나비였다.

─걸어오는 넋마다 너 같다면 좋겠다. 조용하고 순하다.

─죽었구나.

내내 그런 것 같았다. 왠지 그럴 것 같았다.

─살아도 죽어도 사람은 한가지다. 동일하고 동질하다.

─내가…… 죽은 거야.

─올 때도 제 성질대로다. 발악하는 넋도 있고, 협박하는 넋도 있고, 애걸복걸하는 넋도 있다.

우재가 제 몸을 찾았다. 보이지 않았다.

─도로 보내달라고. 이승에 가만둬달라고…… 내게 그런 힘이 없다는 걸 믿지 않지.

우재가 제 몸에 한눈을 팔고 있던 사이 나비는 어느새 사람의 모양으로 탈바꿈해 있었다.

─금방 가라앉을 거다. 명현은 길지 않다.

명현. 인간의 의서에서는 명현을 이리 설명했다.

약을 먹은 후에 일시적으로 나타나는 예기치 못한 여러 가지 반응을 말하나니. 자세히 풀자면 의원이 환자에게 투약, 치료하는 과정에서 기존의 증세가 예상치 못하게 일시적으로 심해지거나 또는 전적으로 다른 증세가 유발되었다가 완쾌되는 것을 일컫나니. 예를 들어, 만약에 임신오조의 부인에게 반하후박탕을 투여했는데 복약 후에 도리어 크게 구토하고 나서 치유됐다든가, 심한 토사를 계속하는 환자에게 생강사심탕을 처방했는데 심한 구토와 이질을 일으킨 후에 나았다면, 그때의 구토와 토사 그리고 이질을 명현반응으로 보나니. 하나 잘못된 치료나 합병증이 일으킨 부작용으로 악화되는 것은 아닌지 신중하게 감별해야 하나니.

　그렇다면, 의학상의 명현이 병의 치유에 이르는 하나의 단계라면, 우재에게 닥친 명현은 무엇으로 가는 과정이라는 뜻인가.
　—왜 명현이라 합니까? 죽는 것이 낫는 것과 무슨 상관이 있습니까?
　—곧 상차사를 만나게 될 거다. 나는 여기까지다.
　단어를 들어 쓸 때 그 이유를 설명할 수 없다면 그 단어는 결코 써서는 안 되는 것 아닐까. 우재는 변죽만 질러놓고 몸을 빼는 차사가 야속했다. 하여 상차사에게 유창함을 기대했지만 상차사도 별반 다르지 않았다.
　—이곳은 어디입니까?
　어디긴 어디겠는가. 우재는 알면서도 물었다.
　—죽은 자들의 중간이다.
　어디긴 어디겠는가. 차사도 모른 척 답했다.
　—하늘 위입니까? 땅 아래입니까? 아니면 바다 건너입니까?
　—그 어디도 다 가하다.
　—알던 것과 다릅니다.
　—무엇을 어찌 알고 있었느냐?
　—삼도천과 의령수……
　삼도천은 저승을 굽이굽이 흐른다는 내이고 의령수는 삼도천 건너편에 있다는 큰 나무다. 죽은 자들의 옷을 걸어 늘어진 모습을 보고 죄의 경중을 가리게 한다는 나무. 죽은 자의 옷을 벗기는 이는 탈의파, 벗긴 옷을 거는 이는 현의옹이라 했던가.

―부질없다.

―하면 어떤 곳인지 알려주십시오.

―저승은 그저 있을 뿐이다. 앎의 대상이 아니다.

―앎의 대상이 아니라면 모른대도 무리가 없는 겁니까?

―답은 너에게 있다.

―이곳이 중간이라고 하셨습니다. 이승에서 중간까지 하루가 걸린 것입니까?

―죽은 자가 시간을 말하느냐?

―지금은 저녁입니다. 사방이 노을입니다. 저는 지난밤에 죽었습니다.

―이승의 시간으로 따지자면 저녁이 옳다. 마찬가지로 그런 식으로라면 저승에는 오로지 저녁뿐이다.

―왜 저녁뿐입니까?

―하면 아침이겠느냐, 한낮이겠느냐? 죽은 자들에겐 무리다.

―밤이 있습니다.

―밤은 만물의 처음이다. 잉태고 번식이다. 죽은 자들에겐 지나치다.

―다른 것도 되지 않겠습니까?

―이를테면?

―하얀 어둠.

―하얀 어둠이라?

―빛이 죽으면 하얗게 됩니다.

―검게, 가 아니고?

―죽어 검게 되는 것은 색입니다.

―원한다면 청해보라.

―어디에 말씀이십니까?

―기회가 있을 것이다. 너는…… 나를 질문하게 하는구나.

―저승 다음에는 무엇이 있습니까?

―전부가 있다. 영면, 소멸, 윤회, 환생, 반복. 모두. 전부.

―반복이라 하심은……

―같은 삶을 되풀이함을 말한다.

―어찌 그것이 가능합니까?

―저승 이후는 모든 것이 가능하다. 영면을 넋의 죽음으로 이해한다면 죽는 것도 가능하다고 봐야 할 것이다.

―그래도 궁극의 끝이 있지 않겠습니까?

―완전한 시작이 없듯이 완전한 끝 또한 없다. 모든 존재는 부재에서 나오나니 시작이 있었다면 시작 그 이전이 있었을 것이고, 그 이전의 이전이 또 있었을 것이다. 끝도 그러하다. 끝이 있다면 끝 이후가 있을 것이고, 그 이후의 이후가 또 있을 것이다.

―그렇다면 순환입니까? 지금의 끝과 다음의 시작이 맞물리는 것입니까?

—이것이 있음으로 말미암아 저것이 있고, 이것이 생김으로 말미암아 저것이 생긴다. 또한 이것이 없음으로써 저것이 없고, 이것이 멸함으로써 저것이 멸한다. 마찬가지로 이것이 있음으로 인해 저것이 없어지기도 하고, 이것이 멸함으로 말미암아 저것이 생기기도 한다.

　—못 알아듣겠습니다.

　—알려 한다고 알아지는 것이 아니다. 모르게 둔다고 계속 모르기만 하는 것도 아니다.

　—또렷한 것은 없는 겁니까?

　—희미한 것이 세상이다. 하물며 저승이겠느냐.

　—하면 이곳을 어찌 믿겠습니까?

　—불신으로 이루어져 있고, 불신으로 완성되는 곳이 저승이다.

　—다른 이들은 궁금해하지 않습니까? 그들에겐 어떻게 답하십니까?

　—묻는 자, 묻지 않는 자가 따로 있고, 묻는 자도 묻는 것이 다 다르다. 어떻게 답을 하는지보다 어떤 질문을 하는지가 먼저다.

　—저와 같이 묻는 자 없었습니까?

　—있었다 한들, 없었다 한들, 달라지는 것은 없다. 답은 원래부터 없다.

　—저는 어디로 갑니까?

　—네 선택이다.

　—오로지 저만의 선택이라는 말씀입니까?

―그러하다.

―차사는 이곳에 속합니까?

―그러하다.

―저도 차사가 될 수 있겠습니까?

―남아서 배운다면. 그리고 이긴다면.

―무엇을 이겨야 합니까?

―네 기억.

―그렇게 간단합니까?

―간단? 오만하구나. 쉽지 않다.

―해보겠습니다. 이곳에 남겠습니다.

그렇게 우재는, 모호함과 애매함을 품고 수습차사가 되었다.

16

고만고만한 것들이 아쉬운 때였다. 비가 그치고부터 해는 조
금씩 맹렬해졌고 땅에서 올라오는 것들은 대책 없이 거칠었다.
흙이 깊은 곳마다 잡초들이 들끓었다. 병풀, 독미나리, 네가래,
올미, 강피, 하눌타리…… 대개가 이름도 선 것들이 그 어느 때
보다도 억세고 진하고 기고만장했다. 사람들은 이제 솔체꽃 몇
뿌리 따위에도 열광하기에 이르렀다. 익숙하고 만만해서였다.

하루가 다르게 수강도 거칠어졌다. 작달막하니 조각으로 남은

혀는 여전히 쑤시며 아팠고 고름까지 새어나왔다. 그 어느 것도 맛으로 삼킬 수 없었다. 맛은커녕 먹는 일이 고통 중 고통이 되었다. 수강은 입을 다물고, 입을 무시했다. 그러자 나머지 감각들이 뒤죽박죽으로 흩어지고 섞였다.

눈이 소란해졌다. 어제와 오늘의 밤이 달랐고, 선 자리와 앉은 자리의 어둠이 달랐다. 코가 곤두섰다. 흙, 물, 공기에서 나는 냄새들이 밥냄새를 앞질렀다. 귀가 나태해졌다. 추려내지 않은 소리들이 순서 없이 와글거렸다. 무엇보다 살이 날뛰었다. 닿는 것들이 모두 흉기가 되었다. 빛의 농도, 바람의 밀도, 땅의 진도, 벽의 습도, 물체의 온도까지 다 망라했다. 오감의 붕괴였다.

—아퍼. 아퍼. 아퍼…………

자는 동안에도 수강은 아파서 떨었다.

—어으어어아……

수강이 제 마음을 뒤집어 열심히 연홍을 찾았다. 찾다보면 어느덧 통증이 느슨해져 있었다. 그래서 더 열심히 찾았다. 하지만 연홍은 대답하지 않았다. 작은 그림자로도 모습을 드러내지 않았다. 수강은 슬펐다. 마음 가득히 소녀를 담아왔는데도 소녀가, 연홍이 잘 꺼내지지 않아서 슬펐다. 그날, 끌려가는 아비와 정혼자 뒤에서 버선발로 발발 떨고 섰던 연홍을 마음에 가득히 담으면서, 담았으니 찾으면 찾아질 거라, 부르면 대답할 거라, 그렇게 기대했다. 한데 그게 되지 않고 있었다. 수강은 절망했다.

—이젠 마음이 어디 있는지도 모르겠어. 어디 있는지도 모르

는 마음을 어찌 뒤져.

―원래는 훼절을 의미할 것이나 훼절이기도 하니…… 딱하다.

수강이 눈에 의문을 띠고 채관을 보았다. 어떠한 훼절을 말하는가. 절개나 지조를 깨뜨리는 일이 훼절毁節이라면, 훼절毁折은 부딪쳐서 꺾이는 것을 말했다. 훼절毁節은 자의적이고 훼절毁折은 타의적이라는 데 차이가 있었다. 수강은 앞과 뒤의 훼절이 어떻게 갈라지는지 알고 싶었다.

―궁으로 들일 게야. 세손빈의 당의라도 짓나보지.

수강은 당황했다. 훼절 운운 끝에 세손빈의 당의라니. 하나 채관은 자신이 뱉은 망극한 단어에 아랑곳하지 않고 풀에 몰두했다.

―녹綠은 바로 얻을 수 없는 색이다. 쪽풀을 기본으로 깔고 거기에 무어든 덧입혀야 얻을 수 있어. 황벽이든, 황련이든, 억새나 치자든 말이지.

황벽, 황련, 억새, 치자. 수강에게 난감한 이름들이었다.

―산쪽풀 잎을 천에 문질러서 색을 얻는다고도 하지만 그건 염색이라기보다는 칠이지. 그것도 강제로 하는 칠. 그런 건 물에 빨거나 볕에 말리면 금세 변해. 파괴되지. 색도 무엇도 아닌 게되는 게야.

그래서 훼절毁節이구나, 수강은 생각했다. 하지만 왜 훼절毁折이기도 한지에 대해서는 여전히 이해가 되지 않았다.

수강은 자신이 총명이나 명석과는 거리가 있다는 사실에 내상이 깊었다. 아무리 성실해도, 아무리 집중해도, 어느 지점에 다다르면 더이상 진전이 되지 않았다. 모르고 깨달아지지 않는 것투성이였다. 그래서는 글의 길을 갈 수 없었다. 그것이 얼마나 큰 절망이었는지. 또 얼마나 미칠 노릇이었는지. 그럴수록 수강은 근면으로 힘썼다. 그렇게라도 해서 한계를 뒤로 미루고 싶었다.

지금도 수강은 어려웠다. 훼절과 훼절 사이에 갈피가 보이지 않았다. 막연히 감만 잡히고 명쾌하게 닿지 않는 채관의 말이 서러웠다.

—쪽의 본디를 보련?

채관이 말린 쪽풀을 한 움큼 집더니 온기가 남은 맹물에 풀어놓았다. 처음엔 그냥 동동 떠 있기만 했다.

—뭐지?

그러다 곧 부드러워지면서 물 밑으로 살금살금 색을 흘리기 시작했다. 떨어져 가라앉은 색이 다시 떠오를 때까지 꽤 기다려야 했다.

—뭘까?

수강이 집중했다. 혹시 하늘일까. 혹시 바다일까. 드디어 색이 나타났다.

—실망이지?

수강의 표정을 보지도 않고 채관이 물었다. 당연히 그럴 수밖에 없을 거라는 듯, 그것 말고 있을 게 또 뭐가 있겠느냐는 듯, 결론처럼 물었다. 정확했다. 실망이었다. 수강은 대단히 실망했다.

―쪽이라기에 물 위에 금방이라도 하늘이 뜰 줄 알았어.

―밋밋한 게 꼭 바가지에 떠온 연못물 같지? 민숭민숭한 게 꼭 멀건 국 같고?

웬만한 웅덩이면 다 담고 있는 색이었다. 웬만한 나물이면 다 낼 줄 아는 색이었다.

―한데 이 희미한 것이 녹綠의 기본이다. 그래서 색은 때때로 피로한 게야. 타협해야 하니까.

―희미한 것도 기본이 될 수 있구나. 혹 희미하기 때문에 기본이 될 수 있는 걸까?

―쪽빛을 검은빛이 나도록 푸르게 애벌로 들이고 나서 그 위에 황벽을 진하게 먹이면 봄날 버들잎 빛깔이 되느니. 내 보기엔 연두색보다 나아. 부드럽거든. 아녀자들은 팥유청이라 하고 글 꿰는 이들은 유록柳綠이라 하지.

색을 말할 때 염색장은 젊었다. 색을 만질 때 염색장은 빛났다. 수강은 채관에게서 생활과 철학과 정신과 이상으로 닦아놓은 길을 느꼈다.

―색을 배우면…… 색이 내게도 그리 될 수 있을까. 글로는 찾지 못했던 길이, 글로는 밝히지 못했던 길이 될 수 있을까. 나는 이미 글 밖인데.

―버들잎 말이다, 얽힌 얘기가 있느니. 들려주련?

들려주련, 은 질문이 아니었다. 이야기의 시작이었다.

―한 젊은이가 있었느니. 어떤 부족의 왕이었어. 한데 갑자기

128

아프기 시작한 거야. 사방이 난리가 났지. 잘 본다는 의원도 불러들이고 좋다는 약도 다 썼어.

—소용이 없었겠지. 이야기란 다 그런 거니까.

—소용이 없었어. 해서 한데 모여 하늘에 빌었지. 그랬더니 그중 한 늙은 시녀한테 접신이 된 게야. 계시가 떨어진 거지.

—사람을 숙주로 삼아야만 사람 앞에 드러날 수 있는 건가. 신의 뜻이란 건. 나도 누군가를 향한 뜻의 숙주인 걸까. 아님 이미 드러난 뜻 앞에 선 사람인 걸까. 그럼 난 죽는 걸까.

수강은 국청의 나비를 기억했다. 그날 나비는 그냥 떨어졌다. 수강의 발치에 난데없이 툭. 수강은 그 작은 곤충에게서 격렬한 비명을 느꼈다. 나비도 수강처럼 '어으어어아' 중이었다. 수강은 죽어가는 나비를 지키고 싶었다. 하지만 집행관은 수강의 잘린 혀 수습에 신경쓰느라 미처 나비를 보지 못했다. 그러다가 밟았고, 나비는 뭉개졌다.

—나비는 내가 죽을 때를 뜻한 계시였을까.

—'부족의 처녀들을 모두 불러모아 저희 나이를 월로 환산하게 하라. 그 각각의 월령에 왕의 월령을 더한 숫자만큼 버들잎을 따서 봉투에 넣고 처녀의 이름을 적은 뒤 큰길에 묻어라. 그 길을 아픈 왕으로 하여금 지나게 하라. 처음 밟은 봉투 안의 버들잎을 끓여 마시게 하고 봉투의 주인을 그의 비로 삼아라.' 그런 내용이었어.

—때. 뜻. 다 믿지 않아.

─글쎄, 또다른 유화부인을 찾은 거겠지. 고구려를 세운 주몽 어머니가 그니 아니겠어. 유화. 버드나무꽃이잖아. 그런 영험한 여인을 만나 영웅을 낳아주십사, 지금은 작은 부족이지만 제대로 된 나라를 세워주십사, 하는 염원 같은 거 말이야. 당연히 하나를 밟았겠지. 이름도 나왔을 것이고. 신기하게도 물을 마신 왕의 병이 나았어. 일사천리로 혼인이 결정됐지. 결정한 게 아니라 결정된 거야. 젊은 왕하고 처녀의 의견 같은 건 필요하지 않았으니까.

─대부분의 것들이 결정돼. 그리고 그 결정된 것에 휘둘리는 거야. 결정한 것들에게가 아니라 결정된 것들에. 나도 이렇게 되기로 결정됐잖아.

─그래도 젊은 왕은 처녀가 맘에 들었어. 나중엔 제 목숨만큼 아끼게 됐고. 한데 처녀는 아니었어. 아니기만 한 게 아니라 남편이 된 왕을 싫어했지. 이유는 몰라. 사람이 처음부터 싫고 좋은 거에 이유가 있나.

─연홍은 그 처음이 어땠을까.

─총명하고 주관이 뚜렷한 여인이다보니 이러저러하게 주장을 했지. 아무도 귀담아듣지 않았어. 작은 섬에서 도망갈 수도 없는 일이니 처녀는 그냥 그 젊은이의 아내가 된 게야. 왕의 비, 부족의 어머니가 된 게지.

채관이 잠시 말을 멈추었다. 수강은 잠자코 이야기의 다음을 기다렸다.

—그 처녀한테도 훼절이었겠구나…… 그래.

그것으로 끝이었다.

17

우. 우후. 우. 우. 우후후. 우. 우……

올빼미 소리가 크고 가까운 밤이면 사람들은 으레 가위에 눌
렸다. 밤에 밝은 올빼미의 큰 눈은 귀신도 잘 볼 거라는 확신이
잠결에도 악몽을 불러내는 거였다. 속설에 의하면 올빼미의 울
음소리는 귀신의 등장 횟수에 비례했다. 하니 올빼미가 자주 운
다는 건 사람이 떼로 죽어나가고 있다는 증거이거나 떼로 죽어
나갈 거라는 징조였다. 기근이든 돌림병이든 전쟁이든, 그럴 만
한 일은 늘 있었다.

그래서였을까. 올빼미가 극성으로 우는 밤이면 불 켜진 방이
많았다. 놋등잔에 비자나무 기름으로 호사 부릴 처지가 아닌 사
람들은 깨진 기왓장에 송진을 찍어 발라놓고 불을 붙였다. 그것
마저도 아깝기만 해서는 한가운데 높여놓고 아낙들이 모여 죽은
자를 위한 옷을 지었다. 늘 보고 만지던 거친 무명이었다. 명주
나 삼베는 언감생심인 궁색한 살림살이에 무명이라도 여러 벌
지어 단단히 입힐 수 있다는 게 그나마 다행 아니겠느냐는 위로
와 위안이 서로를 다독였다.

바늘땀이 술렁술렁 움직여갔다. 망자를 생각하면 끝도 없이 꼼꼼해지고 싶은 마음이었지만 빡빡해선 안 되는 게 수의의 이치였다. 훨훨 떠나야 할 넋이 산 자의 마음에 걸려서야 쓰겠느냐, 해서였다.

한 땀 한 땀, 성긴 바느질을 따라가며 남은 자가 흐느꼈다. 그리 살게 해서 미안했다고. 그렇게만 살아야 하는 세상이어서 미안했다고. 그래도 그리 살아줘서 고마웠다고. 그렇게라도 함께 살 수 있어서 고마웠다고.

우. 우후후. 우. 우후. 우. 우. 우……

좀처럼 높낮이가 변하지 않는 올빼미 소리에 맞추어 차곡차곡 밤이 쌓이고 있었다.

우. 우. 우후후. 우……

—빌어먹을.

올빼미 울음소리가 장악한 하늘이 그러잖아도 음울한데, 구름마저 달을 담아놓고 내놓지 않아서 사내는 짜증이 났다. 되는 일이 없었다. 간신히 소작을 얻어낸 밭 한 뙈기는 손도 못 댈 정도로 엉망이었고, 고대했던 혼인도 물 건너간 터였다.

—이게 다 그놈의 비 때문이야.

물론 그렇기도 했지만 사내에게 세상은 언제나 꾸준했다. 매몰차고 야박했다.

—술이 떨어지긴. 빌어먹을.

술이 차오르는 대로 점점 험상궂어지는 사내를 주막 새서방이 쫓아내며 쥐어박듯 던진 소리가 술 떨어졌다, 였다.

—뭐? 주막에 술이 떨어져? 그걸 곧이들을 인사가 세상에 있을까봐서?

초면하고의 실랑이가 남우세스러워 떠밀려나오긴 했지만 곱 씹을수록 치사했다.

—귀 떨어진 개다리소반에 이 빠진 호리병 몇 개로 주막 시늉만 간신히 내던 거를 그만큼 키워준 게 누군데. 빌어먹을.

사내도 한동안 넘봤던 주모였다. 될 듯 말 듯, 신경깨나 쓰이게 하던 아낙이었다.

—그새 서방질을 했어?

사내가 이 일 저 일로 뜸했던 동안 주모가 새로 짝을 찾은 것이었다. 어쨌거나 주모가 새로 얻어들인 상대가 만만치 않으니 앞으로도 공짜 술은 어렵지 싶었다.

—퉤! 퉤!

기분이 고약해서 술을 마셨는데 술이 미진하니 기분이 더 고약했다.

서른여섯 노총각에 스물짜리 처녀각시면 엎드려 모셔와도 시원찮았다. 물론 흠이 있기는 했다. 어미 뱃속에서 머리가 만들어지기도 전에 삼신이 내쫓았는지 시종일관 헛소리를 지껄인다는 건데, 그야 듣지만 않으면 될 일이었다. 계집이 멀쩡하게 옳은 소리를 한대도 대꾸해줄 성정이 아닌데 하물며. 사내에게 아내란 끼니 맞춰 밥 내놓고, 계절 맞춰 옷 빨아 지어놓고, 나이 맞춰 애만 낳아놓으면 되는 존재였다. 그것만 할 줄 알면 정신이야 좀 비든 모자라든 상관없었다.

　—아무리 데려갈 인간이 다 떨어졌대도 그렇지, 하필 내 짝을 데려가? 동냥치 쪽박 깨는 것도 모자라서 속곳까지 벗겨가는 심사가 아니고 뭐야, 이게. 말짱 도루묵이니. 빌어먹을.

　하자 때문에 일찌감치 처리되지 못한 처자였어도 친구의 동생이었다. 얻어내기까지 들인 정성이 한 가마니도 넘었다. 부실해도 한 핏줄이라고 친구가 가진 것 없는 사내를 내켜하지 않아서였다. 사내에게 보내 굶어 죽는 꼴을 보느니 차라리 품 안에서 늙어 죽는 꼴을 보겠다던 기특한 우애였다. 그 맘을 밭 한 뙈기 소작으로 간신히 붙들어놨는데, 호역이 말썽이 되었다. 끝물에 걸려 숨이 넘어갔다는 처자를 막 확인하고 돌아오는 길이었다.

　사내가 부두둑 앞섶을 찢더니 주먹으로 가슴을 때려댔다. 퍽. 퍽. 사이사이 발도 굴렀다. 턱. 턱.

　—뭐든 걸려봐. 아주 작살을 내버릴라니. 어우, 어우, 빌어먹을.

　술김이고 홧김이었다. 상대가 하늘 같은 나라님이라도 한 대 제대로 칠 수 있을 것 같았다. 하긴 귀신 멱살이라도 잡을 심산으로 들어선 학산이었다. 평소라면 지름길이 아니라 지름길 할아버지가 있대도 밤에 학산을 가로지를 엄두 따위는 어림없었다.

　그때 멀찍이서 불빛이 아른거렸다.

―뭐야. 정말 귀신이야?

　주춤주춤. 사내의 발짝에 제동이 걸렸다. 하나 곧 무슨 일이든 벌어지는 것이 차라리 나을 것 같다는 오기가 뱃속에서 부글거리기 시작했다. 사내는 술기운을 조심스럽게 다루면서 신속하게 불빛 쪽으로 움직였다. 젖은 흙이 아무 소리도 내지 않아서 더 수월했다.

　나무 사이로 빛이 잘렸다 붙었다 하며 천천히 다가왔다. 사내는 저도 모르게 나오지도 않은 침을 삼키려고 목구멍에 힘을 주었다. 한데 불빛을 뭉텅이로 껴안고 나타난 건 손초롱을 든 할매와 한 사내아이였다.

　―뭐야. 고작.

　사내는 안심과 실망과 호기심을 동시에 느꼈다.

　―조손간 행차로 보기에는 어딘지 어색해 보이는데.

　상황이 만만해진 사내가 저도 모르게 불쑥 소리를 질렀다.

　―거기.

　의외로 할매는 그다지 놀라는 기색이 아니었다. 사내를 꼬나보는 품새가 여차하면 저승차사 가랑이라도 걷어찰 것처럼 보였다.

　―요거 봐라, 늙은 게 겁도 없이.

　―뭣이요?

　사내는 할매의 가당치 않은 기개가 재미났다. 죽어 저승에 가서도 자신이 받을 벌 같은 건 자기가 선택하겠다고 우길 것 같았다. 염라대왕이건 옥황상제건 다 나와, 하면서. 볼 만한 싸움일 텐데.

사내는 순하다 못해 흐리멍덩하기까지 했던 어미를 떠올렸다. 바보천치 같은 여인이었다. 생각도 없었고 의견도 없었다. 그럴수록 아비의 의심과 학대는 은밀했고 치밀했다. 어미는 그 광증을 오롯이 다 받아냈다. 심지어 아무렇지 않아하기까지 했다. 그래서 사내는 모른 척했다. 어쩌면 어미가 아비 손에 죽을 수도 있겠다는 생각도 없는 척했다.

사내는 한번 놀아보자고 작정했다. 분풀이 겸 화풀이 겸 심심풀이 겸, 겸사겸사.

—떡 하나 주면 안 잡아먹지. 아, 젖도 주면 더 좋구.

—내가 떡도 젖도 없다면 어쩌실 건디?

바로 들이미는 앙칼진 대꾸.

—요거 봐라, 늙은 게 겁도 없이. 빌어먹을.

—어쩌실 건디?

할매의 기세가 녹록치 않았다. 게다가 할매가 말끝마다 빼놓지 않고 붙이는 말은 분명 '옘병'이었다. 젊은 '빌어먹을'과 늙은 '옘병'이 연방 충돌했다. 빌어먹는 건 살아서도 할 수 있는 일이나 옘병, 그러니까 염병은 걸리면 십중팔구 끝장이라서일까, 사내의 예상과 달리 '빌어먹을'이 '옘병'에 자꾸 밀렸다.

—빌어먹을.

—옘병.

—아나, 왜 이러실까. 살 만큼 사신 양반이. 내가 지금 열이

뻗쳐서 그쪽을 그냥 보내주기가 싫은데.

— 아무것도 줄 게 없어.

— 없어? 정말 없어?

— 없다니께.

— 정말 없다 해도 할매는 걱정 마셔. 속도 풀 겸 녹신하게 만져드릴 테니.

할매가 눈알을 떼굴떼굴 굴리며 입술까지 움쭉거렸지만 예상했던 옘병의 추후공격은 없었다. 사내는 좀더 기다렸다. 무어라도 쏟아지기를. 하여 자신이 곧 실행할 폭력에 마땅한 변명거리가 생기기를.

— 옘병. 좋아.

할매가 등뒤의 아이를 잡아뜯어내선 사내 쪽으로 밀었다.

— 얘를 줄게.

사내는 기가 막혔다. 아이는 이미 실신 직전에 이르러 있었다.

— 턱밑에 수염도 안 난 어린애를? 뭐 어쩌라고?

— 계집이여.

— 뭐?

사내의 두 눈이 순식간에 세모꼴로 좁아지더니 어둠을 헤갈라갔다. 찬찬히 살펴보니 남복 아래 제법 토실한 가슴이 정말 계집이었다.

— 죽이지는 말어. 앞을 못 봐.

— 나도 나지만 할매 참 대단하셔.

─나부터 살아야니께.

그 말을 끝으로 할매가 줄걸음을 놓았다. 사내는 할매를 쫓는
대신 막 주저앉으려는 아이를 붙들었다. 여린 몸이 사내의 손아
귀에서 파들거렸다.

─일 끝나거든 염색장 집 앞에 데려다놔.

그새 한 길은 멀어진 목소리가 어둠 속에서 들려왔다.

─뭐? 염색장? 채관네 말이야? 거긴 내가 검송을 두고 온 데
잖아. 빌어먹을.

검송. 구 년 전쯤 맡겨놓고 단 한 번도 들여다보지 않은 아우
였다. 자기 몸 하나도 곯아 죽을 판에 형제가 다 무어란 말인가,
내내 속이면서 찾지 않은 아우였다. 돈 많이 벌어 데리러 오마
고 잘난 척은 다 해놨는데 잘나진 게 하나도 없어 아예 없던 셈
치자던 아우였다.

─하긴 죽었겠지. 엄마 죽었다고 밤마다 오줌이나 싸던 약해
빠진 자식이었으니. 호역도 판을 쳤는데. 빌어먹을.

우. 우후. 우. 우.

올빼미 소리가 갑작스러웠다. 어느 결에 따라왔는지 사내 바
로 위 나뭇가지에 앉아 있었다.

─이런, 빌어먹을, 진짜 놀랐잖아.

우. 우. 이번엔 '옘병' 대신 '우, 우'가 사내에게 대거리를 놓
았다.

─뭘 처먹었는지 저 뒤룩뒤룩한 새새끼가 진짜. 빌어먹을.

138

사내는 아이를 아니, 계집을 내려다보았다. 검송과 비슷한 나이라고 짐작했다. 망설였지만 제 처지에 대한 한탄과 치미는 부아를 감당하기 힘들었다. 무엇보다 인내심이 부족했다.

18

—산 자들을 상관할 수 없다. 이것이 첫 칙이다.

훈육 첫날, 훈육차사의 첫마디였다.

—보은도 보복도 모두 잊어라. 되지 않을 것이다. 죽은 자를 사사로이 이승에 내보내 돌아다니게 할 만큼 저승은 너그럽지도 한가롭지도 않다.

수습차사들은 실망했다. 저승차사가 다만 안내자에 불과하다면, 그래서 인간에게 행사할 아무런 권리가 없는 거라면, 굳이 무엇하러 저승에서까지 노동을 감수할 것인가. 훈육 첫날, 첫 칙 때문에 여러 명의 수습차사가 차사직을 포기하고 저승 이후로 나아갔다.

이승에서 살아 있는 사람의 눈으로 가늠해보면 저승차사는 대단한 권력자였다. 그건 사람이라면 누구나 자신의 삶을 담당한 차사가 있게 마련이라는 상상에서 출발했다. 말 그대로 차사는 자신이 맡은 자의 인생을 낱낱이 기록해두었다가 훗날 상제 앞에서 보고하는 임무를 가지고 있는데, 너무나도 바쁜 상제가 인간의 생전 잘못에 대한 벌의 종류와 형량을 정할 때 차사의 주관에 의지하기 때문에 차사의 보고가 그 상벌에 미치는 영향이 지대할 것이라는 논리였다. 그래서 사람들은 무엇보다도 차사가 절대 놓치지 않았을 자신들의 잘못을 염려했다. 차사를 한낱 귀鬼가 아닌 신神의 반열에 올려 경외하기도 했다. 복을 내리는 이보다 벌을 주는 이를 두려워하는 것과 같은 이치였다. 복이야 그게 어떤 모양이든 어떤 내용이든 아무려나, 였다. 하나 벌은 달랐다. 극락은 하나의 모습이지만 지옥은 수만 가지의 모습으로 설명되고 풀이되었다. 하지만 이승의 오해였다. 심판은 저승차사의 몫이 아니었다.

물론 차사 중에는 심판은 언감생심이고 보은이나 보복조차도 염두에 두지 않는 경우도 있었다. 차로가 그에 해당했다. 살아생전 어려서부터의 꿈이 저승차사였다나.

─차로 차사는 어찌 죽은 게요?

─저절로 죽었소만.

─저절로?

─자다가 눈떠보니 저승입디다.

─병이나 사고, 해코지 같은 거 없이 저절로, 그 소린 게요?

─그렇소만.

─아니, 그렇게 속 편히 죽은 사람이 왜 차사를 하려는 게요?

─맺힌 게 없는 사람도 차사는 될 수 있답디다만.

─알아요, 알아. 그게 아주 없는 일은 아니라는 거. 그래도 생

각할수록 신기해서. 그냥 저승 이후로 가면 될 것을 굳이 여기서. 대체 차사가 왜 하고 싶은 게요?

―그냥 하고 싶소만.

다른 차사들이 그랬듯이 차로도 자신의 선택에 의해서 차사가 되었으니 이의란 없었다.

어쨌거나 산 자들을 상관할 수 없다, 는 칙 때문에 화율도 미치기 직전이었다. 눈먼 소녀 때문에. 자신 때문에 눈이 멀어버린 작은 여인 때문에.

―이럴 수는 없어. 그렇게는 안 돼.

―그렇게는 안 되시오.

징신의 어미가 속적삼에 속치마 바람으로 서서 우재를 내려다보았다. 여인은 기생으로는 무결했지만 어미로는 이따금 흐트러진 모습을 보이기도 했다. 어미로서도 완벽했다면 아니, 완벽을 가장했다면 징신과 우재는 주리돌림같이 고통스러운 본가와 기방 사이의 길을 진즉에 그만두었을 것이었다.

―죽을 자리라면 잘못 찾으시었소.

옳았다. 잿간은 미지근했다. 아궁이에서 퍼낸 재는 한동안 온기를 버리지 않았다. 얼어 죽기에는 마땅치 않은 곳이 잿간이었다.

징신의 어미가 발을 질질 끌며 들어와선 우재 곁에 쪼그려앉았다.

―춥습니다. 몸 상하십니다.

―이미 상한 걸 아시면서 그러오.

―옷도 버리십니다.

―벗으면 되지요.

―어머니.

―우리 우재 도련님, 당장 죽지 않으면 큰일 나는 사정이라도 있으시오?

사정. 그 사정을 어찌 입에 담아올리랴. 우재의 눈에 저도 모르게 또 눈물이 고였다.

―왜 없겠소, 울 일이.

소리도 나지 않는 눈물을 여인은 잘도 들었다. 징신은 울지 않으니 알 턱이 없었다. 어미가 눈물에 얼마나 귀가 밝은지.

―송구합니다.

―우는 게 송구할 일이란 소린 처음이오.

뿐이랴. 우재는 다 송구했다. 살아 있는 것조차도 송구했다.

―어머니.

―말씀하소.

―본가의 나리를 연애하십니까?

―아니오.

―미워하거나 원망하십니까?

―그도 아니라오.

여인은 친아들과 양아들에게 언제나 솔직했다. 허위와 허식

위에 세워진 본가와, 과장과 포장의 힘으로 굴러가는 기방에서 그녀가 자식에게 보여줄 수 있는 최선 중 최선이었다. 한데 그 친아들과 양아들이 뜻을 합해 그녀를 속이고 있었다. 우재는 또 송구했다.

—그럼 어찌 견디십니까? 징신 때문이십니까?

—그 댁 소생인 것이 외려 해가 됨을 안다오. 하니 징신 때문이겠소.

—하면 어찌……?

—그것 말고는 방법이 없소.

—말고는…… 방법이 없다.

우재의 마음이 데굴데굴 굴러 벼랑에 걸렸다.

—어머니.

—물으소.

—징신에게 무얼 기대하십니까?

—사는 거. 그냥 남들처럼 사는 거.

—남들처럼.

대롱대롱 매달려 있던 우재의 마음이 마지막 힘을 잃고 아래로 곤두박질쳤다.

—제게도 기대하는 것이 있으십니까?

—서운하다 마시고 들어주시려오?

—저는 어머니 앞에서만은 '서운'이란 말을 모릅니다.

—징신이, 우리 징신이 남들처럼 살게 도와주시오.

―그게 불가능합니다, 어머니.

―그리고 우리 우재 도련님도 이젠 접으시오.

―혹 우리 사정을 아시는가?

―죽을 자리라도 찾듯이 밤을 헤매는 일은 그만두시란 말씀
이오.

―아. 하오나 어머니, 그게 되지가 않습니다.

―때가 되면 다 죽는다오. 부러 기 써서 저승차사 헛갈리게
마시오.

―송구합니다, 어머니.

송구합니다. 외람됩니다. 죄송합니다. 그리고 잘못했습니다.

―한낱 기생년에 불과한 이 어미는 우리 도련님들이 잘 살다
가 잘 죽기를 바라오.

―그런데 아무래도 그렇게 되지가 않을 것 같습니다, 어머니.

―그리 아소.

검댕 묻은 치맛자락을 사각대며, 발이라도 저린 듯 절뚝이며,
여인이 돌아갔다. 우재는 남아서 더 울었다.

―이럴 수는 없어. 그렇게는 안 돼.

쇳빛부전나비가 바들거리자 날개의 바깥선두리가 불규칙적으
로 출렁였다.

―어떻게든 해. 뭐든 하란 말이야.

화율은 그날처럼 울고 싶었다. 하지만 죽은 자는 울 수 없었다.

144

마른벼락에 천하대장군의 목이 날아가는 걸 코앞에서 보았을 때부터 이미 전부가 불길했다.

첫눈에도 할매는 못 미더웠다. 얼마나 그악스럽게 살아야 저런 인상이 만들어지나 싶게 이마와 미간에 주름이 많았다. 눈가며 뺨이며 입꼬리며 부들부들한 주름이 가득한 노인의 얼굴은 나이가 아니라 성정의 증거였다. 세상의 모든 젊은이들은 늙은이들의 과거로, 세상의 모든 늙은이들은 젊은이들의 미래로 존재하며, 그래서 젊은이고 늙은이고 그 누구도 독자적일 수 없다는 이치였다.

화율은, 쇳빛부전나비는 작은 여인의 가르마와 귓불 사이에서 연신 파닥였다.

— 대체 이게 뭐야.

게다가 학산이었다. 안 그래도 산의 초입에서 맞닥뜨린 이승의 날것들이 날아서, 뛰어서, 기어서, 제각각의 신체조건대로 도발해오는 바람에 이미 지쳐 있던 차였다. 한데 뒤미처 마주친 할매의 입에서 '그러니 이놈의 고약한 학산'까지 튀어나오자 화율은 거의 공황에 이르고 있었다. 어떻게 학산을 알아보지 못할 수가 있다는 건지. 겸사복 시절 산세적응훈련을 위해 수없이 들락거린 곳인데. 무엇보다 자신이 죽은 곳인데.

그리고 사내. 난데없고 느닷없는 저 사내. 허완구와 문숙이 식으로 따지자면 사나운 냄새가 나는 그런 종족의 출현이었다.

— 도와야 해, 상관해야 해.

하지만 화율은 구경과 방임 말고는 아무 패도 쥐지 못한 처지였다.

—너무 늦게 찾아서 이렇게 된 거야. 내가 미련해서.

할매가 불을 들어 살피지 않았다면, 그래서 작은 여인이 고개를 들지 않았다면, 고개를 든 쪽이 하필 화율 쪽이지 않았다면, 화율은 알아보지 못했을 것이었다. 아니, 그랬다 해도 얼결에 그 눈을 자세히 들여다보지 않았다면, 그래서 눈동자에 얇게 펴발라진 살얼음을 구별해내지 못했다면, 또한 알아보지 못했을 것이었다. 화율은 자신의 무능한 눈썰미를 탓했다.

—어떻게든 방법을 찾아. 어떻게든.

막돼먹은 몸뚱이가 작은 여인의 몸을 악랄하게 파헤치는 동안 화율은 제 날개라도 검뜯을 것처럼 발작했다.

—이럴 수는 없어. 그렇게는 안 돼.

19

—또냐?

염색장의 목소리가 떨어져 흙에 박혔다. 어찌나 무겁던지 방에 누워 있던 수강의 마음속에까지 푹, 하고 골이 패었다.

—네 보기에 이것이 색이더냐?

침묵을 껴안은 바람이 횅하니 문지방을 넘어왔다.

―이것도 색이냐고…… 내가 지금 물었느니.

수강이 주섬주섬 일어나 앉아 문틈을 비집었다. 마당 한가운데 꿇어앉은 건 검송이었다. 덩치는 살집 단단한 중년의 장군이라 해도 믿을 만큼 걸대하나 얼굴에는 수염조차 나지 않아서, 그 불균형이 늘 아슬아슬해 보이는 자였다. 수레에 널브러져 있던 수강을 찬찬히 업어나른 이가 바로 검송이었다.

채관이 더운물에서 막 꺼낸 듯 무럭무럭 김이 솟구치는 천을 검송 앞으로 던졌다. 처어억. 형체며 색이며 막 도살한 짐승의 몸에서 뽑아낸 내장 같아서 수강은 저도 모르게 진저리를 쳤다.

―나 모르게 색을 내다가 걸린 것이 오늘로 몇번째인 게냐?

고개를 깊이 숙인 검송은 종내 입을 열지 않을 작정인가보았다. 등걸만 남은 고목처럼 그저 땅에 박혀 있을 뿐이었다.

―아홉, 아홉번째다. 후우우……

바람이 많은 날이었다. 채관이 토해낸 한숨이 어수선히 떠다니는 흔들바람을 피해 마당을 낮게 돌았다.

―정색正色도 아직 서투른 네가 왜 자꾸만 간색間色을 넘보는 게냐?

―잘못했습니다.

단정한 말투였다. 검송이 말을 풀었다는 사실에 수강은 안도했다. 혀를 잃고부터 수강은 누군가의 입속에 갇힌 말들이 견디기 힘들었다.

―잘못했다?

147

—하오나…… 마음을 내버려두면 번번이 그리로 가 있습니다.

—그렇겠지. 부러 그럴 리야 있겠느냐? 하나 심실의 상태라 하여 그것이 평계가 될 수는 없느니…… 오행과 그 각각의 색을 말해보라.

수강의 기억이 가파른 언덕을 넘어 과거로 내달렸다. 스승 장영도 그랬다. 스스로가 헛헛해질 때면 수강에게 이것저것을 되묻곤 했다. 복습이나 평가가 목적은 아니어서 그럴 땐 틀린 소리를 해도 꾸지람이 없었다.

—오행은 목木, 화火, 토土, 금金, 수水이고 목은 청색, 화는 적색, 토는 황색, 금은 백색, 수는 흑색을 가리킵니다.

—상생과 상극은? 그…… 그 또한 읊어보라.

채관은 뒤숭숭해 보였다. 벌여놓은 일은 많은데 시간이 부족하거나, 할 이야기는 쌓였는데 단어가 모자라는 사람 같았다.

—상생이라 함은 나무가 불을 일으키니 목생화木生火, 타고 남은 재가 흙을 만드니 화생토火生土, 흙의 기운이 광석을 만드니 토생금土生金, 광석은 물을 고정시키고 잡아당기니 금생수金生水, 물은 나무를 자라고 살게 하니 수생목水生木이고, 상극이라 함은 쇠가 나무를 이기니 금극목金剋木, 나무가 흙을 이기니 목극토木剋土, 흙이 물을 버려놓으니 토극수土剋水, 물로써 불을 이기니 수극화水剋火, 불이 쇠를 이기니 화극금火剋金입니다.

막힘없이 흐르는 검송의 목소리에 장영의 살아생전 음성이

얹혀왔다.

상생이든 상극이든 모든 관계는 인과의 법칙으로 이뤄진다. 이래서 저러하고 저러해서 그리되다가 그리된 때문에 이리하게 되지. 마치 하나의 원으로 된 궤도 속에서 서로 물고 물리는 틀을 구성하는 것이다. 무엇보다도 상생, 그러니까 오행의 도움은 주고받는 것이 아니다. 한쪽이 다른 쪽을 일방적으로 도와서 그것이 결국 나에게 돌아오는 관계지. 끝없는 순환이다. 해서 역으로, 나는 상생이 자연에선 가능해도 인간사에선 불가능하다고 본다. 사람은 일방적으로 돕는 존재가 아니어서다. 그러기엔 약점과 결점의 비율이 너무 크지. 그리고 상극은 오행 중 하나에 힘이 지나치게 모아질 때 그 힘을 분산시키기 위해 일어나는 작용이다. 극剋자를 보면 극克에 도刂가 더한 것임을 알 수 있을 것이다. 즉 '칼로 이기다'라는 의미다. 자르는 거지. 막는 거고.

―칼!
칼의 모양과 쓸모를 고스란히 받은 수강의 몸이 즉시 반응했다. 욱신욱신, 혀가 다시금 맹렬하게 아파왔다. 열도 솟구쳤다.
―그 상극의 색을 간색이라 하는데 금극목의 청백간색을 벽색, 목극토의 청황간색을 녹색, 토극수의 황흑간색을 유색, 수극화의 적흑간색을 자색, 화극금의 적백간색을 홍색이라 합니다.

채관과 검송의 대화가 길어질수록 색이 복잡해지고 있었다.

─하나 색이 복잡하든 말든 내게 무슨 의미가 있겠어. 아파서 죽을 것 같은데.

─공부가 충실하다. 그래, 그러하지. 또한 음양의 눈으로는 오정색을 양陽, 오간색을 음陰이라고 하느니.

─양과 음. 해와 달. 양달과 응달. 사내와 여인. 여인. 연홍…… 어쩌나. 무엇이건 결론은 연홍이니.

─상생은 긍정적 개념인 반면에 상극은 부정적 개념이다. 간색이 정색을 넘보는 것을 경계한 것도 그래서인 게고. 부정적 개념에서 출발한 것이 긍정적 개념에서 출발한 것에 우선할 수 없다는 사상에서 비롯됨이지. 하니 정색을 먼저 익혀야 하느니.

─알고 있습니다.

─내 탓도 있다. 전날 네 앞에서 풀어낸 유록색이 너를 부추긴 모양이니.

─아닙니다. 제가 잘못했습니다.

─따로 이를 때까지 색을 금한다.

─명심……하겠습니다, 스승님.

그날 밤. 지글거리며 그을음을 일으키는 호롱불 옆에서 채관은 수강의 혀를 살피고 수강은 채관의 낯을 살폈다. 살피고 살핌의 도드리를 채관이 막아서며 물었다.

—내가 이상해 보였던 게지?

—색이면 다 같은 색인 거야. 정색이건 간색이건 그게 무슨 상관이 되겠어. 고작 색인데. 몸이 만들어 몸에 두르는 그냥 색.

—나는 신이 아니다. 색을 만드는 자가 아니지. 그저 세상이 가진 색을 걸러내는 일꾼일 뿐. 하니 어찌 감히 색을 가릴까?

—그래도 고를 수는 있겠지. 골라야 할 때도 있고.

글을 가려선 안 된다고 했기 때문에, 그래서 고르지 않았기 때문에 혀를 잃은 수강이었다.

—검송은 불우한 아이야. 아비가 어미를 죽였는데 그걸 제 눈으로 봤지. 증언을 저 아이가 했어.

—아! 볼 수 있는 것이 때론 지옥이구나.

—흉기는 도끼였지. 토…… 토막을 내놨어.

천지만물 중 가장 잔인하고 잔혹한 것이 사람이었다.

—왜 그랬는지는 아무도 몰라. 일곱 살짜리 사내아이가 제 부모관계를 제대로 파악하고 있었겠나. 게다가 부부가 다 조용한 사람들이어서 어디 한 군데 무심결에 뱉어놓은 넋두리 한 조각이 없었지. 죽인 자 또한 끝까지 입을 다물다가 갔고. 참형당했거든.

—연홍도…… 보았을까. 내가 본 스승님의 마지막을 연홍도 보았을까. 설마 그걸 겪은 걸까.

수강이 고개를 내렸다.

—내 마음도 간색으로 쏠려가. 홍색도 간색이라 했거든. 홍

색. 홍. 홍.

—형이란 자가 데려왔어. 나이 차가 제법 나더군. 따로 살고 있었다던데. 그래선지 서로 데면데면한 게 남보다 못해 보였지. 그게 벌써 구 년 전 일이느니.

—그럼 검송이 열여섯. 나하고 나이가 같구나. 연홍과도 같고.

—처음에는 색을 쳐다도 안 봤지. 홍염 작업장 쪽엔 아예 얼씬도 안 했고.

—한데 지금은 색을 배우고 있어. 색에서 길을 본 걸까.

—검송, 저 아이는 죽어서도 편안하지 못할 거야. 이승에서든 저승에서든 잊는 건 제 소관이니까.

—설마…… 그럼 평안을 얻기 위해 죽는 자들은 무어가 되는가.

수강은 부정했다. 그럴 리 없었다. 그럴 거면 저승은 없어야 했다.

—나는 단지 검송의 색만을 나무라는 게 아니다. 그 이면, 그 속내를 걱정하는 거지.

—내 이면, 내 속내가 저 노인의 다음 걱정거리가 되겠구나.

순간 탕제가 찰랑거리는 분청사발을 손에 든 채로 채관이 멈칫, 했다. 수강도 덩달아 멈칫했으나 잠자코 받아 약을 삼키는 것으로 속맘을 밀어넣었다. 채관은 손을 거두지도 않고 부산히 생각 속을 서성댔다. 그러더니 마침내 찾던 것을 찾기라도 한 듯 허공을 바라보며 중얼거리기 시작했다.

―거의 때가 된 것 같아. 알겠어. 이런. 정말 된 것 같아.

수강은 의아했다. 염색장이 지금까지 하고 있던 말과 전혀 맥이 닿지 않고 있었다.

―이번엔……

염색장이 더 깊숙이 가라앉고 있었다.

―나는 때를 맞춘 적이 없느니. 지난번엔 내가 너무 늦었고, 이번엔 내가 너무 일렀지.

때. 때. 수강은 돌연 지겨웠다. 때. 수강이 원하는 때는 단 하나였다. 통증의 소멸시기였다.

―차라리 잊었으면 했느니. 그럼 늦건 이르건 무슨 상관이겠어. 살다 가면 그만인 것을. 한데, 난 원하지도 않았는데 이미 모든 걸 잊을 수 없는 자가 돼버렸거든.

수강은 약기운에 혼미해져가는 정신을 간신히 가다듬고 있었다. 염색장의 말은 도시 종잡을 수 없었다. 혼잣말은 혼자서 맘대로 하는 말인데, 그 해석 불능의 혼잣말을 옆에서 알아들으려니 머릿속이 겹겹으로 힘들었다.

―정말 오래된 일인데, 은쟁을 배운 적이 있느니. 그 줄악기…… 소리가 고왔어. 어린 마음에도 소리 하나만 있어도 평생을 살겠구나, 했으니까. 스승님이 참 대단한 분이셨지. 기녀도 아닌 양인 여인이 줄악기 소리 하나로 궁중을 드나들 정도였으니까. 장악원의 악생이나 악공 들도 껌벅 죽었어.

―한 사람은 장악원 밖에서 소리를 이루었고, 또 한 사람은

제용감 밖에서 색을 이루었구나. 관 밖에서 오히려 큰 것이 그 스승에 그 제자야. 나도 무언가를 이룰 수 있을까.

　─한데 스승님한테는 한 아우가 있었느니. 지금도 생생해. 분위기가 참 묘한 사내였거든. 모질어 보이면서도 여리고, 뻔뻔한 것 같은데도 수줍음 타고, 앞뒤 꽉 막힌 벽창호인가 싶은데 실없는 농담에 장난도 잘 쳤어.

　─눈을 뜰 수가 없어.

　─그 사람, 죽었느니. 듣자 하니 우물에 빠져 죽었다지.

　수강은 문득 작은 부족의 왕에게 시집가 훼절이 되었다는 처녀가 기억의 수면 위로 둥둥 떠오르는 걸 보았다.

　─왜 상관도 없는 그 일이 갑자기⋯⋯

　─나는 아직 보지도 못했는데 그 사람이 먼저 간 게야. 한데 이번엔⋯⋯

　─아, 이 얘기가 왜 이렇게 힘이 들지. 귀를 닫고 싶어.

　수강의 머리가 베개 위로 떨어졌다.

　─검송, 저 아이는 몰라. 저 아이뿐만이 아니지. 모두 모르지. 당연히 알 수가 없느니. 죽으면, 그 누구도 알아보지 못하거든.

　채관이 이부자리를 다독여준 뒤 자리에서 일어섰다. 지금까지 아무 말도 하지 않은 듯, 심상했다.

20

―화율 차사는 또 아니 뵈시오.

―모른 척하시오.

제각각이던 수습차사들의 언어에 체계가 잡혀가고 있었다. 시오, 다오, 소, 당사자들의 맘에도 차는 바였다.

―매번 어딜 간다 그러오?

―물으면 그때부턴 한편이 돼야 하는 거라오.

그래도 그들은 아직 이승에서 벗어나지 못한 것들이 많았다.

―우리까지 문제가 되는 건 아니오?

―위에서 묻거든 무조건 모른다, 하시오.

가책 내지는 죄책 그 비슷한 것이 두 차사의 차가운 발바닥 아래서 꿈틀거렸다.

―하나만 묻소.

―뭣이요?

분위기 전환엔 새로운 질문만한 게 없었다. 그리고 그럴 땐 반색하며 대꾸하여 동참하는 것이 기본이었다. 그래야 산뜻했다.

―도대체 매번 질문의 때가 아니라니 내 힘으로라도 정보를 모아봐야지 않겠소.

―뭔데 그리 걱정이시오?

―스스로 제 목숨을 끊은 자와 고의였든 우발이었든 다른 사람의 명을 끊은 자는 차사가 될 수 없다는 말을 들어보았소?

―그러하오만, 왜 그러시오? 혹 그에 해당하시오?

―그것이 좀 애매하다오.

―뭔데 그러시오?

―내가 저…… 목초액을 마시고 죽었는데……

―목초액?

―그러니까 나무를 숯으로 만들 때 말이오. 이렇게 연기가 생기는데, 그 연기가 바깥 공기하고 만나면 물이 되어 떨어진다, 이거 아니겠소. 그걸 잡아들인 게 바로 목초액이라오. 독성이 제법이라 농약으로 쓰오.

―그런 게 있소? 한데 그 목초액이 대체 어디서 났소?

―내 아비가 숯쟁이였으니 그거야…… 늘 있소.

―독성에 대해 그리 잘 알면서 왜 마셨소?

―그냥 좀 겁을 주려고. 치사량에 이를 줄은 몰랐다오.

―겁을 주다니?

―새로 들어오신 어머니께서 나를 마음에 들어하시는 듯하여.

―허어, 설마.

―죽어 자빠진 마당에 헛소리하겠소? 진짜라오.

―계속 그러면 죽어버리겠다, 뭐 그런 거였소?

―그렇다오. 하지만 일부러 죽고 싶어서 마신 건 아니라는 걸 내 장담하오.

―그렇대도 좀더 고민이 필요한 부분일 것 같소.

―정말이라오. 진짜 죽을 줄 몰랐소.

―차사가 되겠다 했을 때 위에서 아무 말 없었소?

―없으니 이러고 있지 않겠소.

―정말 애매하긴 하오만 윗선이 조용했다니 그럼 된 거 아니겠소?

―또하나 묻소.

―별 도움은 안 되는 것 같소만, 물으시오.

―내 들은 것이 있어 그러는데 혹시 아시오?

―뭣을?

―저기…… 차사가 일을 하다가 나중에라도 직을 그만두게 될 때 말이오. 상제께서 원을 하나 들어준다 그러오.

―원? 소원?

―그렇지, 소원. 그게 말이오.

아주, 아주아주 오래전이었다. 사람이 처음으로 죽기 시작했다. 그때까지 죽음에 대한 개념이 없던 하늘에 죽은 자의 관리라는 생소한 임무가 떨어졌다. 사안의 중차대함에 성급히 체계가 세워졌다. 하지만 완벽하지 못했기에 이후로 체계는 계속해서 발전을 모색해야 했다. 의심과 숱한 질문을 기반으로 보완하고 수정하면서 말이다. 그래도 부족한 곳은 언제나 생겨났고, 그하자와 결손 때문에 어디선가 불만이 싹트고 자라났다.

그러던 어느 때였다. 상제가 머무는 몽유도를 차사들이 기습했다.

—나, 상제는 몽유도다. 또한 몽유도는 금지된 섬이다. 이럴
수는 없다.

—물은 얕고 저희들의 염려는 깊으니 그것만으로도 충분합
니다.

—나, 상제는 분노다. 이는 반란이니 돌아가라.

—저희들의 의견을 어찌 반란이라 하십니까. 과하십니다.

—차사는 아무것도 판단할 수 없다. 오로지 복종할 뿐이다.

—저희들은 아직 말한 것이 없습니다.

—나, 상제는 독선이다. 차사들과는 아무것도 논하지 않는다.
다만 명할 뿐이다.

—감히 논하기를 바라지 않습니다. 들어주시기를 원합니다.

—차사는 아무것도 요구할 수 없다.

—단 한 번입니다. 들어주십시오.

—한 번?

—그러합니다. 한 번.

—……

—……

—나, 상제는 관용이다. 한 번이다. 말하라.

—넋을 걷는 일, 노동입니다. 고역입니다. 마땅히 대가가 있
어야 합니다.

—봉사고 후원이다. 대가란 있을 수 없다.

—어렵고 힘든 일임은 상제께서도 아십니다.

―나, 상제는 분별이다. 죽음에 걸린 인간의 넋이 쉽지 않음을 잘 안다. 그 어렵고 힘든 차사의 직을 선택한 것이 바로 너희들이라는 것 또한 잘 안다. 차사는 선택이다. 징발이나 강요는 없다.

　―대신 포기한 것이 있습니다.

　―그 또한 너희들의 선택이었다.

　―하면 보람을 부여한다 여겨주시면 아니 되겠습니까.

　―나, 상제는 독단이다. 그 누구와도 협상하지 않는다.

　―그럼 저희 차사들은 손을 놓을 수밖에 없습니다.

　―그럴 수 없다. 그럴 수 없다.

　―저희들의 의지입니다. 선택의 권리입니다.

　―이승에 곡哭이 끊길 것이다.

　―괘념치 않습니다.

　―정해진 날이 지나면 명부에서 이름이 사라진다. 죽을 날에 죽지 못한 자들이 여분의 시간 동안 어떠한 문제를 일으킬지 알 수 없으니 위험하고 위험하다.

　―그러니 요구를 들어주십시오.

　―전례도 없고 유례도 없다.

　―지금의 결정이 전례가 되고 유례가 될 것입니다.

　―……

　―……

　―나, 상제는 융통성이다. 바라는 것이 무엇이냐. 원하는 것

이 무엇이냐.

　—이승을, 산 자를 상관하고 싶습니다.

　—불가하다. 저승과 이승은 별개다.

　—하나 저승차사의 일터가 바로 그 이승입니다. 차사들에겐
결단코 별개가 될 수 없습니다.

　—나, 상제는 이해다. 그 고충을 내가 안다.

　—한 번이면 족합니다.

　—한 번?

　—그러합니다.

　—……

　—……

　—나, 상제는 전능이다. 허한다.

　—고맙습니다.

　—명하니, 이승의 한 사람을 선택하라. 그자의 수명을 늘려주
리라.

　—늘리신다 하면, 늘어나는 날이 과연 얼마나 되겠습니까?

　—같지 않다. 선택된 자의 인생이, 그자가 살아온 시간들이
결산해줄 것이다.

　—고맙습니다.

　—선택은 돌이킬 수 없다. 부디 신중하라.

　—명심하겠습니다.

　—나, 상제는 후회다. 이제 돌아가라. 다시는 나를 찾지 말 것

이다.

그날 이후.

섬을 둘러 보이지 않는 담이 쌓였다. 까마귀 모양의 바위만한 빗장을 질러 문을 닫아건 담은 안을 거짓으로 비춰주었다. 누군가에겐 사막으로, 누군가에겐 도원으로. 눈을 감고 저승과 이승을 왕복할 수 있는 저승차사라 할지라도 안을 확신할 수 없었다.

몽유도를 휘돌아 흐르던 물이 넓고 깊어졌다. 몸의 힘으로는 건널 수 없을 만큼이었다. 날 수 있는 저승차사라 할지라도 불가능한 폭과 깊이였다. 배와 사공이 생겨났다. 사공은 여인이었고 배는 상제의 허락 없이 뜨지 못했다.

—그런 얘길 어디서 들었소?

—내가 좀 재오. 이래 뵈도 전생에 봉군 아니었소. 국경 쪽에서 봉화 올리는 일을 오래 하다보면 연기며 불빛이 귀로도 들린다오. 잠은 무시로 쏟아지고, 까딱해서 불을 놓치기라도 하는 날엔 목이 달아날 테고, 그러니 저절로 그리되는 게요.

—허어.

—하니 생각해두시오.

—누구 명줄을 늘려줄지, 그거 말이오?

—미리 생각해두면 좋을 것 아니오.

—혹시 줄이는 건 안 된다오?

—첫 칙을 잊었소? 될 걸 말하시오.

—제 명대로 살다 죽는 거지 뭘 더 살게 해준다고.

—혹 누가 아오? 우리도 어느 차사 덕에 좀더 살았는지.

21

—전하라.

흐르고 미끄러지는 초서 사이사이로 언문 글자가 네모반듯했
다. 글자들은 사이가 좋아 보였지만 뚝뚝 끊어진 단락들 때문에
전체적으로는 어지러웠다.

—그래. 내가 이렇게 썼단 말이지.

—전하라, 나와 아들을 나눈 여인이여. 내 피의 아들, 네 젖의 아
들, 사반에게 전하라.

—말씀하소서, 왕후시여.

—떠나라. 가서 네 슬픔으로 돌을 녹이고 네 분노로 흙을 굴혀라. 그
리고 그것들을 쌓아 새로이 너의 나라를 만들라. 이는 어미의 원이자
명이니, 그곳에서 너를 묻어라. 결코 너를 버린 땅으로 돌아오지 말라.

—하나 왕후시여. 감히 여쭙옵건대, 왕후께서도 지금 아들을 버리
려 하시나이다.

왕후는 듣지 않았다. 남편을 잃고부터 부쩍 앙상해지고 무상해진

상복의 왕후는 오로지 자신이 버리려는 모두와 전부에 집중하려고 애썼다. 그래도 솟구치는 눈물만큼은 어쩔 수 없었다. 왕후가 소리없이 울었다. 유모가 젖은 틈을 비집었다.

—왕후시여. 당신의 피의 아들, 내 젖의 아들, 사반을 살피소서.

하지만 왕후는 대답 대신 단도로 목의 혈을 끊었다.

—그래, 그랬어.

채관은 자신의 옛글이 새삼스러웠다. 띄엄띄엄 속을 발설하는 바람에 맥락도 없이 댕강댕강 잘려나간 여러 개의 문단이 다시금 절박하게 다가오고 있었다. 그런 채관의 귀에 늘어지는 발걸음 소리가 가까워왔다.

—쭛쭛.

서고의 문이 열리더니 수강이 들어섰다. 쿵, 했다.

—쭛쭛.

채관이 수강을 앉혀놓고 이마를 짚었다. 뜨끈뜨끈한 기운에 덩달아 채관의 팔까지 달아올랐다. 열은 집요했다. 때와 장소를 가리지 않고 수강에게 다락다락 대들었다.

—고비인 게야. 넘겨야 하느니.

그래도 채관은 한숨 돌리는 중이었다. 수강이 조금씩 채관에게 반응하고 있었다. 채관이 하는 말과 채관이 건네는 손길에 예전처럼 날을 세우지 않았다.

—열보다 강해지려면 몸에 힘을 채워야 하고 그러려면 먹어

야지. 그 수밖에 없느니.

안 그래도 수강은 밤새 차게 식은 미음을 절절 끓는 목구멍으로 막 내려보내고 온 터였다. 채관이 쑤어주는 찹쌀미음엔 대추와 영지가 번갈아 들어 있었다. 수강에게 필요한 건 소염과 진통, 진정이었고 대추와 영지가 그것을 소소하게 돕는 식이었다. 적절하게 조제된 약은 물론이고 미음 한 사발에도 채관은 성의를 다하고 있었다.

시간도 도왔다. 수강은 열이 오면 자고 열이 가면 공장을 돌았는데, 그 모두를 채관이 동행했다. 몸의 밀착이 맘의 밀착으로 발전하고 있었다. 물론 수강은 사람들에 부대꼈지만 다행스럽게도 공장 사람들은 수강을 상관하지 않았다. 아니, 세상 자체를 상관하지 않는 것 같았다. 그들에겐 각자의 물과 각자의 색만 있는 것처럼 보였다.

수강의 눈길이 채관이 들고 있던 책에 머물렀다.

—처음 보는 책이야. 서고를 그렇게 뒤졌는데 한 번도 본 적이 없어.

—읽어주런?

읽어주런, 도 들려주런, 과 한가지로 질문이 아니었다. 이야기의 시작이었다.

'사반왕이 어린 탓에 정사를 돌보지 못하니 즉시 폐위한다.'

—사반, 사반······ 들은 적이 있는데.

고이의 명분이었다. 고이가 누군가. 방계이긴 했어도 사반왕의 작은할아버지였다. 사반왕의 아버지인 구수왕이 친부의 예를 갖추어 모시던, 바로 그 사람이었다.

구수왕은 두 해 전에 죽었다. 구척장신의 거구로 용기와 위엄이 남달랐던 사내는 이십 년 재위 끝에 위를 앓다가 어린 아들의 손을 꼭 잡은 채로 눈을 감았다. 독살설이 난무했다. 구수왕의 뒤를 이어 작은 사내아이가 왕좌에 앉혀지던 날, 고이는 지병을 핑계로 나타나지 않았다.

고이가 궁을 공격하던 밤은 그믐이었다. 지극한 어둠 속에서 공포의 포로가 된 백성들의 양심은 밤에게 우정과 충성을 맹세했다. 나라가 약탈로 들끓었다. 거대한 폭력의 비호 아래 서로를 부수고 빼앗아, 때때로 한 인간은 다른 인간에게 늑대였다, 라는 오랜 격언을 실천했다. 거룩한 밤이었다.

—아, 사반. 모래알 반쪽, 사반. 작은형님이 들려준 그 이야기.
작은형님이란 수강에게 무술을 가르쳐준 연홍의 작은오라비를 말했다. 그는 기질적으로 비평과 비판에 능한 반골이었고, 그래서인지 몰라도 유독 반란과 반정에 정통했다.

백제는 소서노의 두 아들인 비류와 온조의 세력이 합해서 형성된 나라였네. 물론 초기의 백제는 비류계가 왕위를 차지했지. 그가 형이었으니까. 하여 성이 해씨^{解氏}로 추측되는 비류의 직계후손인 다루, 기루, 개루의 순서로 왕위가 계승된 거라네. 그러다가 5대 초고왕 대에 이르러서 판이 바뀌었어. 온조계가 비류계를 제압하고 백제의 지배권을 확보한 거지. 하지만 역사란 그게 다가 아니거든. 온조 세력은 기민하게 움직였네. 온조를 시조로 올리고 그에 걸맞은 건국설화도 만들었지. 온조계 왕실의 권한을 강화해야 하니까. 초고왕의 맏아들인 구수와 이복아우인 고이 또한 당연히 온조계였네. 구수는 왕위에 오르고 나서 고이를 우대했지. 고이는 치열했던 비류계와의 권력투쟁에서 큰 공을 세운, 무엇보다도 잘난 인물이었거든. 하지만 고이는 구수왕이 죽고 나서 야망을 드러냈다네. 구수왕의 아들인 사반왕을 밀어내고 스스로 왕이 된 거지. 쫓겨난 사반왕이 어떻게 됐는지에 대해서는 분분하다네. 정확한 기록이 없거든.

—다시 생각해도 두 선왕의 내력과 아주 닮았어. 참혹해. 역사란 그런 걸까. 앞의 역사를 베껴 뒤의 역사를 이루는……

두 선왕이란 단종과 세조를 의미했다.

채관의 목소리가 깔깔했다. 계속 듣고 있다보면 상대방을 목마르게 하는 소리였다.

수만 리를 떠내려오는 동안 왕은 지근거리 신하와 세 계절을 번갈아 잃었다. 왕은 아직 예닐곱의 어린아이였다. 좀처럼 앞을 내어 주지 않는 바다가 무서웠고, 근근이 연명해야 하는 하루가 고단했으며, 지쳐가는 신하들을 보는 일이 괴로웠다. 밤마다 아버지의 힘과 어머니의 품을 그리워하며 간신히 잠이 들었다. 그래도 아이는 울지 않았다. 왕이어서 울지 못했다.

궁을 빠져나온 지 약 일곱 달여가 지나고서야 배가 섬을 보았다. 하지만 섬은 그들을 허락하지 않았다. 섬 앞을 죽치던 거친 서풍이 그들을 자꾸만 절벽으로 떠밀었다. 나무가 나무를 낳아 키우는 숲을 뒤에 두고 이레를 버티다가 결국 왕이 선언했다.

—이제 천신天神을 버려 우리를 마저 비우노라.

고향의 신마저 버려 텅 빈 왕에게 섬이 길을 내주었다.

사반왕이 섬을 밟은 시간은 새벽이었다. 하나만 남은 계절이 그들을 지켜보고 있었다. 처음 보는 나무에 둥지를 튼 처음 보는 새들이 소란했다.

—여기 새도 두고 온 새와 한가지로 우는구나. 그것이 안심이다.

왕의 첫말이었다.

나무열매와 구운 물고기로 끼니를 때운 왕이 섬을 돌았다. 부서진 모래알들이 무엄하게도 왕의 해진 작은 신발 안을 침범했다. 물집 잡힌 왕의 발을 아픈 유모가 밤새 쓰다듬었다.

아무도 살지 않는 섬임을 확인하는 데 아흐레가 걸렸다. 열흘째 되던 날 아침, 간니도 다 나오지 않은 어린 왕이 선포했다.

—나는 아무것도 아니다. 아무것도 아닌 자가 도망해 숨었으니 이 섬 또한 아무것도 아니다. 하니 지금부터 이 섬을 무도無島라 이를 것이노라.

살아남은 자들이 모두 옷을 찢고 땅을 구르며 울었다. 그날 밤, 왕의 젊은 유모가 끓는 몸을 떨며 헛소리를 하다가 죽었다.

그때였다.

그때였다. 밖이 소란했다.

—뭐지. 이 이른 시간에. 검송이 또 색을 훔친 건가. 아니면 물을 망치기라도 한 건가.

수강이 사반을 버리고 호기심을 따라 채관보다 먼저 마당으로 향했다. 역시 검송이었다. 검송이 한 사내아이를 들쳐업고 채관을 부르고 있었다.

축 늘어진 아이는 마치, 수세미외 열매 같았다. 비죽비죽 여기저기 뜯겨나간 아주 거친 열매.

—누구지. 무슨 일이지. 죽은 걸까.

검송이 조심조심 아이를 마당에 내려놓았다. 순간, 수강의 시선이 대롱대롱 매달린 소년의 자그마한 머리통을 삼켰다.

―어으어어아……

　목을 찢어 당기는 것 같은 수강의 소리에 주변이 놀란 눈을 일제히 수강에게 꽂았다. 채관 앞에서가 아니면 결코 소리를 만들지 않던 수강이었다.

―어으어어아……

　수강이 두 팔을 휘적대며 넘어질 듯 마루에서 뛰어내렸다. 그러곤 맨발로 흙을 쓸며 휘청휘청 소년에게 다가갔다.

―어으어어아, 어으어어아……

　그런 수강의 뒤에서 채관의 손이 너울거렸다.

―애쓰셨네. 고생하시었어.

22

　그건 돌발이었다.

　아이. 아니, 소년. 아니, 소년은 넘어섰지만 아직 청년엔 다다르지 못한. 하나의 초과와 하나의 미만 사이에서 어쩔 줄 몰라 하는. 편의상 작은 청년. 그 작은 청년이 울었다. 흙으로 자꾸만 흘러내리는 작은 여인을 주워담으려는 듯 두 손을 한껏 펼치고서 그렇게 울고 있었다.

―어으어어아, 어으어어아……

　화율은 어쩐지 부러웠다. 작은 여인이 기를 쓰고 찾아온 사람이 작은 청년이어서, 또 그런 작은 여인을 그득히 담아내는 사람이 작은 청년이어서 부러웠다.

또한 돌발이었다.

늙은이. 더도 덜도 아닌 딱 그만큼의 늙은이. 그 늙은이가 불렀다. 차사고 뭐고 저승살이 더이상은 못 해먹겠다는 화율을 달래려는 듯이 한 손을 너울거리면서 그렇게 부르고 있었다.

— 애쓰셨네. 고생하시었어.

화율은 무서웠다. 채관이 알아보는 자가 바로 자신, 저승차사여서, 그렇다면 채관이 사람이 아닐 수도 있다는 뜻이어서 무서웠다.

— 배운 것과 다른가? 첫 칙의 경우처럼 또 다른가? 저승과 무관한 귀신이 따로 있다는 말인가?

달라붙은 구름이 두툼했다. 또 비인가, 싶은 순간 꿉꿉한 바람 한 줄기가 달려와 구름을 찢었다. 햇살은 풀려났지만 서고까지 오지는 못했다. 아직 일렀다. 햇살의 때가 아니었다. 그래서 서고 안은 어두웠다.

새벽어둠의 제일 구석, 제일 그늘진 자리에 채관이 먼저 자리를 잡고 앉았다. 불 꺼진 등롱 위에서 잠시 망설이던 쇳빛부전나비도 파지 더미 위에 날개를 내렸다.

— 누구십니까?

— 색 잣는 늙은이 아니겠는가.

─저를 알아보셨습니다. 혹 산성이십니까?

화율은 감히 귀신이냐, 고는 묻지 못했다.

─산성이라.

산성散聖은 상제로부터 별다른 직책을 받지 못한, 혹은 받지 않은 신선을 이름이었다. 산선散仙이라고 부르기도 했다.

─글쎄. 그냥 열외, 쯤으로 해두면 어떨까 싶으이.

─제외된 존재라는 말씀이십니까?

─이승에선 나를 흐르는 시간의 속도가 다르고, 저승에선 내가 가진 기억의 크기가 다르니 그럴 수밖에 없지.

─저승을 기억하십니까?

─음. 이승의 앞과 뒤. 저승의 앞과 뒤. 그렇게 다.

─저승에서도 압니까?

─나를 그리되도록 버려둔 게 저승이니.

─왜입니까?

─모르네.

사방이 다 벽이었다. 화율은 남아 있지도 않은 숨이 막히는 기분이었다.

─연홍이 어찌 되겠습니까?

─이기겠지. 강직하니까.

─강직이라 하셨습니까? 여인입니다. 여인으로서 치욕의 끝을 겪었습니다. 아무리 강직하다 한들 그게 어디까지 가능하겠습니까? 하고, 강직의 여부를 어찌 판단하십니까? 작은 여인을,

연홍을 아십니까?

—글쎄. 안달 수도 모른달 수도 있으이.

화율은 일단 거기서 멈췄다. 노인을 캐서 무엇하겠는가. 문제
는 그게 아닌데.

—수강과는 어찌 되겠습니까?

—글쎄. 수강이 어쩌려나, 싶으이.

—저 때문입니다.

—글쎄. 그렇달 수도 아니랄 수도 있으이.

—시작부터 살※이었습니다.

—살이라?

—겁살 말입니다.

—보시게, 차사.

—결국 맞아 죽었습니다.

—그랬군. 그 차사도 맞아 죽었고 또한 겁살을 말했지.

그 차사는 미련한 듯도, 진중한 듯도 했다. 자신의 기억과 싸
우느라 지쳐 있던 채관의 눈에도 들어올 만큼.

—어찌 죽으시었소?

—맞아 죽지 않았겠소. 겁살의 당연한 귀결이요.

—겁살?

—한평생 발길질에 채어 살던 천애고아 상놈 신세에 한 사람
에게 세운 마음도 보여주지 못하고 맞아 죽었으니 말이요. 수토

172

관한테 끌려가서 그리됐소.

수토관은 섬을 조사하고 챙기는 관리를 말했다. 원래 섬에서는 사람이 살 수 없었다. 이른바 공도空島정책. 나라로서야 당연했다. 백성이 단 하나라도 숨어드는 건 곤란한 일이었기에. 그건 노동력과 세수의 감소라는 낭패스런 문제와 직결되었기에. 정부에게 손해였기에. 하여 때때로 각 섬에 수토관을 파견해 섬에 사는 사람이 있으면 육지로 도로 데려왔다. 윽박지르고 두들겨 패면서.

채관은 수토관을 몰랐지만 묻지 않았다.

—섬엔 왜 들어가시었소?

—귀한 약초가 많소. 사람 손을 타지 않으니 풀들도 기가 살아서. 팔면 돈이 꽤 됐다오.

—벌어 어디에 쓸 생각이시었소?

—아씨와 도망…… 내 살던 강진에 하급관리 박아무개라는 자가 있는데, 그자가 술만 마시면 아씨를 때려서…… 아씨를 빼낼 요량이었소.

—아씨도 같은 생각이시었소?

—아씨는 나를…… 모르셨소. 그냥 꽃만 아셨을 거요.

—꽃?

—뚜껑별꽃이라고 추자도에서만 피는 꽃이 있소. 딱 아씨 같은 꽃이라 내가 뿌리째 캐다 심어놔드리곤 했소.

—어찌 생긴 꽃이기에.

―사내로 보면 여인네 같고, 여인네로 보면 사내 같고. 작은 데 세고, 곱지만 차고. 꽃도 아씨도 그랬소.

―어렵소.

―어쨌거나 그 꽃이 섬을 포기하지 못한 또하나의 이유이기도 하오.

―아씨는 어찌 되시었소?

―내 잡혀들어가던 날 생금을 삼켜 자결하셨소.

―허어. 왜?

―박아무개 그 찢어 죽일 새끼가 노름빚으로 팔아넘기는 바람에……

―쯧쯧. 아무리 제 목숨처럼 연애해도 상대방이 알지 못하면 헛되고헛된 법이오.

―그런 것 같소. 한데, 그쪽은 어찌 죽으신 게요?

―맘을 오래 앓다보니 저절로 죽어지이다.

―어인 연유로?

―그러게 말이외다. 버리면 될 것을.

돋을볕 기운이 서고를 기웃거리면서 쇳빛부전나비의 날개에도 생기가 돌기 시작했다. 채관이 그 날개 사이의 눈을 향해 물었다.

―차사는 사명使命이 어찌 되시는가?

―화율입니다.

―그 차사도 화율이었지. 보니, 자네도 전생을 베끼는 게군.

―죽게까지 맞는 것, 결코 모르십니다.

―그래도 차사, 살 따위는 없으이. 이런 살 저런 살, 그런 것들은 그저 협박일 뿐이지. 인간이 인간을 협박하기 위해서 만들어낸 핑계 말이야. 겁을 줘서 말을 듣게 하거나 협박을 해서 뭔가와 통해보고자 하는 건 그게 뭐든 가짜네. 일면 정연해 보이나 잡설도 못 되지. 삶은 자연이네. 하늘과 땅 사이에 존재하는 일물一物로 차사 스스로를 바라보시게.

일물. 하나. 세상의 단 하나. 화율은 유일함의 가치를 생각했다. 하지만 가치가 있는 것이 유일할 수 있다고 해서 유일한 것에 저절로 가치가 부여되는 건 아니었다. 자신처럼.

―천벌이 있습니까?

―글쎄. 내가 모르는 상과 벌이 있을는지도. 하나 선택의 권리를 알 것이네. 차사도 스스로의 뜻대로 저승을 선택해 남았듯이 다른 모든 넋들 또한 그들의 선택이 있네.

―저는 응보 없는 세상을 도저히 받아들이지 못하겠습니다.

―보시게, 차사. 악한은 늘 존재하이. 참회도 포기도 없으니 십중팔구는 다음 생을 선택하거든. 그들은 시대를 달리해 모양만 다르게 재생산된 같은 악이라네.

―하면 연홍을 저리 만든 그 무뢰배는 어찌 되겠습니까?

―제 성질을 따라 제명이 다할 때까지 왁살스레 살겠지.

―왜 그들을 제거하지 않는 겁니까?

―누가?

화율은 말문이 막혔다. 누가?

―보시게, 차사. 차사도 사람이었네. 이승에서 저승으로 자리만 이동했을 뿐이네. 사람이 사람을 판단할 수 있을까?

―상제가 계시지 않습니까?

―상제도…… 때론 인간이었네.

―하면 그 이상은 없습니까?

―거기부터는 나도 모르네. 그건 상식이나 논리, 이치로 따질 문제가 아니니. 그러고 보면 저승도 악이나 다름없네. 악을 되살리는 데 주저함이 없으니 말이네.

―저승 이후는 모든 것이 가능하다고 했습니다.

―차사, 그건 곧 모든 것이 불가능할 수도 있다는 뜻이기도 하이.

―그럼 저도 이제 그만 잘못을 고해야지 않겠습니까. 언제까지 숨을 수는 없으니 말입니다.

―그럴 것 없으이. 무엇보다 그쪽은 자네를 다 아니까.

―알면서 저를 내버려두고 있다는 말씀이십니까? 왜입니까?

―이유가 있겠지.

―하나 눈을 어찌 회복시킬지 방도를 구해야 하지 않겠습니까?

―내 알기로 방도는 없으이. 이런 일에 유례가 없으니 더더욱 준비된 것이 없을 터이고.

―하면 제가 처음이란 말씀이십니까?

―그런 뜻이 아니네. 실수하고 잘못하는 차사는 언제나 있어 왔으니. 다만 이 경우엔 연홍 쪽에도 문제가 있네.

―예?

―연홍의 한 부분은 이승이 아니네.

―예?

―나머지 한 부분은 지금 저승에 있다네. 완전히 끊어지지 못 했지.

―무슨…… 연홍도 압니까?

―그럴 리가 있겠는가. 여기 나와 있는 연홍도, 거기 들어가 있는 연홍도 스스로는 의식하지 못하네.

―저승 어디에 있습니까? 여인을 본 적이 없습니다.

―알게 될 것이네. 만나게 될 것이고.

순간 쇳빛부전나비의 더듬이에 벼락처럼 한 가지가 내려꽂혔 다. 저승에 남아 있겠다던 스스로의 선택이 자신이 그토록 원했 던 천벌의 시작일 수도 있겠다는 추측, 내지는 깨달음이었다.

―그, 그런데 말입니다. 그 청년, 연홍을 업어 들여온 청년 말 입니다.

―검송 말인 게군.

―어떤 자입니까?

―내게 이러구러 묻고자 함은 아닌 것 같으이.

쇳빛부전나비는 염색공장 대문 앞에 작은 여인을 부려놓고도 떠나지 않던 사내를 생각했다. 문간 바깥쪽 굴뚝 뒤에 몸을 숨긴 채 공장 안에서 일꾼이 나와 남복한 작은 여인을 발견하고 들쳐업는 것까지 다 확인한 사내는 자신이 밟은 여인보다 일꾼에게 더 관심을 보였다. 마음이 휙, 끌린 듯 사내와 눈이 마주친 검송도 그랬다. 깜짝 놀라 연홍을 미끄러뜨릴 뻔했지만 그건 공포심에서가 아닌 것처럼 보였다.

　—그 무뢰배를 아는 것 같았습니다. 서로 모른 척했지만 분명했습니다.

　—저런. 쯧쯧. 그랬군.

　—짚이는 바가 있으십니까?

　—검송에게 짐이 하나 더 늘었으이.

　—저도 알고 싶습니다. 제 문제이기도 합니다.

　—그럴 게 뭐 있을까. 저승이 이승을 하나라도 더 알아 무슨 득이 된다고. 차사는 저승에만 집중하시게. 해서 하는 말인데 차사, 다시는 여기 오지 마시게.

23

콧구멍이 달곰달곰했다.

　—아이고메야.

산파도 익히 아는 복숭아꽃, 자두꽃, 매화꽃 냄새였다. 바짝

말린 꽃잎을 비벼넣은 베갯속 때문에 환자의 머리맡이 향기로웠
다.

　—별거를 다……

　보통 태어나 사나흘쯤 지나면 아기를 목욕시키는데, 그때 쓰
는 물이 복숭아, 자두, 매화나무 뿌리를 달인 물이었다. 액을 막
아주는 부적의 기운이 있다고 했다. 뿌리가 아니고 꽃잎이었지
만 환자를 아기 다루듯 하는 염색장의 마음씀이 느껴져서 산파
는 고마웠다.

　—게다가 곱기도 하지.

　명주 겉감에 모시 안감, 속에는 참솜을 두고 누빈 오방색 이
불도 정말 고왔다.

　—절간마냥 사내들만 버글거리는 집에 이런 게 다 있구.

　산파는 굽은 등을 더 굽혀 이불을 쓰다듬으면서 감탄했다.

　—하긴 색도 사는 집이니까.

　하나 색을 볼 수 없다는 환자에 생각이 미치자 산파는 심란해
졌다.

　산파는 평상심을 유지하려고 애를 썼다. 평생을 산파였던 어
미 손에 끌려가 강제로 출산구완을 했던 아홉 살 적부터 줄곧
봐온 여인의 몸뚱이였다. 곱사등이 계집이 사람 구실이라도 하
면서 살아가려면 뭐든 밥벌이거리가 있어야 한대서 무섭고 싫어
도 견뎌온 몸뚱이들이었다. 결국 쉰 고개까지 넘고 나서야 고마
워진 몸뚱이들이었다. 지금껏 자신이 먹고 입은 것이 다 그 몸

179

뚱이들 덕이었으므로.

—아까워 어이할꼬.

별별 몸뚱이가 다 있었다. 사당패가 버리고 간 어름사니의 회음은 뻥 뚫려 있었다. 우두머리인 꼭두쇠부터 그 밑에 곰뱅이쇠, 뜬쇠, 가열, 마지막으로 순 초짜인 삐리로 줄줄이 이어지는 서열 속에서 아래 물림되던 몸뚱이였다. 선왕의 선왕의 후궁의 부마의 아들의 사위가 안방 몰래 드나들었다는 사노의 아랫도리는 문드러져 있었다. 소실로 삼아주마던 철석 같은 약속이 녹색 물과 함께 흘러나왔다. 퍼석하게 부어오른 몸뚱이도 있었고, 깨알 같은 물집으로 온통 뒤덮여 있던 몸뚱이도 있었다. 정말 별별 몸뚱이였다. 해서 산파는 웬만한 몸뚱이엔 이골이 난 터였다.

—어쨌거나 다 살게 돼 있는 법.

별별 마음씀씀이도 있었다. 어떤 마음은 식구들이 다 뜯어말리는데도 그예 산실을 차지하고선 산모보다도 더 울었고, 어떤 마음은 연모하던 처자가 왈짜한테 겁간을 당했는데도 아무 상관 없다면서 무슨 일이 있어도 제 부모는 죽어도 몰라야 한다고 전전긍긍했다.

—곁을 지킬 사람의 마음이 반을 감당할 터이니 그 마음을 의지해볼밖에.

산파는 이불을 끌어내려 연홍의 피멍든 다리를 반듯하게 덮어주었다. 그리고 그 위로 조심조심 주물렀다.

—좀더 두고 볼 일이지만 걱정은 말아요. 다 괜찮아지게 돼

있거덩요.

두고 보자. 걱정 말라. 괜찮아진다. 산파가 경험에서 배운 문구였다. 가장 평범하고 가장 형식적인 말이 최고의 진실이 되는 경우였다.

산파는 의아했다. 염색장에게선 어찌 보면 앓는 마누라 걱정으로 절박한 남편의 모습도 보였고, 어찌 보면 탈난 막내딸 염려로 지친 늙은 아비의 모습도 보였다. 무언가 단단한 내력이 있는 것이 분명했다.

―말씀해보시게.

산파는 잠시 머뭇거렸다. 자신의 말을 염색장이 알아들을까.

―열상이 심해요.

―몹쓸.

산파에게도 익숙한 단어였다. 몹쓸. 몹쓸 놈의 몹쓸 짓이었다. 어쨌거나 염색장은 알아들은 모양이었다.

―저, 어르신. 잘 지키셔야 해요. 저런 상처라는 것이 몸으로 보면야 죽을 일이 아니지만 맘으로는 딱 죽을 일이거덩요.

―아네.

산파가 또 머뭇거렸다. 해도 되는 말인지 가늠하느라. 하나 채관이었다. 산파는 늙은 염색장의 인정과 인격을 믿었다.

―한데, 어르신. 그놈과는 상관없는 증상이 있어요.

―무슨 말씀이신가?

―포가 좀……

―상하기라도 했는가?

포胞. 아기들의 첫 집. 하늘과 땅의 다른 이름.

―안에 찬바람이 불어요. 손이 시릴 정도로.

―아…… 아……

무언가 생각났다는 듯, 그래서 그럴 것이라는 듯, 채관이 수긍하고 나서자 당황한 쪽은 산파였다.

―어찌 저리 다 아는 것처럼 말씀을 하시지.

현인이라는 둥, 신선이라는 둥, 심지어는 반은 사람이고 반은 신이라는 둥, 채관에 얽힌 소문이 더러 있었다. 특히나 천것들 사이에서 꾸준했다. 산파 노릇 수십 년에 소문이란 것이 믿을 게 못 된다는 것을 깨우친 산파조차도 소망처럼 기대하고 신뢰하게 만들었을 정도로 채관의 인품과 식견은 우러름 직했다. 산파의 마음에는 그중 현인이 가장 찼다. 산파에게, 산파가 사는 세상에 필요한 건 지혜로운 '인간'이었으므로. 어쨌거나 소문은 아래를 돌 뿐 위로 오르지는 않았다. 그건 천것들이 유대한 일종의 보호본능이었다. 채관은 '아래' 소속이었다. '위'는 잘난 '아래'를 참지 못하는 법이었다.

―아기가 견디지 못하겠군.

―아마도……

―아이를 찾아왔을 텐데. 저승에서 여기까지 그래서 왔을 것인데.

—때를 봐서 말해줘야겠지요.

—아니네. 그냥 두시게.

살짝 들린 이불 아래로 연홍의 왼발이 비쭉 나와 있었다. 멀
찍이 떨어져 앉은 채관의 시선이 연홍의 맨발바닥을 쓰다듬었
다. 네번째 발가락 자리가 움푹, 했다.

—여전한 게요?

발바닥만 보고도 다 알았다. 안쪽으로 접힌 새끼발가락 때문
에 네번째 발가락이 불퉁 튀어나온 채로 휘어 있을 것이고, 바짝
깎아놓은 발톱 아래 살이 아리도록 붉을 것이었다. 어떻게 그렇
게 깎지. 보는 사람은 오금이 다 저리는데 정작 당사자는 아무렇
지도 않다는 듯이 바짝, 더 바짝, 그랬던 발이었다. 너무나도 잘
아는 발이었다. 다 달라졌는데 왜 발만은 그대로인 것인지.

—오랜만이오.

아내는 아이를 거부했다. 아니, 거절했다. 만들어야 할 아이가
채관의 아이라서 그렇다고 했다. 첫아이를 고의로 유산시켰고
그 이후로는 철저히 몸을 단속했다. 아내의 손과 발은 늘 얼음
장이었다. 찬 몸에서는 따뜻한 생명이 움트지 못할 거라는 자의
적 처방이었다. 노력이 닿은 건지 원이 닿은 건지 모르지만 아
이는 다시는 생겨나지 않았다.

—당신을 찾아 연달아 세상을 선택했다오. 하나 시대조차 맞
추기가 쉽지 않았지. 번번이 어긋나서 당신을 만날 수가 없었다

오. 그러다 한 번 겹쳤지만 그땐 모든 것이 맞질 않았다오. 당신은 궁 안에 나는 궁 밖에…… 또 내가 어렸소. 어려도 너무 어렸지. 고작 내 나이 여덟이었으니.

채관의 오랜 기억 속에서 소리 하나가 뜯겼다.

따당 뜨등 디잉.

—은쟁을 기억하오?

다다당 또동.

—스승님이 챙겨온 별감의 유품에 당신의 은쟁이 끼어 있었다오.

따가다가 당당 땅.

—내 그걸 훔쳐냈지. 허허. 슬픔으로 다 죽게 생긴 스승한테서 그걸 훔쳐냈다 이 말이오.

당당당당당당 디디디디딩.

—별감을 그리 연애했소? 지키기 위해 죽을 만큼? 그때 지키지 못한 별감의 아이를 찾아 이리 다시 나올 만큼?

따각.

—해서…… 알아봐질 것 같소? 찾아질 것 같으오?

채관은 도울 수 없는 일이었다. 채관이 알고 기억하는 건 오로지 자신의 때일 뿐이었다. 채관이 눈을 감았다.

—힘들 게요.

저승에선 이승을 알아보지 못하고 이승에선 저승을 기억하지 못하는 것이 이치였다. 그래야 죽은 자는 죽은 대로, 산 자는 산

대로 시간을 이을 수 있었다.

—나도 벅차구나.

한데 채관에겐 그것들이 다 가능했다.

—생각보다 힘이 들어.

혼자서만 알아보고 혼자만 기억해온 시간이었다. 게다가 너무 느려서 번번이 지치게 한 시간이었다. 채관은 한 생을 거의 두 배까지 살아야 했다.

—흐으으음.

작은 한숨 끝에 채관이 고단한 눈을 떴다. 그새 연홍이 일어나 앉아 있었다. 눈빛. 연홍의 눈빛. 화율이 심어놓은 저승의 기운. 어쩌면 연홍이 처음부터 가지고 태어났을 저승의 기운.

—홍아.

—……

—어찌 그리 가만히 있으시오. 수강처럼 울기라도 하면 좋을 것을.

—……

—홍아, 좀 괜찮누?

—염색장 어르신?

—부디 괜찮아지시오.

—염색장 어르신, 맞지요?

—음.

—제가 오긴 왔네요.

―나, 사반이오.

―수강은요?

―예 있느니. 들여주련?

―아니요.

―나는 당신에게 왜 이러는 것인지. 당신은 나한테 왜 이러시
는 것인지.

―눈은요? 수강의 눈은요?

―본다. 볼 수 있느니.

―아!

―대신······

채관은 빠른 속도로 오그라드는 연홍에게서 눈을 떼지 않고
다음 말을 이었다.

―혀를 잃었느니.

―아!

24

언제나 노을뿐이라고 해서 저승의 하늘을 한결같다고 할 수는
없었다. 노을은 순간순간이 달랐다. 색은 떠났다가 돌아오기도
했고, 자랐다가 줄어들기도 했으며, 끈끈했다가 헐거워지기도
했다. 돌연 바뀌어 있었고 변해 있었다. 그래서 차사들은 고마웠

186

다. 그렇게 노을이 끊임없이 움직여준 공으로 저승에도 시간이 흐르고 있음을 잊지 않을 수 있어서 감사했다.

간간이 초록의 띠가 비어져나온 노을 아래로, 수습차사들이 점점으로 흩어져 있었다. 웅크린 차사들은 마치 대궁이 꺾이면서 바닥에 떨어진 박꽃 같았다. 모시 열두 폭 하얀 무지기, 여인네의 속치마처럼 생긴 꽃, 박꽃 말이다.

화율은 박꽃이 좋았다. 취하지도 않고 미치지도 않는, 끝끝내 말짱하기만 한 정신을 구박하며 이리저리 헤매던 여름밤, 그 탐스러운 하얀빛과 처음 맞닥뜨렸을 때부터 좋았다. 어둠의 꽃이어서 더 좋았다. 초저녁에 벙글어 이른 아침이면 잎을 닫는 박꽃은 곧 화율의 마음이기도 했다. 아무도 지켜보지 않고, 아무도 말 걸지 않는 시간에나 몰래 꺼낼 수 있는 마음이어서 그랬다. 박꽃. 어여쁜 박꽃. 그 박꽃이 야무지게 퍼져나가 열매 맺을 수 있게 해주는 개체가 박각시나방이라 했던가.

화율은 저승차사가 차라리 나방이었어야 했다고 생각했다. 물론 나비와 나방의 계통을 구별한다는 건 무의미했다. 그들은 친척 아니, 거의 가족이었다. 하나 나방은 거개가 야행성이라는 데서 차사와 닮은꼴이었다. 차사가 이승의 낮에 일하지 않는 것은 아니었지만 걷이는 아무래도 밤과 어울리는 작업이었고, 무엇보다도 저승차사들이 으레 스스로를 밤의 존재라고 여기고 있었다. 저승은 언제나 저녁이었는데도. 어쨌거나 그렇게 되면 이름도 많이 다를 것이었다. 박각시나방을 비롯해서 산딸기애기잎말이나방, 뒤흰띠알락나방, 국화은무늬밤나방, 쌍점줄갈고리나방 등등으로.

─그럼 아마도 우리 수습들은 닥나무들명나방이 적당할 거야. 뭔가 대단한 분위기라도 풍겨보려면.

화율이 닥나무들명나방의 호랑이 등 무늬 같은 날개를 생각하는 사이 은판나비 한 마리가 노을 사이를 돌다가 내려앉았다.

훈육차사의 등장은 언제나 눈부셨다. 사실 차사들을 겉모양으로만 판단하자면 훈육차사가 으뜸이었다. 아니, 은판나비가 그렇다고 해야 옳겠다. 은빛과 검정색, 빛과 색으로 앞뒤가 나누어진 날개는 우아한 박력으로 수습차사들을 매료시키곤 했다. 훈육하는 자의 권위에 힘을 실어주기 위해 부여된 색이 은색인가 보았다. 저승에선 금색보다 은색이 더 빛났다.

─예외의 때는 지났다. 상황이 피치 못하여 걷이에도 참여했으나 너희들은 아직 정식차사가 아니다. 훈련을 통과하지 못하면 탈락이다.

자격도 없는 상태에서 행했던 걷이였지만, 그 일에 대한 감격과 충격은 이미 모든 수습차사들에게 숙명처럼 뿌리박힌 터였다. 실패한 화율조차도 그랬다. 탈락에 대한 염려가 차사들 사이를 어정거렸다.

─탈락하면 어찌 되는 겁니까?

역시 곤주였다. 묻는 것을 좋아하는 아이가 사랑에 갇혀 늙은

이의 헌데나 핥아주며 있었으니 얼마나 갑갑했을 것인가. 하나 이번에도 훈육차사는 아랑곳하지 않았다.

―혐소, 너는 넋을 어찌 보았느냐?

혐소는 이승에서 어부였다. 제 몸 하나 누우면 꽉 차는 거룻배 하나로 해안 근처를 돌다가 왜구에게 잡혀 죽은 자였다. 칼이 몸을 반으로 갈랐다.

―꼭 물고기 같았습니다. 어떤 물고기는 팔뚝만해도 잘 딸려 올라오고, 어떤 물고기는 손바닥만해도 어찌나 드센지 퍼덕거리는 통에 놓치기도 하거든요. 걷이도 낚시하고 다를 게 없었습니다. 힘이 중요합니다. 아니, 힘을 다룰 줄 아는 요령이 중요합니다.

―창산, 너는 넋을 어찌 보았느냐?

창산은 목수의 아들이었다. 하산하던 심마니와 말을 섞던 중 심마니가 가지고 있던 산삼을 겨냥하고 쫓아온 도적떼에게 걸려 어이없이 함께 죽은 자였다. 잔인하기로 유명한 까치봉 패거리였다.

―마치 꼬빡연이랄까요. 어렸을 때, 정월 초하룻날 꼭두새벽부터 뛰어나가 날리던 연 말입니다. 실을 제대로 부리지 못하면 연하고는 작별이지요. 제게는 그랬습니다.

―들었느냐? 넋은 힘이 세다. 요령부득, 부득요령.

힘이 센 넋이라. 모호했다. 구체적인 예가 필요했다.

―한 차사가 평소처럼 걷이를 나갔다. 대상은 남편이 휘두른

도끼에 숨이 끊어진 여인이었다. 언제나처럼 빠져나오는 넋을 꿰려다가, 그만 놓쳤다. 놓친 넋이 몸으로 다시 빨려들어가면서 여인에게 다시 호흡이 생겼다. 아내가 죽은 줄 알았던 남편이 놀랐다. 결국 여인은 이성을 잃은 남편이 막무가내로 휘두른 흉기에 토막이 났다. 그렇게 잘린 상태로 여인은 한참을 견뎌야 했다. 다른 차사가 도착할 때까지 죽지도 못했던 거다.

화율은 알아들었다. 검송과 그 어미.

—다시 말하지만 넋은 힘이 세다. 때때로 일어나는 넋들의 협박이나 발광 같은 물리적인 힘을 말하는 것이 아니다. 그냥 세다.

화율은 경험하지 못한 걸이었다. 화율은 다른 수습들이 부러웠다.

—긴히 이른다. 기억을 이기지 못하는 자, 그 어떤 넋도 견딜 수 없다. 기억과 너희들의 거리가 바로 힘이다. 기억을 너희들에게서 멀리 떨어뜨려놓을수록, 해서 그 거리가 멀어질수록 너희들은 강해진다. 산 기억을 죽여야만 죽은 너희들이 살아갈 수 있다.

하나 화율에겐 산 기억이 다가 아니었다. 죽어서의 기억이 보태져 있었다. 하면 무엇인가. 산 것인가? 죽었는데, 죽은 자의 일인데 그걸 어찌 살았다 할 수 있겠는가. 하면 죽은 것인가? 엄연히 살아서 날뛰는 기억을 어찌 죽었다 할 수 있겠는가. 죽고 살고의 문제가 아니라는 뜻이었다. 기억은 죽고 사는 것과 별개로 움직이고 있었다. 그러니 정녕 산 것은 무엇이고 죽은 것은 무어란 말인가.

　―기억은 살 속에 파묻힌 커다란 가시다. 살이 찢기는 고통 없이 가시를 빼낼 방법은 없다. 하니 아플 것이다. 힘들 것이다.

　수십이 넘는 수습들은 침묵 속으로 기어들어갔다. 훈육차사가 너그러이 일렀다.

　―건투를 빈다.

　건투. 상투적이어도 딱히 대체할 만한 말이 없는 경우가 있다. 행운을 빌어줄 수도 있겠으나 저승이었다. 운 같은 건 존재하지 않았다.

　오직 모래뿐이어서 저승의 땅은 단순했다. 콸콸콸, 노을이 따라주는 색으로 물들기만 하면 되는 모래는 태초에서 벗어난 것이 없었다. 파일 일도 쓸릴 일도 생기지 않았다. 저승엔 바람이 불지 않았고 차사들에겐 무게라는 게 존재하지 않아서였다.

　간간이 푸른 그늘이 기운 모래 위로, 수습차사들이 한데 모여들었다. 등을 뻣뻣이 세운 차사들은 온통 흰 잎으로 솟구친 대숲 같았다.

　화율은 대나무가 싫었다. 본가 나리의 회초리는 언제나 대나무였다. 오죽, 조릿대, 관암죽, 갓대, 반죽, 솜대, 온갖 종류를 망라한 무기이자 흉기였다. 굵으면 굵은 대로 뼈라도 부러뜨릴 듯이, 가늘면 가는 대로 살이라도 찢을 듯이 융통성을 발휘한 매질이 나리의 특기였다. 대나무 회초리에 맞아 제대로 터져보지 않으면 나리의 식솔이 아니라는 자조 섞인 말이 다 있었다. 징신의 어미가 단지 몸이 불편해 잠자리를 거부했다는 이유로 발바닥이 붓도록 맞기도 했으니 알 만한 일이었다.

나리는 무얼 잘못했는지 먼저 알려주는 법이 없었다. 무조건 때리기부터, 그것이 원칙이었다. 교육은 매에서 시작해 매에서 끝나야 구김이 없다는 어설픈 지식인의 병통이었다. 매를 멈추는 방법은 이실직고밖에 없었다. 하나 이유와 영문을 모르는 경우가 태반이었다. 아무리 어제를 뒤집고 그제를 쑤셔보아도 무엇 하나 나오는 게 없는 때가 부지기수였다. 그래도 계속해서 맞다보면 어떻게든 죄는 만들어지게 마련이었다. 물론 신중해야 했다. 이번에 고할 죄가 저번에 고한 죄와 어긋나지는 않는지, 저저번날 용서받은 죄와 겹치지는 않는지, 상황과 횟수, 내용을 모두 고려해야 했다. 맞는 일보다 맞는 이유를 대는 일이 더 힘들고 복잡했다. 한데 사람들은 그 대나무를 신대로 쓴다 했던가. 신을 부르거나 내리게 하는 통로, 신대 말이다.

—나리가 쪼개버린 대만 모아 올려도 저승까지 능히 닿을 것인데.

화율이 저승이 대밭이 아닌 게 정말 다행이라고 생각하는 동안 수습차사들이 둥그렇게 머리를 모았다.

수습들의 수다는 늘 은근했다. 아직은 모든 것이 불안하고 부족한 처지여서 저절로 조심스러워졌다.

—늘 하던 생각이오만, 말은 참 쉽소.

—말이라도 쉬이 뱉어야지 말도 어려우면 거 어디 살겠소.

—하나 말처럼 되지를 않는데 대체 말이 뭐란 말이오.

—그게 말 탓은 아니잖소.

—말, 말, 해서 하는 소리오만, 섭지 차사만큼 말 없기도 힘들 게요.

—참, 섭지 차사가 금부에 자수한 걸 아오?

—저승에도 그런 게 있소?

—무슨 잘못을 했기에 자수씩이나 한단 말이오?

—내막은 모르나 감찰차사끼리 하는 소리에 의하자면 저번 걷이 때 무슨 일을 낸 모양이오.

—나도 같이 들었소. 자격도 없는 수습들을 걷이에 동원했으니 자꾸만 사달이다, 그랬소.

—하는 짓마다 계속 거치적거리더니만 기어이 끝을 본 게요.

—하긴 원체가 어울리지도 섞여들지도 않는 게 참으로 괴이한 자였소.

—섭지 차사에 대해 뭐 들은 거 없소? 이승에서 뭘 했다든가, 어찌 죽었다든가.

—전혀. 입 떼는 걸 본 적이 없다오.

—한이 너무 깊어도 차사 노릇을 못한다는데, 그런 경우인가 보오.

—훈육차사야 고통을 무릅쓰고 살을 찢어서라도 꺼내야 하는

가시가 이승의 기억이라고 했지만, 가시가 너무 크고 깊으면 빼내긴 애초에 그른 거라오.

　—그냥 파묻어놓고 같이 가는 수밖에 없다, 그 말이오?

　—하나 그렇게 되면 차사 노릇일랑 그만이라니 탈 아니요.

　—난 못 하면 못 하는 거라고 보오. 여기가 끝도 아니고.

　—하면 탈락이오?

　—그렇지 싶소.

　경악한 화율이 저승을 빠져나갔다. 채관이 한 번만 더 알은척해주기를 바라면서.

25

　그때였다.

　칼이 칼을 베고 방패가 방패에 잘려나가는 소리가 사방을 흔들더니 동쪽 하늘로부터 누런 회오리가 달려왔다. 모두 비명을 지르며 도망쳤다. 하나 어린 왕을 거두는 자 아무도 없었다. 그래서 왕은 그대로 있었다. 홀로, 버려진 아이인 채로 서 있었다. 왕은 이미 버림받은 적이 있어서 사람들이 서운하지 않았다.

　순식간이었다. 회오리가 어린 왕을 삼켰다. 왕이 보이지 않았다.

모든 것이 가라앉았다. 적막도 내려앉았다. 그 한가운데에서 어린 왕이 서서 울었다. 도망갔던 자들이 왕의 첫 눈물을 보고 그들의 눈물을 거두었다.

왕이 아프기 시작했다. 예닐곱의 어린 왕이 아무것도 먹지 못하고 죽을 듯이 앓았다. 젖이 약이 될 거라는 처방이 떨어졌다. 하나 유모는 죽었고, 대신들의 아내는 늙었으며, 시녀들은 처녀였다. 왕을 따라온 자들이 모여 기원했다. 며칠 밤, 며칠 낮이 흘렀는지 아무도 세지 못했지만 아주 오래였다. 그들이 지쳐 쓰러질 즈음, 여인들의 몸에서 젖이 나오기 시작했다. 늙어 마른 젖에서도, 한 번도 불어본 적이 없는 젖에서도 젖이 나오기 시작했다. 하지만 여인들은 감히 왕에게로 가지 못했다. 자신들의 젖이 불경스러워 다가설 수 없었다. 하여 젖을 짜 모아 왕에게 떠먹였다. 왕이 나았다.

사반왕의 나이 스물넷이 되던 해, 한 처녀와 혼인했다. 왕이 자주 앓아서 늦어진 혼사였다. 섬에서 태어난 처녀는 백제를 알지 못했다. 또한 더위만을 먹고 자라 다른 계절도 알지 못했다. 늙은 시녀의 양녀로 젖의 맛도 알지 못했다.

늙은 시녀는 왕의 아내가 된 양녀가 검붉은 피를 낳은 날, 바다로 걸어들어갔다. 늙은 시녀는 곧 건져졌지만 다시는 양녀에게 어미이고

자 하지 않았다.

　염원과 달리 후사가 나오지 않자 부족도 고민이었다. 결국엔 후
비를 맞아들이라 청원이 강요되었다. 왕은 듣지 않았다. 왕은 부족
과 싸우느라, 왕의 아내는 양어미와 싸우느라 시간이 참 잘 흘렀다.

　사반왕은 후사 없이 죽었다. 왕이 죽었을 때, 나이 백하고도 하나
였다.

　—수강아.

　갯가 억새밭에 날벌레 한 쌍 들어앉은 듯, 기미는 있으나 힘
은 들어 있지 않은 목소리였다. 수강은 펼쳐놓고 읽던 종이묶음
을 있던 자리에 돌려놓고 일어섰다. 감나무 그림자 속에 채관이
뒷짐을 지고 서 있었다. 등이 구부정했다.

　—따라오련?

　앞선 채관은 느릿느릿했다. 바르게 앉고, 바르게 걷고, 바르게
서던 채관이었다. 하루 사이에 늙고 흐트러진 염색장이 수강에
게 버거웠다. 아니, 수강은 이미 충분히 버거운 터였는데, 염색
장이 보태고 있었다.

　채관이 향한 곳은 색방이었다. 염색공장 가장 안쪽, 색을 의논
하고 색을 결정하고 때론 색을 버리기도 하는 곳, 색방. 색방 앞
뜰은 꼭두서니 천지였다. 꼭두서니는 일단 움직였다 하면 발에

밟힐 정도로 아무 산에나 다 나 있는 풀이었다. 적색을 일컬어 꼭두서니색이라고 부를 정도로 흔하고 만만했다. 그 꼭두서니를 굳이 왜 집 안까지 불러들였는지 수강은 몰랐지만 염색장이 지나가듯 해준 말은 기억하고 있었다.

꼭두서니는 뿌리로 색을 내느니. 뿌리가 아주 복잡하게 엉겨 있는 것이 한참 들여다보면 우습지. 한데 꼭두서니란 놈이 그냥은 쓰게 돼 있지를 않아. 뿌리를 물에 넣으면 탕제처럼 황갈색이 녹아나오는데, 이게 본디를 방해하거든. 해서 없애야 해. 다 방법이 있느니. 뭐든 방법은 있게 마련이니 말이지. 백미법이란 것이 있어. 흰쌀 말이야. 먼저 흰쌀을 죽이 되기 직전까지 끓이는 게야. 거기에 예닐곱 번 깨끗하게 씻어낸 꼭두서니를 넣으면 되고. 하면 뿌리에 있던 황갈색이 죄다 우러나오거든. 붉은색만 남는 게야. 어렵지 않으니 사람들이 즐겨 쓰지. 게다가 꼭두서니의 붉은색은 잘 변하지 않거든. 그래서 좋아.

막 검은빛이 돌기 시작한 꼭두서니 열매들이 동글동글, 와글와글 매달린 앞뜰 평상에 폭과 너비가 사방 한 자 정도 되는 크기의 호두나무함이 덩그마니 놓여 있었다.
　―보련?
채관이 뚜껑을 열었다. 꼭 날아갈 것이라도 숨겨둔 것처럼 조심스러운 손놀림이었다. 수강이 고개를 들이밀었다.

그것은 색이었다. 색. 색스럽다 할 때의 그 색. 그저 '색', 한 글자 말고는 더할 것도 없고 덜 것도 없는 색. 단지 색. 오로지 색.

— 홍화꽃잎을 말린 게야. 나는 홍화가 이뻐. 아주 재미가 있거든.

— 이 노인이 예뻐하지 않는 색이 있던가.

— 사내라고 사군자만 좋아하란 법이 있나? 사실 나 같은 늙은이는 사내도 여인도 아닌 게야.

수강이 염색장의 얼굴을 빤히 쳐다보았다.

— 내 나이가 궁금한 게지? 나도 기억하지 않는 나이가 자네에게 무슨 대수라고 그걸 셈하겠어. 여름벌레에게 얼음을 말하는 것과 같은 것을. 얼음은 여름벌레의 한계를 넘으니 부질없고 소용없는 일.

채관이 상자 안으로 손을 집어넣어 꽃잎을 쓰다듬었다. 마른 꽃잎들이 출렁거렸다.

— 붉은색은 대개 홍화, 소목, 자초를 쓰느니. 홍화는 꽃잎에서, 자초는 뿌리에서, 소목은 심재에서 색이 나오는데, 다 달라. 당연한 거지만.

수강은 문득 궁금했다. 왼손바닥에 글자 두 개를 써서 채관에게 보여주었다. 적赤과 홍紅이었다.

— 적과 홍은 한가지로 붉습니다. 어떻게 다른 겁니까?

그런 뜻이었다.

198

─살금살금 늘긴 늘었느니. 그런 걸 다 묻고.

수강도 동의하는 바였다.

─적赤은 땅±과 불火의 글자이고 홍紅은 실糸과 장인工의 글자
거든. 적은 저절로 있는 색이고 홍은 뽑아 만드는 색이지.

수강도 글 안에 있을 때 그런 식으로 익히곤 했다. 나누어진
글자들이 제각각 역할을 나누어 지지부진한 공부를 도왔다. 예
를 들자면 성스러울 성. 듣고耳 말하는口 것이 왕王과 같다는
성聖. 물론 왕이 만고의 지존을 의미하는 추상적인 단어이지 개
별적인 왕을 지칭하는 것이 아님은 수강도 알았다. 만일 왕 하
나하나를 일컫는 것이었다면 반정이 어찌 일어났겠는가. 거룩함
을 훼손한 데 대한 죗값을 어찌 감당하려고.

─적은 하늘이 준 정색이고 홍은 사람이 끼어든 간색이라고
보느니. 물론 내 생각이 그렇다는 게야.

염색장은 다시 곧아져 있었다. 색은 진정 노인에게 힘인가보
다고 수강은 생각했다.

─기어이 들여다보지 않을 생각인 게냐?

급작스런 화제의 전환이었지만 수강은 당황하지 않았다. 진즉
예상하고 있던 질문이었다.

─어쩌면⋯⋯

─괴로우냐?

채관은 여전히 꽃잎을 쓰다듬고 있었다. 다정하고 부드럽게.

─이루⋯⋯ 말할 수 없이⋯⋯

─고통스러우냐?

겉으로 묻는 채관이나 속으로 얼버무리는 수강이나 왠지 모를 박탈감에 한가지로 착잡했다.

─그 또한……

─불결하냐?

수강이 흠칫했다. 불결. 그래, 그것이었다. 수강이 차마 꺼내지 못한 단어. 불결.

─오염이라 생각하는 게지.

그랬다. 수강은 그렇게 생각했다. 연홍의 몸은 오염되었다고. 하니 당당하게, 노골적으로 연홍의 목숨을 요구할 수도 있다고. 오염의 위험 앞에서도 스스로 죽는 마당에 이미 오염된 다음에야 그것이 마땅치 않겠느냐고.

─변고를 만나면 열녀가 되어야 한다, 했어.

─오만하구나.

채관은 노여움을 숨기지 않았다.

─오염이 아니다. 단지 감염일 뿐이지. 다친 게야. 해서 잠시 앓는 것뿐이고.

─하나 감염도 일종의 오염이야.

─네 탓은 아니다. 너도『소학』이 만들어낸 사내인 게지.

─소학……

『소학』은 수강에게 첫번째 고비였다. 다들 어려서 시작한다는 책인데도 결코 쉽지 않았다. 스승의 가르침을 절반의 절반도 알

아듣지 못하고 소침해져 있던 날, 연홍의 작은오라비가 나서서
분개해준 적이 있었다.

난 『소학』이 소학小學이어서 글이 싫어졌다네. 그 어마어마
한 음모에 작을 소小라니. 어이가 없지. 『소학』은 계획적으로
소학小學이 된 거라네. 기본으로 알아야 하고 모르면 창피하라
고 말이야. 하나 『소학』은 굉장히 난해하네. 인용된 도서의 출
처를 보게. 어린아이들이 감당할 수 있는 책인지. 자네보다 나
이가 여덟은 많지만 나라고 다를까. 한데 왜, 그럼에도 불구하
고, 어려서 기본적으로 읽어야 하는 목록에 『소학』을 집어넣
은 줄 아는가? 학습의 극대화가 목적이라서지. 아무것도 모를
때, 당연히 그런 줄 알도록 집어넣으라는 뜻 말이네. 성리학적
인간으로의 의식화 작업에 그만한 방법이 없지. 이론 하나로
설설 기게 만드는 것. 고상하잖나. 권력을 유지해야 하는 분들
이니 어련하시려고. 난 그래서 글이 정말 싫네. 반면 칼은 솔
직하지. 해서 맘에 든다네.

물론 수강은 그 말도 알아듣지 못했다. 한데 채관이 수강에게
그 『소학』을 언급하고 있었다.
　—『소학』이, 성리학이 이 땅의 사내들에게 가르쳐준 것 중에
제일 치졸한 게 무언 줄 아느냐? 바로 '열烈'이다. 여인네들이
지고지선의 가치로 섬기는 열 말이야. 나는 그 '열'이 부모보다

도 자식보다도 먼저라는 게 끔찍해. 아니지, 그렇게 만든 세상이 더 끔찍하다고 봐야겠지. 무조건 죽어라, 이것을 내내 가르치니 말이야. 그런 걸 가르치도록 이론을 세운 자나, 열렬히 가르치고 부추기는 자나, 그대로 따르는 자나, 나는 다 무서워. 어리다고 다르지 않느니. 어쩌면 어리기 때문에 더 잔혹해질 수도 있는 것이 이념과 이론에 대한 반응인 게야. 그것밖에 모르니까.

수강은 수긍했다. 그것밖에 모른다는 건, 사실이었다.

─수강아, 연홍을 네가 배운 것들을 통해 보려고 하지 마라. 앞을 걷어봐. 마음 하나로 대해보려고 애를 써봐. 네가 왜 울었는지, 그걸 돌이켜봐.

채관은 차마 말하지 못했지만 수강은 꼭 들은 것 같은 뒷말이 더 있었다. 제발, 그래다오. 그거였다.

26

염색공장 밖은 배오개를 지나 어영청을 거쳐 동지 가는 쪽, 이라는 지리적인 특성이 고스란했다. 배오개는 시장이고 어영청은 군영이며 동지는 연못이었다. 배오개는 왕십리 쪽에서 재배된 채소들이 몰리는 곳으로 한양에서 제일 큰 규모를 뽐냈다. 답게 소란했다. 사람과 수레와 실어나르는 나귀 들은 나름으로 질서정연했지만 그래도 시장은 소리가 많은 곳이었다. 어영청은

삼군문三軍門의 하나로 훈련도감, 금위영과 더불어 수도의 방어를 책임지고 있었다. 답게 기가 셌다. 훈련중에 내지르는 기합소리가 병사와 말이 발로 찬 먼지에 묻어 쩌렁거렸다. 동지는 해를 잘 받았다. 버들과 연꽃에 홀린 자들이 사철 있었다. 답게 술렁댔다. 술꾼들이 객기와 치기로 던지는 밉지 않은 주사와 연밥 따는 처자들이 교태 섞인 내숭으로 보여주는 화답이 물을 향해 굽실거렸다.

반면 공장 안은 완전한 별세상이었다. 물 말고는 소리를 내는 것이 없었다. 물은 끓으면서, 털리면서, 흐르면서 소리를 냈다. 공장은 소요 속의 고요, 혼란 속의 적막, 같은 거였다. 그 안을 쇳빛부전나비 한 마리가 날았다.

색은 냄새에서 시작되었다. 풀, 꽃, 뿌리, 열매, 돌, 흙, 심지어 벌레에 이르기까지 색을 돕는 것들치고 냄새 없는 것이 없었다. 그 냄새들이 색을 구별해주었다. 그래서 색은 같은 이름을 가지고도 같지 않았다. 풀, 꽃, 뿌리, 열매, 돌, 흙, 벌레가 매번 달랐기 때문에 같을 수 없었다. 물론 '다름'의 차이가 너무나도 가늘어서 그 '다름'을 구분하고 구별할 수 있는 사람은 색을 다루는 장인뿐이었다.

그중에서 쇳빛부전나비에게 민감하게 다가온 냄새가 있었으니, 그건 벌레 냄새였다. 붉나무에 붙어사는 벌레집, 오배자 말이다. 사람의 귀 모양을 한 자갈색 혹 안에는 아마도 잘 뵈지도 않을 만큼 작은 벌레가 수백여 마리쯤 들어 있을 것이었다. 아직 쪄내기 전인데도 오배자는 살을 가진 것들만이 가지고 있는 특유의 냄새로 쇳빛부전나비에게 구토를 유발했다.

서고 마당에서 검송이 풋감을 따고 있었다.

—푸르고 딱딱하니 덜 익은 것이어야 한다. 크기는 내 새끼손가락 두 마디 내외가 가장 좋다.

배운 것을 복습하는지 연방 중얼거리느라 검송의 입이 바빴다.

—꼭지를 딴 풋감 한 말에 물 두 되 다섯 홉을 넣고 찧는다. 통에 담아 하룻밤을 재운다. 짠다. 찌꺼기에 다시 물을 타서 이틀을 재운다. 짠다.

큰 머리를 좌우로 갸우뚱거리는 모습이 우스우면서도 천진, 순진했다.

—풋감으로 물들인 갈옷은 방충, 방수 효과가 있다. 빨고 나서 따로 풀을 먹이지 않아도 바로 입을 수 있다.

화율은 연홍을 밟은 사내를 떠올렸다. 사내에겐 욕이 많았다. 형제라면서도 검송과는 전혀 딴판인 자였다. 화율은 치미는 분노에 날개를 떨었다.

색방 앞뜰에는 꼭두서니 뿌리를 캐내 흙을 털어내는 작업이 한창이었다. 하늘에서 내려다본 갈옷 차림의 일꾼들은 마치 커다란 흙벌레 같았다. 꿈틀꿈틀. 화율의 감각이 오배자가 품은 붉나무 벌레에 미쳐 다시금 울렁거렸다.

—늘 같은 말이나 또 이른다. 쇠 기운이 닿지 않도록 조심해야 하느니.

　채관이었다. 더 늙었으나 더 가벼워지고, 더 줄었으나 더 강해진 모습이었다. 화율은 염색장의 시야가 미치는 방향에서 상하좌우로 날았다. 염색장은 끝내 알은척해주지 않았다.

　쇳빛부전나비의 더듬이가 물 마른 풀처럼 축 늘어졌다. 연홍과 수강이 보이지 않았다.

　—다쳤으니까. 것도 아주 심하게.

　화율은 삐걱대는 두 사람을 느꼈다.

　—그렇게 될지도 모른다고 예상하기는 했지만……

　『삼강행실도』의 구체적인 그림들이 화율을 괴롭혀왔다.

　징신의 어미는 팔천八賤에 속하는 천인이었다. 사노비, 중, 백정, 무당, 광대, 상여꾼, 기생, 공장이 팔천인데, 백정의 딸로 기생이 되었으니 그야말로 천인 중의 천인이었다. 그것은 곧 그녀의 소생 또한 천인이라는 뜻이었다. 하여 징신은 본가의 노비밖에는 수가 없는 처지였다. 하나 양인의 길이 아주 없는 것은 아니었다. 아비가 장예원에 신고해 허가를 받으면 되었다. 그것이 문제였다.

　본가의 나리도 징신이 노비가 되는 것은 원하지 않았다. '천賤'이라는 얼룩이 있다고 해도 자식은 자식이어서 태어나기 전부터 진즉 면천을 약속한 터였다. 하나 조건이 있었다. 징신의 어미가

『삼강행실도』의 「열녀편」을 모조리 암송해야 한다는 것이었다.

—아마도 나리께선 이 천하디천한 기생년에게 열녀문이라도 기대하시는가보오이다. 꿈이 참으로 야무지시지 않소?

언제나 그랬듯이 징신의 어미에겐 방법이 없었다. 징신과 우재가 암기를 도왔다. 그러던 어느 날이었던가, 징신의 어미가 파안대소했다.

—도련님들, 이 좀 보시오. 나라에서 작정을 하고 쏟아낸 책이라 그런지 그림도 참으로 끔찍하기 이루 말할 수 없소. 이 그림의 제목이 '임씨단족'이라오.

임씨단족林氏斷足. 임씨가 발을 잘리다.

—임씨라는 어떤 전주 선비의 딸이 최아무개하고 혼인을 해 살다가 왜구 습격 통에 그만 사로잡혔다오. 겁간의 위기에 몰렸지요. 사력을 다해 저항을 했다오. 왜구가 한 팔을 잘랐소. 그래도 저항했다오. 그랬더니 한쪽 다리마저 잘랐소. 결국 죽었지요. 피를 좀 흘렸겠소. 그 절의가 가상하다고 국조께서 열녀문을 세워주었다나. 이게 그 얘기요.

「열녀편」의 내용은 거개가 그런 분위기였다. 유검루가 아비의 병세를 확인하려고 변을 맛보았다거나, 왕상이 어미를 위해 얼음을 깨고 물고기를 잡았다거나, 유석진이 병든 아비의 약이 되려고 손가락을 잘랐다거나 하는 「효자편」의 이야기나, 적에게 사로잡힌 장흥이 임금을 위해 톱에 잘려 죽었다거나, 두 임금을 섬길 수 없다며 길재가 끝까지 절개를 지켰다거나 하는 「충신

206

편」의 이야기와는 차원이 달랐다. 백희는 예의범절 때문에 불에 타 죽었고, 정의 부인은 도적에게서 시어머니를 구하기 위해 목을 찔러 죽었으며, 이씨는 두 지아비를 모실 수 없다며 옥에서 목을 맸고, 김씨는 죽은 남편을 붙들고 곡하다가 굶어 죽어 남편과 같은 구덩이에 묻혔다. 그게 보통이었다.

─하니 단족이 대수겠소. 나리는 내가 곱게 죽으면 화병이라도 나실 거 같으오. 호호, 호호호.

내내 책을 냉소했지만 그러면서도 징신의 어미는 완벽히 외워냈다. 그러곤 자식의 면천 후 서둘러 잊었다. 하나 징신과 우재는 그림에서 쉬이 헤어나지 못했다. 그림은 너무나도 구체적이었고 사실적이었다.

─그래도…… 그래도…… 괜찮기를 바랐어.

설마 연홍이 그 어디쯤에 속해야 하는 것일까. 화율은 기가 막혔다.

─늘 내가 화근이 되는구나. 더이상은 참아지지가 않아. 금부로 가야겠어.

감찰차사에게는 '감찰'스럽다거나 '감찰'답거나 한 곳이 단 한 군데도 없었다. 하얗고 연하고 부들거리는 외모하며 느릿하고 흐느적거리는 몸짓이 눈에 간지러웠다. 정녕 기생나비다운 몸짓이었다. 걷이 때 대차사 뒤에서 나긋하게 떠 있던 흰나비가 감찰차사였다는 것을 알고 수습들이 얼마나 놀라고 황당해했던가. 나방으로 바꿔야 한대도 아무 나방은 아니 될 것이었다. 옥색긴꼬리산누에나방 정도는 되어야 얼추 맞을 것이었다. 옥색긴꼬리산누에나방은 날개옷 늘어뜨린 선녀 같은 모습이었다.

감찰차사의 발치에 화율이 무릎을 꿇었다. 발이 작았다. 징신도 사내치고는 발이 작은 편이었다.

—아, 징신.

—어디에서 오느냐?

화율은 대답하지 못했다.

—장연홍과 최수강을 상관하고자 하느냐?

—다 아십니까?

—설징신을 찾고자 하느냐?

질문이 곧 대답이 되고 있었다.

—들어라, 화율. 죽음은 모든 관계의 끝이다.

화율도 원하는 바였다.

—첫째. 그 어떤 방법으로도, 그 어떤 노력으로도 이승을 상관할 수 없다.

그래도 적어도 연홍의 눈만큼은 상관하고 싶은 것이 화율의 진정이었다.

—둘째. 네가 가져온 기억은 이승에서 비롯되었으나 이승은 아니다. 더이상 이승과 연결되지 않는다.

그래도 적어도 징신의 생사만은 확인하고 싶은 것이 또한 화율의 진정이었다.

─들어라, 화율.

화율이 저도 모르게 움찔했다.

─첫째. 곧, 때가 올 것이다. 그들을 알아보지 못하게 되는 때 말이다. 네가 지금 염색공장을 알아보고 공장의 사람들을 기억하는 것은 채관의 힘이다. 그가 힘을 놓으면 원점으로 돌아가는 것이다. 하니 채관이 너에게 오지 말라고 한 것이다.

─채관의 힘.

─둘째. 네가 설징신을 안다고 해도 이승의 설징신은 알아볼 수 없고, 네가 설징신을 찾는다고 해도 저승이 된 설징신은 찾을 수 없다. 아니라면 저승은 이승에서의 관계로 다시금 얽힐 것이다. 그것은 또하나의 이승이지 저승이 될 수 없다.

─저승을 이승으로 살고자 한 것은 아니었습니다.

─들어라, 화율. 너는 이미 설징신을 찾았고 또한 만났다. 하나 알아보지 못했다.

화율이 벌떡 일어서 감찰차사에게로 돌진했다.

─말도 안 됩니다.

─그것이 저승이다.

─그럴 리 없습니다.

─섭지가 설징신이다.

화율이 스르르 내려앉았다.

─그럴 리가 없습니다. 아닙니다. 그럴 리가 없습니다.

—너와 네 기억은 따로다. 자리가 다르다.

훈육차사도 그랬었다.

　이승에서는 시간이 앞에서 다가온다. 저승에서는 시간이 아래로 내려간다. 저승의 시간이 너희들을 가라앉힐 것이다. 뜨려고 하지 말라. 뜨는 일은 생기지 않는다. 잡고 있는 것을 놓아라. 잡으려고도 하지 말라.

—아아아아악!

절규. 또 절규. 감찰차사는 말리지 않았고 절규는 점점 높아졌다.

—징신…… 섭지 차사는 지금 어디 있습니까?

—저승 이후로 갔다.

—징신…… 섭지 차사의 선택입니까? 저승의 벌입니까?

—아직도 벌을 말하느냐?

—무슨 잘못인가를 했다고 들었습니다.

—넋을 두고 왔다. 놓친 것이 아니라 두고 왔다.

—그냥 두고?

—있을 수 없는 일이다. 있었던 적도 없는 일이다.

—왜입니까?

—그걸 내게 묻느냐?

—저를 알고 갔습니까?

— 섭지는 너를 묻지 않았다.

— 왜입니까?

— 그걸 내게 묻느냐?

— 아, 징신.

— 너를 상제께 데려갈 것이다.

27

청계천의 옆구리를 가르고 나온 물은 좁고 얕았다. 그래도 억센 가뭄의 때만 아니면 늘 찰방거리고 맑았기로 도성 사방으로 퍼져나가기에 꿀릴 것이 없었다. 몸 안 모세혈관처럼 골고루 뻗은 물줄기마다 수십 호의 가구들이 붙어 살았다. 그네들의 조촐한 집들은 한결같이 물을 바라보고 문을 냈고, 물의 흐름만큼 부지런했다.

물로 하는 생활사 중에 제일 잦은 것은 빨래였다. 매일매일 빨아도 빨랫감은 결코 줄어드는 법이 없어서 갯가는 사시사철 아낙들이 가야 하는 곳이었다. 식구 적은 집 아낙이 부러움의 대상이 되는 유일한 장소이기도 했다.

아낙들은 갯가 빨래를 혼자 하려 하지 않았다. 간혹 무언가 속으로 궁리할 것이 있다거나 혼자서 욕해야 할 일이 생긴 아낙이 혼자이고 싶어도 그래지지 않았다. 물은 내 잠잠하다가도 사람이 하나라도 끼어들면 밤하늘 뭇별처럼 와자지껄해졌다. 그 달라진 물소리가 다른 아낙들을 연달아 불러와 앉혔다. 모이면 모여지는 대로 아낙들은 지지거렸고 그럴수록 갯가는 적나라해졌다.

─이조참의 댁에 노비가 새로 들어왔다대. 한데 그 노비를 판 이가 이번에 부임 떠날 강화부사 댁 마님이라지. 노자가 턱없이 부족했던가비네.

─천택이가 말뚝에 부딪혀가지고 이맛살이 찢어졌는데 골이 다 보일 지경이랴. 애가 좀 나대? 다섯 살밖에 안 된 것이 안 다니는 데가 없고. 언젠간 큰일 나지 싶었어.

─접때 장가든 관상감 권지 박가 말이네, 새색시 대갈이 장식이라 하네. 며칠 전 시모 첫 생신날 벌어진 일이라는데, 새색시가 술을 올리다가 방귀를 뀌었다 하네. 상황이 난감이니 유모가 상전 도와준다고 대신 죄를 빌었다네. 늙은 주책이 꽁무니까지 물러 실례했다면서. 그 뜻을 알아본 시모가 기특하다고 유모한테 상으로 비단 한 필을 내렸는데, 새색시가 지가 뀐 방귀에 상은 왜 유모가 채가냐면서 그걸 뺏어갔다네. 그런 대갈로 시부모 봉양은커녕 지아비 보필이나 할까 모르겠네.

─오참봉네 처남 매부 사이에 재산싸움이 크게 벌어졌다누만. 매부 되는 자가 장인 죽을 때 윤회봉사 대가로 처가에서 재산을 한몫 챙겨갔는데, 얼마 전에 제사에서는 쏘옥 빠져나가면서 재산은 안 내놓고, 그런 모양이라더만. 아무튼 재산 앞에선

뵈는 게 없다니까.

—훈장님 큰아들 말이여, 이번 조흘강에 또 떨어졌담서? 아니, 과거 본시험도 아니고 예비시험에 허구한 날 그렇게 떨어져대면 글렀다고 봐야 하는 거 아녀? 고만둬야지, 대체 십몇 년째여? 그러다 집안 말아먹었어. 명색이 훈장 아들인데 어찌 그리 생겨먹을 수가 있는가 몰러.

—몇 년 전에 유배된 저 웃동 종친 나리 말이야, 위리안치를 뚫고 밖으로 나돌다가 거기 아전 애첩을 건드렸대. 곧 압송돼 올 거라고 아주 난리가 났대.

—공조시랑 나리 있잖어, 저번 제삿날 없어졌다고 그 집 식솔들이 바깥까지 죄다 쑤시고 댕기면서 찾고 그랬잖어, 왜? 근데 술 처먹고 즈이 집 사당에 엎어져 있드랴. 미친눔.

마을의 크고 작은 일들이 물줄기를 따라 쏟아지고 흘렀다. 갯가 빨래를 통해 아낙들은 마을을 파악했고, 거기서 수집된 정보들은 각각의 집까지 빠짐없이 배달되었다. 가장 덕을 본 것은 그 아낙들의 남편, 아버지, 시아버지, 오라비 같은 남자들이었다. 누구를 만나든, 어떤 일을 당하든, 그 정보를 활용해 적절하게 대처할 수를 얻어서였다. 장마나 한파로 갯가 빨래가 뜸해지면 가장 아쉬운 사람도 바로 그들이었다.

어영청을 지나 동지 못 미쳐, 구불거리는 가는 물줄기 앞에서 두 아낙이 한창 빨래중이었다.

—지아비가 암만 귀애해도 꽃방석이 될 수 없는 자리가 재취
거늘. 나리 말여, 어째 그리도 새 마님한테 덤덤하신지.

　—돌아가신 옛 마님하고 금실이 원체 좋았잖어.

　—그래도 새 마님이 뭔 죄여. 옆에서 보기에 안쓰럽고 민망해
서 원.

　—속내까지 그런 건 아니시겠지.

　—그래도 정부인 마님이 새 마님을 다독이시니 그나마 다행
이지. 아까도 새 마님이 계피차를 내오는데 그 손을 폭 감싸쥐
시고 토닥토닥 하시면서는 '이 시어미가 네 신산함을 다 안다,
다 알아' 하시더라구.

　—원래가 정부인 마님이 다정하시잖어. 공정하시구.

　—아유, 그래도 얼마나 치밀하신데. 사방팔방 구멍 하나 뚫리
는 꼴을 못 보신다니까.

　—새 마님이 옛 마님에 대해 물으시면 무조건 함구하라, 하셨
다면서?

　—왜 아냐. 저번에 안 그래도 새 마님이 은근히 물으시기에
'상전의 뜻을 받잡는 게 쇤네 같은 아랫것들의 도리지요. 늙은
이년의 처지를 살피신다면 하문을 거두어주심이…… 정부인 마
님의 뜻입니다' 했지.

　—잘했구만.

　—죽은 며느리도 애달프지만 그래도 산 며느리가 먼저다, 그
거시겠지.

―그래도 어림으로라도 다 아시게 될 거를 뭐.

―어떻게?

―도련님들하고 애기씨들이 계시잖어. 옛 마님하고 외모며 성정이며 똑같은데 뭘.

―하기사.

―새 마님하고 전실 자제분들하고 피차간에 사이는 어뗘?

―애기씨들이 웬만큼 무던해야지. 생모에 대한 기억이 선명할 텐데도 어찌 그리 말 한마디 한마디마다 살가움을 실어 새어머니를 대하시는지.

―천성이여.

―새 마님도 따뜻하셔. 저번에 막내도련님이 놀다가 없어졌는데 기함을 하시는 게 꼭 친자식 잃은 것 같더라니까.

―두루두루 복이지.

어느 결에 아낙들은 빨랫감에서 손까지 놓고 상전의 사생활에 열중하고 있었다.

―여기서도 어미를 말하는구나.

검송은 뜻밖이었다. 채관이 검송 앞에서 '어미'를 입에 담는 것이 처음이었다. 당황한 검송은 아예 듣지 못한 척 다른 말로 채관을 잡아당겼다.

―가신 일은 어찌 되셨는지요?

가신 일. 채관의 일. 그건 일종의 자진신고였다. 관비 하나가 이러저러하여 염색공장에 와 있는데 부디 통촉해주사, 하는.

—시간을 벌었다. 연홍에게 보름 정도 말미를 준다 하니 다행이지.

—한데 왜 형조나 장예원이 아니고 한성부십니까?

노비의 일은 형조와 장예원이 맡고 있었다. 한성부에서 일을 덜어가긴 했으나 그래도 우선은 형조 아니면 장예원이었다.

—형조나 장예원은 좀 거칠거든. 사법부서니까. 반면 한성부는 행정부서 아니겠느냐. 좀 관대할까 기대했느니.

—관대했는지요?

—적어도 사납지는 않았다.

—하면 연홍아가씨는 어찌 되겠는지요?

—처음부터 흑산도로 가게 돼 있었느니.

—몸이…… 몸이……

—몸이 말이 아닌 것은 나도 아느니.

—괜찮겠는지요?

—글쎄다. 사실 나도 잘 모르겠구나.

검송은 또 뜻밖이었다. 채관이 무얼 모른다고 말한 적이 단한 번이라도 있던가. 없었다.

—모쪼록 괜찮기를 바랄 뿐.

—가혹합니다.

—그러하지. 아무렴. 그러하다.

—수가 없겠는지요?

216

─나라의 명을 어길 수는 없느니.

─하면 보름 후엔 흑산도로 가야 하는 겁니까?

─그러하다.

─가엾습니다.

─연홍이…… 너를 말하게 하는구나.

한바탕 까르르 웃어젖히는 소리가 요란하게 들리더니 아낙들이 일어나 바구니를 들고 돌아갔다.

─어미는 궁 안과 밖이 다르지 않느니.

다시 '어미'였다. 입에 담기도 겁나고 떠올리기도 무서운 것이 '어미'란 단어였지만 검송은 더이상 피하지 않고 그대로 들었다.

─그 '어미' 때문에 사달을 낸 왕 또한 한둘이 아니고.

한둘이 아니라지만 검송이 아는 건 연산군 하나였다. 왕들이 어미 때문에 피를 내든, 자식 때문에 피를 보든 검송은 관심 밖이었다. 검송에겐 끝내 들러붙어 떨어지지 않는 부모에 대한 기억과 잡으려 해도 자꾸만 도망가는 색이 문제였다.

─그 왕도 후궁 소생이었느니.

선조 이야기였다. 선조는 중종과 후궁 창빈 안씨의 소생인 덕흥군의 셋째아들로, 중종의 적통인 명종이 후사 없이 죽으면서 남긴 유언과 종실의 천거에 의해 보위에 앉은 첫 방계승통 인물이었다. 그에 대한 자격지심이었는지, 단순한 효심에서였는지 모르지만, 그가 자신의 친할머니인 창빈 안씨의 신주를 대궐 안 사당으로 모시려고 했다. 그때, 한 신하가 나서서 안빈은 첩모妾母이므로 사실私室에서 제사하는 것이 합당하지, 시조묘始祖廟에는 감히 들어갈 수 없다고 간했다. 왕의 친할머니를 첩이라고, 그것도 왕의 면전에다 대놓고 지른 신하였다. 말은 옳았지만 그 입까지 옳게 보인 건 아니었다. 그 입의 주인을 왕은 끝내 용서하지 못하고 갑산으로 쫓았다. 갑산은 개마고원의 중심부로 오지 중의 오지였다.

─두고 쓰면 큰일을 해낼 신하였는데 그리 쫓을 수밖에 없었던 게야. 그 신하의 집이 이 근방이었으니 유배지로 떠날 때도 이 다리를 건넜을 게다.

뿐이겠는가. 허구한 날 유배가 결정되는 정치판이었다. 누군가는 다리를 넘었고, 누군가는 절벽을 건넜으며, 누군가는 풍랑을 지났다.

─지금의 전하도 '어미'에 약하지.

어미의 묘가 있는 소령원 쪽으로는 눈도 똑바로 뜨지 못한다는 왕이었다.

─ '어미'에 약한 왕. 나는 그 사실 하나를 의지하는 중이다.

채관은 진심으로 임신한 연홍을 왕이 조금만 봐주기를 바랐다.

─스승님, 허락을 구할 것이 있습니다.

─말해보라.

─공장을…… 떠나도 되겠는지요?

─색을 버릴 작정인 게냐?

─아닙니다. 미루는 겁니다.

—미룬다? 무엇의 뒤로?

—아가씨…… 연홍 아가씨 다음으로, 입니다.

—그 죄는 네 몫이 아니다.

—제 몫으로 하고 싶습니다.

—검송아.

—아닙니다. 이미 제 몫으로 했습니다.

28

색방 앞뜰이 휑뎅그렁했다. 꼭두서니가 있던 자리는 아직 파헤쳐진 채였다. 염색공장의 풀들은 생몰이 확실했다. 사람이 심고 사람이 뽑으니 당연했다. 뿌리가 빠져나가고 정돈되지 않은 땅이 왠지 시름겨워 보였다.

그 맞은편 좁은 살평상에 연홍이 오도카니 앉아 볕살에 몸을 데우고 있었다. 아끼는 딸도 두말 않고 내놓게 한다는 가을볕이었다. 봄볕엔 며느리, 가을볕엔 딸이라는 말은 괜한 게 아니었다. 가을볕엔 물기가 많아서 볕이 걸러졌다. 그래서 가을볕은 부드러웠고 살갗에 무리를 주지 않았다.

흰 무명손수건을 구겨쥔 연홍의 손바닥이 따끈했다. 미열이었다. 밤마다 땀이 흥건했고, 땀이 마르면서 몸이 식었고, 식은 몸에 고뿔이 들어왔고, 그래서 생긴 열이었다. 열은 주로 손과 발에 집중됐다.

평상 아래 맨흙, 일꾼이 모로 던져놓고 간 낡은 짚방석에 엉덩이만 걸친 채관은 연홍에게서 눈을 떼지 않고 있었다. 며칠째 침침한 눈에 연홍이 부옜다. 연홍이 오고 제대로 잠을 이룬 날이 없었다.

—캄캄해졌어요.

이부자리에서 정신을 차렸을 때 이미 그렇게 돼 있었다. 황홀했던 하양이 꺼지고 무지막지한 검정이 솟아올라 있었다.

—어둠이 본디로 돌아간 거려니, 그러면 되느니.

—꿈도 사라졌어요.

—심심하겠구나.

—여기 오던 날 밤, 마지막으로 꿈 하나를 꿨어요.

꿈속은 겨울이었다. 태양을 막고 선 구름이 무지개색으로 발광했다. 그 아래 얼어붙은 물의 표면이 균일하게 반짝이며 그 빛을 빠짐없이 허공에 반사했다. 그 물가에서 연홍이 쫓겼다. 하지만 그 긴박한 상황에서도 가마는 결코 흔들리지 않았다. 연홍은 입을 앙다물어 비명을 삼켰다. 연홍을 잡으려는 인물들은 하나같이 복면으로 정체를 감추었다. 그들의 절도 있는 움직임이 외려 연홍을 안심시켰다.

그리고 그에 맞는 밥상이었다. 정확한 간격으로 놓인 순백자 그릇마다 갖은 음식들이 요요했다. 연홍은 상이 감탄스러웠지만 차마 웃지 못했다. 무언가가 이상했다. 허전해서 참을 수가 없었다. 연홍의 작은 눈이 냄새 없이 색깔만으로 존재하는 밥상의 구석구석을 훑어갔다. 아무래도 빈틈을 찾지 못하겠다는 조바심이 일어나려던 찰나 몸이 반응했다. 눈과 손이 동시에 멈칫했다. 주발에 뚜껑이 없었다. 따뜻한 주발 안에 아늑하게 담겨진 흰쌀밥에서 몽글몽글한 김이 아무렇게나 공기중으로 흩어지며 빠르게 식어가고 있었다. 모란을 옅게 음각한 은주발이 뚜껑 하나 없음으로 애달팠다.

—밥이 다 식었어요. 그래서 먹지 못했어요.

—잘했느니.

—밤이 너무 조용해서 무서워요.

—이젠 혼자가 아니니 나아질 게다.

—어떻게 저한테 아기가 올 수 있지요?

산파도 놀라워했다. 그 추운 집에서 아기가 산다고. 그렇게 추운데도 살려 한다고.

—아기는 어떻게든 생기는 게야. 옛날에 내 살던 섬에 맹굴이라는 한 나무가 있었느니. 그 나무 말이다, 아기를 낳았어. 열매가 익은 후에도 한동안 모체 내에 머물면서, 거기서 종자도 틔우고 뿌리도 키우는 게야. 그게 다 되면 떨어져나가는 거지. 신선 지팡이처럼 뒤틀린 줄기 위로 초록이 무성한데, 거기에 새끼들이 매달려 있었어. 작은 뿌리를 바다에 낳는 게야. 맹굴숲은 매일매일이 출산이었지. 간혹 여인들이 질투도 했어. 절망도 했고.

—신기해요. 어디에 있는 섬인가요?

—멀지. 몸에서도 멀고 때에서도 멀어.

　—낳아야 하나요?

　—나무도 낳으니까 우리 홍이도 낳는 게지.

　—하지만 죽어야 한다고 배웠어요.

　정녕 자진을 해야 하는지도 모른다고 구체적으로 고민한 연홍
이었다.

　—홍아, 이젠 베껴가면서 살지 마라.

　연홍은 무슨 소린지 알아듣지 못했지만 가만히 있었다. 늙은
염색장이 편안해서 연홍은 다 괜찮았다.

　그때 나지막이 들리는 검송의 목소리.

　—스승님, 나장이 보챕니다.

　나장은 칠천七賤에 속했다. 조례, 일수, 조군, 수군, 봉군, 역보
와 더불어 천인이었다. 팔천이 사천私賤의 성격이라면 칠천은 공
천公賤의 성격이어서 중앙에서든 지방에서든 관의 일을 도왔다.
나장은 의금부와 병조, 형조 그리고 사헌부와 사간원 등등에 배
속되어 있는데, 연홍을 잡으러 나타난 나장은 형조 소속이었다.
신고는 한성부에 했는데 결국은 형조였다. 형조는 노비들의 안
녕에 소홀하기로 악명이 높았다.

　—이제 가야 하나요?

　—음.

　채관이 연홍의 발에서 미투리를 벗겨내고 노란 노루가죽신을
신겨주었다.

―또 이렇게 비켜가는구려. 월모께선 당신과 나를 끝내 용납하지 않으시려는 게지.

월모月姥는 부부의 연을 관장한다는 아주 오래된 전설 속의 노파였다.

―새 신이네요.

―신고 가거라.

―딱 맞아요. 신기해요.

―당신 발을 아니까. 기억하니까.

―어떤 색인가요?

―노랑.

―울금인가요?

―음.

―어머니가 해마다 겨울이면 울금으로 물들인 비단을 누벼 덧저고리를 만들어주셨어요.

―다행이오. 어미 정이라도 알고 가는 세상이어서.

―한데 왜 저에게 이걸 주시는 건가요?

―우선은 길이 멀다.

그 길을 견딜 수 있을까, 채관은 불안하고 염려스러웠다. 그럼에도 채관은 연홍을 믿었다. 뜻한 바, 와 맘먹은 바, 만큼은 반드시 끝을 맺고 마는 강단이 연홍에게 있다는 것을 채관은 너무나도 잘 알고 있었다.

―하고, 가는 길에 계절이 바뀔 터이니 땅도 찰 게야. 발이 편

안하고 따뜻하고, 그랬으면 하느니.

　—우리 아버지 같으세요. 아버지도 제 손발 걱정을 많이 하셨어요. 차서 어떡하느냐고.

　—이젠 그만하시오. 전생을 베끼지 마시오.

새 신을 신은 연홍의 발에서 갓난이 똥냄새가 났다.

　—이 사람을 부탁하느니. 부디 탈나지 말고.

채관은 연홍의 발을 살금살금 토닥였다.

　—갑산을 아세요?

　—음.

　—얼마나 걸릴까요?

　—한 스무 날 정도.

　—아!

　—가는 길이 험하기야 하겠으나 그래도 뭍이다. 섬보다는 나을 게야.

연홍이 보내지는 곳이 흑산도에서 갑산으로 바뀐 것을 알고 채관은 연홍의 임신이 왕의 마음을 조금이나마 움직이게 했다고 생각했다. 물론 흑산도나 갑산이나 혹독하고 처참하기로야 매일반이었다. 그래도 가는 길에 물이 덤비지는 않을 터이니 섬보다는 나았다. '어미'에 약한 왕이었다.

마당 한가운데서 거드름을 피우며 삐딱하게 굴던 나장이 채관을 보더니 언제 그랬냐는 듯 자세를 바꾸었다.

—어르신.

—오래 기다리게 해서 미안하이.

—더 기다려도 되는뎁쇼.

나장은 옛 주인이라도 만난 강아지처럼 실눈을 뜨고 헤실헤실
웃으며 아양스럽게 굴었다. 나장도 천것의 일부였기에 채관에
대한 소문에 맘을 맞추고 있었다. 산파에게 현인인 채관이 나장
에게는 도인이었다.

—하고, 내 식구 하나가 저 아이를 따를 것이네. 거리를 유지
할 터이니 그냥 둬줄 수 있으신가.

—예, 어렵지 않습죠.

단출하게 봇짐을 멘 검송이 구석에서 조용했다. 신봉할 만한
교리를 막 발견한 신입 천주학자처럼, 실행해야 할 투쟁거리를
막 받아든 고참 의병군처럼, 결연해 보였다.

—검송아.

—예, 스승님.

—다투지 마라. 세월이 바쁘다.

스승이 마라, 했으니 응당 예, 해야 하겠지만 검송은 갑자기
닫혀버린 말문 뒤에서 망망히 서 있기만 했다. 옆구리가 선득거
렸다. 꽃물, 풀물, 차례차례 물들어가던 천처럼 공장 마당에, 아
니 공장 전체에 시름이 스며들고 있었다.

—사람이 추워한다고 하늘이 겨울을 가져가지 않고, 사람이
목말라한다고 하늘이 비를 주지는 않는다. 하니 하늘과 다투지

마라.

검송은 안간힘을 냈다. 마지막일지도 모르는 스승의 명이자 청이었다.

—예.

29

물이 넓었다. 노을과 맞닿은 가느다란 선 하나가 멀리서 아련할 뿐 물 건너로 아무것도 보이지 않았다.

—바다입니까?

—간이 없다. 민물이다.

화율이 쭈그리고 앉아 물에 손을 담갔다. 물은 잡히지 않았다. 손이 젖지도 않았다.

—묻지 않습니다. 물 같지가 않습니다.

—저승이다. 무엇 같다, 한 것이 하나라도 있더냐?

—그래. 저승은…… 마음에 다르고 마음을 거스르지.

—하고 화율, 너는 죽은 자다. 물은 너를 알아보지 못한다.

—물은 있는데 제가 없다는 말씀이십니까?

—물도 없을 수 있다.

—간이 없다고 하셨습니다. 그건 이 물을 확인했다는 말씀이십니다.

226

─물론 그러하다. 하나 나는 믿지 않는다.

　─왜이십니까?

　─저승은 불신의 땅이다.

　─불신. 상차사도 그랬지. 불신으로 이루어지고 불신으로 완성되는 곳이 저승이라고. 무엇도 믿어서는 안 된다는 건가.

　물이 깊었다. 갑자기 뚝 떨어진 낭떠러지처럼 아무리 내려다봐도 시선이 밑에 닿지 않았다.

　─혹 이 물에 빠진 차사가 있습니까?

　─있다.

　─차사는 실체가 없는데 어찌 그렇게 됩니까?

　─들어라, 화율. 첫째, 공급은 수요를 만드는 법이다. 불이 있으면 타는 것이 나오게 마련이고 물이 있으면 빠지는 것 또한 나오는 것이 이치다.

　─불은 타는 것 없이도 존재하고 물은 빠지는 것 없이도 존재합니다. 무엇보다도 있는 것에 없는 것이 빠질 수 없고, 없는 것에 없는 것이 빠질 수는 더더욱 없지 않습니까.

　감찰차사는 대답 대신 다음으로 나아갔다.

　─둘째, 여인의 믿음은 무모하다. 한번 믿으면 되돌리지도 물리지도 않는다. 물을 믿으니 빠지는 것이다.

　─여인……이라 하셨습니까?

　─이승에 있는 여인이 어찌 저승이라고 없겠느냐?

　─본 적이 없습니다.

그때였다.

끼걱끼걱 끼기긱 끼걱끼걱 끼기긱……

—배가 오는구나.

화율은 긴장했다.

—이제부터는 너 혼자 가야 한다.

—예서 상제 계신 곳까지 얼마나 걸립니까?

—어리석구나. 아직도 시간을 묻느냐?

감찰차사가 천천히 돌아 탈바꿈했다. 옥색긴꼬리산누에나방이었다면 훨씬 더 좋았을 기생나비가 부드럽게 날아올라 사라졌다.

끼걱끼걱 끼기긱 끼걱끼걱 끼기긱……

안개를 부수고 나타난 건 이승의 돛배처럼 생긴 작은 배였다. 마포를 검게 물들여 늘어뜨린 돛이 마치 만장 같았다. 끼걱끼걱 끼기긱. 바람도 없는 저승에 돛이 무슨 소용일까만, 그래도 작은 돛 하나 때문에 배는 안정돼 보였다.

끼걱끼걱 끼기긱 끼걱끼걱 끼기긱……

사공은 여인이었다. 머물러 있는 바람처럼 희미하고, 흘러가는 물처럼 투명했지만 분명 여인이었다. 그렇다는 소릴 들어왔는데도 화율은 당황했다.

—삯은 준비하셨습니까?

화율은 최대한의 담담함을 스스로에게 주문하며 감찰차사가 미리 일러준 대로 작은 배 한 알을 내밀었다.

―감사히 받습니다.

―그럴 것 없으시오.

―설득, 안 하십니까?

―어인 말씀이시오?

―간혹 차사분들께서 못마땅해하십니다. 배도 복숭아도 다 허상이니 그만두라고.

―아. 한데?

―늘 목이 마르니 어쩝니까. 허상이라 해도 좋습니다. 보는 것만으로도 해갈이 됩니다.

사공이 배를 소맷부리에 집어넣고는 내려놨던 노를 잡고 부드럽게 밀기 시작했다.

끼걱끼걱 끼기걱 끼걱끼걱 끼기걱······

―한 가지, 여쭈어도 되겠습니까?

―그러시오.

―궁 안 우물에서 아기를 데려온 적이 있으십니까?

―그런 걸 어이하여 물으시오?

―아기를 찾고 있습니다. 뫼시는 차사분들께 매번 여쭙습니다.

―연유가 있으시오?

―잘못했다고 말해야 합니다.

화율의 가슴이 내려앉았다. 잘못했습니다, 양어미에게 끝내 고하지 못한 말이었다.

―제가 버렸고 물에 묻었습니다.

—해서 여기 물가를 떠돈다는 말인가. 알아볼 수도 없는 아기를 무슨 수로 찾는다고.

저승에선 이승을 알아볼 수 없다는 사실을 그 누구도 설명해주지 않은 듯했다. 화율도 고민했다. 일러줘 포기하게 해야 할 것인가. 그냥 둘 것인가.

—버렸다면서 무엇하러 찾으시오?

—여기 와서 알았습니다. 제가 그 아기를 두 번이나 버렸다는 것을요.

—어찌 그런······

—한 번은 뱃속에서 만들어지자마자 버렸고, 또 한번은 뱃속에서 나오자마자 버렸습니다.

화율은 기가 막혔다. 못지않게 속도 아팠다. 버려진 아기였던 적이 있어서, 그래서 그랬다.

—두번째 말입니다, 아기는 알고 있었습니다. 제가 또 버릴 것을요. 하니 먼저 손을 썼겠지요. 그래서 잘못했다고 말해야 합니다. 또 그러면 어쩝니까?

—나를 버린 어미도 혹 나를 찾을까. 내게 미안할까.

끼걱끼걱 끼기긱 끼걱끼걱 끼기긱······

—사공은 이름이 어찌 되시오?

—가시. 가시라고 합니다.

—저승에서 준 이름이오?

—아닙니다. 이승의 이름입니다.

―사공은 언제부터 하시었소?

―오래된 것도 같고, 얼마 되지 않은 것도 같고. 저도 잘 모르겠습니다.

―이 물의 첫 사공이시오?

―그럴 리가 있겠습니까. 물이 저보다 먼저인 것이 언제 적 일인데요. 제 앞에도 사공은 있었습니다. 이승으로 갔지요.

―저승에서…… 여인이 처음이오.

―종종 듣습니다.

―다른 여인들도 있소?

―어디에든 있겠지요. 저는 이 물밖에 알지 못합니다.

끼걱끼걱 끼기긱 끼걱끼걱 끼기긱……

―상제를 뵌 적이 있으시오?

―예.

―어떠하시오?

―상제는 모든 것이십니다.

―그대를 쉬이 허락하시었소?

―사공이 되는 것 말입니까? 제가 떼에 좀 능합니다.

―떼라.

―차사께도 떼쓸 일이 있으십니까?

―아직은 모르겠소. 떼를 써도 되는지 안 되는지. 떼를 써야 할지 말아야 할지.

끼걱끼걱 끼기긱 끼걱끼걱 끼기긱……

231

그새 물이 어두웠다. 노을도 뭉개지고 있었다.

—섬이 가까워지면 노을도 맥을 못 추고 흘러내립니다. 죽는 거지요. 죽은 색은 검습니다.

—난폭한 독재의 땅인가보오이다.

—그렇다기보다…… 오시를 아십니까?

오시. 팔반사천八般私賤 기생의 오시. 정서와 인격에 장애를 가진 한 사내가 용의주도하게 학대한 힘없는 여인의 오시. 사내도 여인도 아닌 삶을 살겠다고 선언한 아들 때문에 비구니가 된 여인의 오시. 그 오시.

—아오.

—섬은 오시를 거부합니다. 상제는 오로지 슬퍼하고 오로지 서러워합니다. 노을이 죽는 건 하늘이 그에 동의하는 겁니다.

—하나 차사들의 저승에는 노을이 건재하오.

—차사들은 중간이니까요.

—하면 섬은 끝이라는 뜻이오?

—끝을 결정한다, 가 더 정확하지 싶습니다.

—이 여인에게선 불신이 느껴지지 않아.

—그런 걸 누구에게서 배우신 게요?

—아무도 가르쳐주지 않습니다. 그냥 스스로 알아졌습니다.

—하면 섬이 왜 몽유도인지도 아시오?

—그걸 안다는 건 하나의 작은 결론을 얻는 것이니 제가 함부로 드릴 말씀은 아닙니다.

—작은 결론……

끼걱끼걱 끼기긱 끼걱끼걱 끼기긱……

—다 오셨습니다. 저기가 몽유도입니다.

화율이 가시의 왼쪽 두번째 손가락을 따라 고개를 돌렸다.

—아!

그건 거대한 사막이었다. 붉은 사막.

—섬은 강합니다. 저승의 색을 모두 잡아당깁니다. 아시겠지만 나비가 아닐 때 차사분들은 검거나 하얗습니다.

—한데 그 색들은 다 어디 있소? 내 눈에는 붉게만 보이오.

—섬이 그렇게 보여주는 겁니다.

—붉은 것이 거짓일 수도 있다는 뜻이오?

—다녀오십시오. 나오시면 제가 있을 것입니다.

화율이 붉은 모래와 자갈의 땅을 디뎠다.

—아!

돌연 화율에게 색이 나타났다. 한번 저를 드러낸 색은 화율이 발짝을 뗄 때마다 뭉텅뭉텅 늘어났다.

—온통 색이야.

어마어마한 숫자의 솟대와 만장 들이 땅 가득 꽂혀 있었다. 위로 솟구친 채 제각각 다른 색을 가지고 있었다.

—색을 다 모아놨어. 색이 다 모여 있어.

30

형조정랑은 우습기도 했고 어이없기도 했다. 묶여온 청년은
청년대로, 묶어온 나장은 나장대로 씨근거리고 있었다.

―무슨 사달을 벌인 것이냐?

제 분에 제가 넘어가 잔뜩 흥분한 나장은 말하는 내내 더듬거
렸다.

―이놈이 그그, 글쎄 다짜고짜 덤, 덤벼들지 뭐, 뭐, 뭡니까
요. 아가씨를 내내놓으라나 뭐, 뭐라나 하면서. 여, 여염, 염색장
어, 어르신만 아니었으면 그, 그냥 콱.

보고는커녕 자초지종도 못 되었지만 정랑은 눈치껏 해석했다.

―염색장이 딸려보냈을 것이야. 인정이 많은 노인이니 장연
홍이 염려됐겠지. 하나 미리 언질을 주지 않았으니 갑산으로 알
고 따라왔을 것이야. 염색공장 쪽에서 갑산으로 나가려면 혜화
문 지나 수유촌으로 빠져 양주, 포천 방향으로 잡으면 될 것을
청계천을 따라 도성을 가로지르니 내내 불안했겠지. 게다가 나
장이 형조 소속인데다 결국 각사各司가 있는 육조거리 지근에까
지 이르고 말았으니 그 불안이 확신이 되었을 테고. 장연홍을
해코지하려는 것으로 이해한 것이야.

그랬다. 검송이 벌인 짓은 무모한 공격이었고 순진한 난동이
었다. 아무리 나장이 칠반천역七般賤役 중 하나라 해도 명색이 관
의 사람이었다. 검송의 도발은 엄연한 공무집행 방해였다.

우선 가둬두라는 명을 내려 나장을 진정시켜놓고 집무실로 돌아가면서 정랑은 이틀 전 있었던 왕과의 면대를 다시금 정리했다.

—네가 죽은 장영의 큰아들과 동년이라 들었다.

같은 해에 과거를 합격한 동기를 동년이라 했다. 뿐이랴. 두 사람은 나이가 같은 동갑에 한 스승 아래서 공부한 동학이기도 했다. 그것이 장영 일가가 몰살당한 지난 옥사 때 정랑이 국문진에서 제외된 연유였다. 공사를 구분하지 못할 거라는 윗선의 염려였다.

—예, 전하.

죽은 장영의 큰아들. '죽은'의 수식 위치가 모호했다. 어찌 들으면 죽은 장영의 살아 있는 큰아들, 이라는 말로도 들리고 살아 있는 장영의 죽은 큰아들, 이라는 뜻으로도 들리게 했다. 어쨌거나 둘 다 죽은 사람이었다. 정랑은 죽은 장영의 죽은 큰아들이라는 불변의 사실에 마음이 시려왔다.

—하면 그 누이도 알겠다.

연홍. 장. 연. 홍.

—예, 전하.

알다뿐이겠는가.

장영에겐 아들이 둘이었다. 다섯 살 터울로 쌍둥이처럼 닮은 형제였다. 둘 다 무뚝뚝하고 날카로웠지만 굳이 구별하자면 첫

째는 칼칼했고 둘째는 삐딱했다. 정랑은 그중 큰아들과 친구였다. 정랑의 빈틈없는 기억에 의하면 자신과 친구가 열다섯 살 때 연홍이 태어났고, 삭막한 집안에 출현한 말랑한 여자아기를 친구가 그 누구보다도 반가워했으며, 곱게 키워 내줄 터이니 기대하라던 친구의 약조가 연홍에게 최수강이라는 정혼자가 생겨버리면서 흐지부지, 유야무야됐다는 사실이었다. 아장아장 걸음마 하던 연홍이 얼마나 사랑스러웠던지.

—그 아이가 꿈에 밟힌다.

정랑은 왕의 꿈자리가 애통했다. 밟히는 얼굴이 어디 한둘이겠는가.

—환한 낮인데 흐무러진 박꽃을 보았다. 박꽃이란 말이다, 어두워져야 피는 꽃 아니더냐?

—예, 전하.

—하고, 나비가 한 마리 나는데 꼭 선비 같은 생김이었다. 박꽃이면 말이다. 나방이 다녀야 하는 것 아니더냐?

—예, 전하.

—지금 생각하니 이치에 닿는 것이 하나도 없다. 하긴 꿈이란 것이 원래 뒤죽박죽 그런 것 아니더냐?

—예, 전하.

—예, 예. 대답이 시원하다.

—망극하나이다.

—한데 그 박꽃밭 나비 곁에서 말이다, 한 처자가 울었다. 배

가 아프다면서. 해서 나도 울었다.

—망극하나이다.

—꿈 밖에서 짚어보니 장영의 여식임이 분명했다. 본 적은 없으나 분명히 알겠다.

정랑은 또 애통했다. 늙은 왕이 슬그머니 눈물을 감추고 있었다.

—그 아이, 장영의 여식 말이다. 눈이 멀었고 포태를 했다.

무슨 소린가. 정랑은 말문이 막혔다. 멀쩡했던 처녀가 어찌 하루아침에 눈이 멀고 어미가 된다는 말인가.

—해서 흑산도에서 갑산으로 갈 곳을 갈아줬으나 그만으로는 아니 되겠다.

또 무슨 소린가. 그런 어명이 대체 언제 시행되었다는 소린가.

—네가 그 아이를 데려오라. 들었느냐?

—예, 명심하겠나이다.

—도성에 자리를 만들라. 관비로 살게는 하되 제 좋은 일에서 편안할 수 있게끔 원하는 곳으로 보내주라. 들었느냐?

—예, 명심하겠나이다.

—한때의 우정을 위해서라도 성심과 진심으로 그 아이를 도우라. 들었느냐?

—예, 명심하겠나이다.

왕은 정랑에게서 다짐이라도 받아내려는 듯 명마다 반복했고 확인시켰다. 그러고 나서 이틀은 내내 충격이었다. 한성부에 접수되었다는 채관의 민원에서 연홍을 돌봤다는 산파의 증언에 이르기까지 모든 사실이 정랑을 고통스럽게 했다. 그래도 한번은 만나야 했다. 어쩔 수 없었다. 하여 형조로 데려오게 했는데 작은 소란이 벌어진 것이었다.

─알은척을 말아야겠지. 그래, 그래야 할 것이야.

모든 궐외각사의 집무실은 투박했다. 특히나 형조와 병조는 살벌한 기운마저 감돌아서 상주하는 관원이 아니면 들고 나기를 꺼려할 정도였다. 형조정랑의 방은 그중 으뜸이었다. 칼이나 활, 창은 물론이고 총통이나 화포, 화차의 모형까지를 망라한 온갖 무기로 들여채워 마치 전장의 막사와도 같았다. 그래서 곁탁자에 가만히 기대앉은 연홍은 누군가 실수로 두고 간 규방 장식품 같았다.

─알아보지 못할 줄 알았는데, 어릴 적 모습이 꽤 남아 있구나.

정랑은 첫말에 신중을 기했다.

─든든한 호위를 두었더구나.

─송구합니다. 검송은 어디에 있습니까?

연홍은 또박또박, 차근차근, 했다.

웬만해선 기죽지 않고 어지간해선 낙심치 않던 벗의 아우답다, 고 정랑은 생각했다.

─옥에 있다. 하나 오래 잡아두진 않을 것이다.

―죄송합니다. 제 탓입니다.

연홍은 순순, 고분고분, 했다.

가풍이며 오라비들이야 꼿꼿하고 세차기로 남달랐지만, 그러거나 말거나 그래도 여인은 여인이다, 라고 정랑은 또 생각했다.

―너를 도성에 그냥 두라는 어명을 받아왔다.

연홍은 무표정했다.

―예상했던 바다. 장씨 일가는 일희일비하지 않지.

정랑은 연홍에게서 여인 이전에 용감무쌍, 대담무쌍, 과감무쌍했던 한 집안의 기질을 보고 있었다.

―무얼 좋아하느냐.

―예?

지나치게 잘려나간 질문이었다. 전후좌우가 하나도 없으니 알아들을 리 만무했다.

―잘하는 것이 무엇이냐는 뜻이다.

―아, 어미를 따라 색을 잘 냈습니다.

―하필 색을 말하는구나.

―하나 이젠 색을 보지 못합니다.

―그렇구나. 서운하겠구나.

―예.

예. 그 한 글자가 정랑더러 더 아파라, 더 아파라, 하고 있었다.

―혹, 최수강 곁에 놔주기를 원하느냐?

―싫습니다.

대답은 즉각적이었고 단호했다. 정랑은 조금 무안했다.

—하면 이걸 하고 싶다, 하는 것이 있느냐?

—소리를 배우고 싶습니다.

—소리라. 소리라면 색 대신으로 삼기에 가장 적당하겠구나.

—되겠습니까?

—마음에 둔 소리가 있느냐?

—줄악기 중에 공후를 두고 있습니다.

—공후라면 나도 좀 안다. 몇줄짜리를 염두에 두느냐?

와공후臥箜篌와 소공후小箜篌는 13현, 수공후竪箜篌는 21현, 대공후大箜篌는 23현이었다.

—와공후라면 좋겠습니다.

—생각에 쟁도 좋겠다. 은쟁이나 대쟁 같은. 다만 악기가 너보다 크겠구나.

—아무거나 주시는 것으로 배우겠습니다.

—아니다. 네 원대로 하게 하라시는 어명이다.

연홍은 여전히 무표정했다. 하늘 같은 어명이 한낱 작은 여인에게 아무런 위력을 발휘하지 못하고 있었다.

—장악원을 아느냐?

—예.

장악원은 예조에 소속된 관청으로 궁중의 여러 의식에 음악과 무용을 제공했다. 음악활동은 주로 악공과 악생이 담당했는데, 악생은 양인 출신으로 좌방에 소속되어 종묘제례 때 아악을 주로

연주했고, 악공은 천인 출신으로 우방에 소속되어 궁중 연향宴享
때 향악과 당악을 연주했다. 봉작을 받은 부인들만의 잔치인 내
진연內進宴의 경우에는 그 외에도 맹인 관현악 연주자인 관현맹
과, 무동舞童, 여악女樂들이 참여하기도 했는데, 무동과 여악은
관기라고 보면 되었다. 하니 만일에 연홍이 장악원으로 보내진
다면 그 소속은 매우 복잡해질 것이었다. 우선은 양인이 아니
니 악생은 어림없으며, 다음은 여인이니 악공 또한 불가하고,
관비이기는 하나 관기는 아니었다.

정랑도 아는 바였다. 하나 어느 조직이든 예외는 있었다. 처음
엔 거부될지라도 시간이 적당히 지나고 나면 그 예외가 더이상
은 예외가 아닌 게 되는 때가 오게 돼 있었다. 그것이 사람이 가
진 융통성이었고 적응력이었다.

—모든 것은 시간이 해결하지.

정랑은 왕이 허락한 권위로 그 예외를 결정했다.

—그리로 보내주마.

31

색은 찬란했다. 색은 어떤 상황에서도 건재할 수 있나보았다.
노을이 죽어 생긴 검은 하늘 아래, 빼곡하게 붐비는 색들 때문
에 화율은 전율했다.

—마지막 고백답다.

만장은 죽은 자를 묻는 길에 남은 자가 들고 가며 불러주는 마음이었다. 그 마음이 상여를 끌었고 상여는 또 남은 자를 끌었다. 누구나 차별 없이 똑같이 가는 길이어서 공도公道라고 도 부르는 마르고 거친 흙 위에, 가는 자를 슬퍼하는 행렬이 그렇게 길게, 길게 이어졌다. 물론 만장 하나 없는 죽음도 많 았다.

—나처럼.

버려진 고아의 죽음. 사내를 연애한 사내의 죽음. 성실했던 겸 사복의 죽음. 어두운 산, 버려진 상엿집 안의 비밀스런 개죽음. 황우재의 죽음.

—그만둬.

화율은 기억을 따라가려는 마음을 꼭 붙들어잡고 천천히 만장 사이를 비집었다.

대체로 엇비슷한 크기의 만장들은 하나같이 완강해 보였다. 어느 누구에게도, 무슨 일이 있어도 양보할 수 없는 마음인 것 처럼 그렇게 완고해 보였다.

—저승은 이것들을 왜 여기에 가져다놓은 걸까. 어쩌면 회수 인 걸까. 원래 있던 자리에 도로 돌려놓는.

만장들을 하나씩하나씩 읽고 걷어가며 화율은 마음 사이를 조 심스럽게 지났다.

欲見復欲見 欲見吾所思 ^{욕견부욕견 욕견오소사}

보고 싶고 또 보고 싶으오. 내 그리운 이가 보고 싶으오.

覽觀多可厭 惆悵返泉臺 ^{람관다가염 추창반천대}

보기 싫은 게 하도 많아 슬프게 구천으로 떠나가시었소.

八年七歲病 歸臥爾應安 ^{팔년칠세병 귀와이응안}

只憐今夜雪 離母不知寒 ^{지련금야설 리모부지한}

팔 년간 일곱 해로 앓았으니 돌아가 누운 넌 응당 편하리라
만, 다만 가여운 건 오늘처럼 눈 내리는 밤 어미와 헤어져서 추
운 줄도 모른다는 것이라.

生涯嗟幾許 ^{생애차기허}

슬프구나. 생애가 얼마이런가.

惟將終夜長開眼 報答平生未展眉 ^{유장종야장개안 보답평생미전미}

오직 두 눈 뜬 채 이 긴 밤 지새며 평생을 고생한 당신에 보답
하려오.

此日傷心無限事 何由報與九泉知 ^{차일상심무한사 하유보여구천지}

오늘 이 아픈 마음은 끝도 없을 것만 같은데 무슨 수로 구천
의 당신이 알게 할 수 있겠소.

身獨未亡魂已斷 骨終難朽穴同藏 ^{신독미망혼이단 골종난후혈동장}

몸은 아직 남았으되 혼은 이미 끊어졌고 뼈는 썩기 어려우니
땅속에 묻힌다오.

哀歌吟薤露 凉月滿霜天 ^{애가음해로 량월만상천}

상엿소리 애달피 읊조리는데 서리 내린 하늘에 달이 차구려.

兒小不知哭 哭聲似讀書 아소부지곡 곡성사독서

忽然啼不住 簌簌淚連珠 홀연제부주 속속루연주

아이가 어려 곡을 할 줄 몰라 곡성이 글 읽는 소리와도 같았
는데 갑자기 엉엉 울며 멈추지 않으니 하염없는 눈물만 구슬같
이 흘렀다오.

中腔有似青梅子 怪底長常一味酸 중강유사청매자 괴저장상일미산

가슴속에 푸른 매실이라도 든 것처럼 이상하게 오래도록 시큰
해져오오.

嗅氣尋痕憶 君醪染我襟 후기심흔억 군료염아금

냄새 찾아 기억을 더듬으니 그대의 술이 내 옷에 묻어 있구려.

躱悲 타비

슬픔을 피하려오.

—타. 비. 타비. 아무리 피한들…… 아무리 도망간들…… 벗
어나질까.

순간, 불현듯, 이었다. 화율의 눈에 만장 하나가 들어왔다. 서
툰 글자 하나 적히지 않은 푸른자줏빛의 민무늬 비단폭이 마음
에 닿으면서 화율은 소스라쳤다.

—꽃!

별꽃, 뚜껑별꽃의 색이었다. 별을 닮아서 '별'을 달고 있지만
그렇다고 빛나는 것은 아니고, 뚜껑처럼 열린다고 '뚜껑'을 달
고 있지만 그렇다고 뭐 하나 덮을 힘은 없는, 아주 작은 꽃.

—아씨?

가로와 세로가 분주해졌다. 가로는 뒤에서 달려온 시간의 길이었고 세로는 밑에서 기어올라온 기억의 줄기였다. 그렇게 숲이 자라났다. 숲은 화율이 지나온 어느 한때의 정직한 완성이었다.

—아씨…… 아씨세요?

강진현 외아전 박아무개. 구체적으로 강진현감 휘하 차비군 박가. 그는 향리 최고의 노름꾼이었다. 물론 '노름'에 기고만장 붙어 있는 '꾼'이라는 글자가 그 분야의 고수라는 의미는 아니었다.

—만날 잃으면서도 만날만날, 노름에 미친 놈 아녀.

—판 돌아가는 세도 제대로 읽지 못하는 놈이 끗발에 환장을 해서는……

지방 관아에서 온갖 잡무를 맡아보는 군졸을 차비군이라 할 적에, 하급도 그런 하급이 아닌 주제였지만 박가는 두루두루 복은 타고난 자였다. 고리로 빚을 놓던 아비 덕에 어려서부터 어디 가서 돈 아쉬운 소리 한 번 해본 적 없고, 외아들이라고 끼고 돌던 어미 서슬에 어디 가도 막대접은 받아본 적이 없었다. 게다가 말단이어도 관리씩이나 하고 있다보니 장가도 곱게 들었는데, 차비군 박가는 제 복을 누릴 줄 모르는 자였다. 손문제였다. 손이 커서 씀씀이에 대중이 없었고, 손이 독해서 툭하면 아내를 때렸다. 사는 게 겁이 없는 자였다. 그러다 시시껄렁한 작자들과

유유자적 어울리던 끝에 투전판 맛에 중독까지 되었으니 두고
볼 것도 없었다.

아내 핍박이 날로 자심해졌다.

—년. 친정이 글줄이나 뀔 줄 알면 그게 단 줄 알아? 어? 얻
어올 돈 한 푼이 없다는 게 자랑이야? 어? 곧 쓰러져가는 초가
라도 팔아올 줄은 몰라? 어?

차비군 박가의 아내는 유배가 풀리고도 귀향하지 않고 눌러앉
은 한 학자의 후손이었다. 명망은 있으나 쌀이 없어서 존경과
동정을 함께 받던 노마님이 언제나 안쓰러움으로 어루만지던 손
녀, 그랬다. 이른바 아씨.

차비군 박가가 풀방구리에 쥐새끼 드나들 듯 들락거리던 도박
장이 하나 있었다. 은밀히 방 내준다고 방값, 끼니랍시고 때마다
뭐든 내준다고 밥값, 밤새 판 벌이는 데 지장 없게 불 켜준다고
기름값, 요모조모 뜯어내 먹고사는 전직 왈짜의 소굴이었다. 한
데 그 왈짜 뚜쟁이에게 조카가 하나 있었다. 순하고 여려서 이래
저래 휘둘리기 십상인, 그런 청년이었다. 해서 일손이 딸리기만
하면 왈짜 뚜쟁이가 종종 불러다 잔심부름을 시켰고, 그 삯으로
몇 냥씩 쥐여줄 적마다 조카네 식솔 전체를 저 혼자 먹여살리기
라도 하듯 생색을 내곤 했는데, 왈짜 뚜쟁이 말고도 신들린 듯
심부름을 시켜댄 자가 있었으니 그가 바로 차비군 박가였다.

차비군 박가의 집에 무시로 드나들다보니 조카청년의 마음이
조금씩조금씩 차비군 박가의 아내로 물들어버렸다. 시간의 이치

이기도 했고 음양의 순리이기도 했지만, 시작은 연민이었다. 이마에 피를 흘리면서 부엌으로 도망가던 그녀를 발견한 이후 무럭무럭 자라기 시작한 연민. 물론 차비군 박가의 아내는 모르는 일이었다.

조카청년에게 원대한 목표가 세워졌다. 어떻게든 빼내 도망하리라, 였다. 한데 맞춤인 듯 그즈음에 귀동냥으로 얻은 것이 바로 추자도였다. 섬에 나는 약초들이 영험하니 약초가 곧 돈이 되어줄 것이라는 솔깃한 소문 말이다.

몰래 들어간 섬의 약초들은 확실했다. 더불어 조카청년은 그곳에서 뭍에는 없는 다른 것도 보았다. 연애하는 여인을 닮은 꽃이었다. 푸른빛을 내는 자주색의 균형이 잘 잡힌 작은 꽃. 별봄맞이꽃이라는 별명을 가진 꽃. 뚜껑별꽃. 그 꽃.

조카청년은 꽃을 캐 실어날랐다. 그러고는 차비군 박가의 집에 심었다. 물론 아무데나, 는 아니었다. 차비군 박가의 눈에 제 정체가 띄는 날엔 의처의 빌미가 되어 그녀가 맞아 죽을지도 모른다는 불안이 조카청년을 신중하게 했다. 해서 부엌에서 뒷마당 헛간 쪽으로 가는 담 아래에만 심었다. 오랜 관찰에 의하면 노름 말고는 집안일 그 어느 것도 안중에 없는 차비군 박가가 그쪽으로 걸음할 일은 없었다. 차비군 박가의 아내는 삯바느질 때문에 일정한 시간에 집을 비웠고 그 시간을 조카청년이 요긴하게 사용했다.

하지만 섬은 오래 드나들지 못했다. 동에 번쩍 서에 번쩍, 한다는 수토관에게 덜미를 잡혔다. 옥에 갇혀 시름시름 앓는데 옥지기들이 끌끌대며 섞는 말이 조카청년을 처참의 끝으로 밀었다.

—차비군 박가 말이여, 아주 못쓰겠드만.

—망종이지. 망종도 그냥 망종인감? 천하에 둘도 없는 망종이지. 아무리 그래도 마누라가 죽었는데 지 빚 타령만 하고.

—망할 년, 망할 년 해감서. 어딜 맘대로 죽느냐고, 그렇게 죽어버리면 자기 빚은 어쩌냐고 해감서. 잡놈 중에서도 상잡놈이라니까.

이미 배에서부터 반주검상태로 끌려온 터였다. 조카청년에겐 그 사실을 감당할 기운이 남아 있지 않았다. 며칠 뒤, 심문에서 진술 자체를 거부해 현감의 심기까지 잔뜩 거슬러놓은 조카청년은 매가 본격적으로 모질어지기도 전, 으레 있는 으름장 몇 번에 그냥 숨을 놓았다.

—아씨!

만장에 얼굴을 묻은 화율이 울었다.

—둘이…… 아씨와 징신, 그 두 사람이…… 닮았어. 많이, 아주 많이.

죽은 사람이어서 울 수 없었지만 화율은 그래도 울었다. 눈물도 없는 울음이 악착같았다.

—으아아아아……!

248

32

　수강은 분발하는 중이었다. 염색장이 곁에 있건 없건 간에 부지런히 색을 따라다니고 끓는 물을 기웃거렸다. 공장 사람들도 선뜻 곁을 내주었다. 그간 누적돼온 연민의 시간이 그들로 하여금 수강을 지지하게 만들었다.

　지식도 짧고 경험도 부족한 수강의 열심은 크고 작은 사고를 유발했다.

　지식이 짧아서 생긴 사고는 수강 본인에게 피해를 입혔다. 원인은 정향이었다. 정향은 향이 강해 향료로 쓰일 때가 많지만 갈색과 회색 계열의 색을 아우르는 염료로도 일을 잘했다. 하나 성질이 강해 맨손으로 만져서는 안 되고, 남은 염액을 함부로 버려서도 안 되었다. 한데 그 정향을 막무가내로 다룬 탓에 손이 벌겋게 부었다. 아리고 쓰려 잠도 못 잘 정도로 한동안 고생했지만, 그렇다고 수강에게 조심성이 더 생기지는 않았다. 수강은 그저 죽어라 움직여댈 따름이었다.

　경험이 부족해서 생긴 사고는 남에게 피해를 주었다. 물이 서투른 수강이 그만 뜨거운 물을 한 일꾼의 팔에 엎은 것이다. 일꾼은 한두 번 겪은 일이 아닌 듯 무덤덤했지만 수강은 쩔쩔맸다. 채관이 일꾼의 화상 치료를 수강에게 맡겼다. 수강은 반성하라는 의미로 받아들였고 성심을 다했다. 하루 두 번씩 덴 부위에 연고를 발라주는 일은 어렵지 않았다. 하나 그 연고를 만드는 일에 손이 꽤 많이 갔다. 신선한 고수버들 가지를 검게 태워 가루를 내 가는 체로 쳐서는 참기름으로 개어 만들어야 하는데, 수강으로서는 재가 되지 않을 만큼 적당히 태우는 것도, 낭비되지 않는 것이 없게끔 곱게 체치는 것도, 질지도 되지도 않게 개는 일도 다 처음이어서 망치기도 여러 번이었다.

—붕대로 감으면 아니 된다. 또한 약을 바꾸어 바를 때에는 먼저 바른 약을 닦아내지 말고 그 마른 부위에 참기름을 발라 촉촉하게 해주고 나서 그 위에 덧발라야 하고. 덴 부위가 넓기는 하나 깊지는 않으니 보름 정도가 지나면 차도를 보일 터. 그만하면 다행이느니.

별별 성질의 염료와 시종일관 끓고 있는 물 때문에 채관은 피부에 해당하는 온갖 문제에 훤했다. 일꾼들은 색뿐만 아니라 그 외의 잡다한 것들에도 채관에게 의지하고 있었다.

이른 아침부터 수레가 들락날락했다. 탈가닥거리는 바퀴 소리에, 굼뜬 소들을 구슬리는 일꾼들의 소리에, 부려진 짐들이 땅에 부딪는 소리에, 간만에 공장이 벅적벅적했다.

수레에 가득 실린 염료는 소목이었다. 소목은 매염제에 따라 녹색과 청색을 제외한 나머지 색이 다 가능해서 채관이 기특해하는 염료였다.

—소목은 공물에 의지한다. 이 땅에서 나지 않기 때문이지. 하니 공급과 수요를 조절하지 못하면 품귀가 되거든. 지금 들어

오는 건 왜산인데, 사천 근쯤 될 게다. 한 해에 만 근 가까이 들여올 때도 있느니.

—그렇게나 많이. 사람은 참 여러 가지에 미치는구나.

—소목은 명주하고 만났을 때 색이 가장 잘 나오지. 목홍을 지을 것이야.

목홍木紅이란 소목과 더불어 명반과 오배자를 함께 끓는 물에 넣어 처리해 뽑아내는 붉은색을 말했다.

—잔말인데, 옹주가 가장 친애하는 색이 바로 목홍이다.

옹주란 화완을 일렀다. 무뚝뚝하다 못해 뚱하기까지 한 생모 영빈과는 달리 어찌나 상냥하고 애교스러운지 왕이 유독 아끼고 어여뻐한다는 딸이었다. 자란 환경과 타고난 성정이 합쳐진 때문이겠지만 왕족 중에서 색과 옷, 하면 그 누구도 따를 자 없을 정도로 화완의 복색은 화려하고 파격적이었다.

—귀애함을 넘치게 받고 자란 사람에게는 고질적인 이기심 못지않게 특유의 대범함도 있는데, 옹주한테는 색이 그러하지. 색에 편견이 없거든.

미혼이냐 기혼이냐, 신분이 높으냐 낮으냐, 적통이냐 방통이냐, 배우자가 살아 있느냐 죽었느냐에 따라서 허락된 색이 다 달랐다. 그것은 곧 서자의 색, 당상의 색, 망자의 색이 따로 있다는 소리였다. 색이 곧 위계가 되고 등급이 되는 세상이었다. 자연이 그냥 쓰라고 주는 색을 사람이 굳이 차별해 나누고 있었다.

—명주를 흑색으로 염하라 명을 보내왔기에 그리해 대령했더

니 그걸 장옷으로 만들어 쓰더구나. 예전에야 도홍桃紅이다 지치보라다 두루두루 색을 쓴 모양이지만 요즘에야 어디 그러하냐. 여인네 장옷, 하면 대개가 초록이지.

사실 도도하고 영악하기로 알려진 옹주에겐 복숭아꽃색인 도홍이나 도라지꽃색인 지치보라보다 검정이 어울렸다. 해서 옹주가 검정 쓰개를 뒤집어쓰고 나타났을 때 사람들은 하나같이 '답다'고 평가했다.

─나는 그런 옹주가 좋다. 음양오행이다, 정색 간색이다, 하면서 색을 가리고 따지는 건 나 같은 일꾼으로 족하거든. 색을 들이는 입장에서는 옹주처럼 색을 맘껏 누리는 사람이 최고인 게야.

─나는 결국 글을 누리지 못했지. 그리고 연홍은…… 연홍은……

─상의원하고 제용감에서 목홍을 죄다 넘겨왔다. 큰 행사가 있을 모양이지. 감당을 못 하고 우리한테까지 넘긴 것을 보면.

─목홍 하나는 확실히 배우겠구나.

그리고 오후에 들어서자 한 차례 더 짐이 부려졌다. 수백 필은 좋이 될 만큼 어마어마한 양의 명주였다. 바리바리 쟁여진 피륙 더미 앞에서 염색장이 분주했다.

─보런?

그 와중에도 채관은 수강을 놓지 않았다. 수강은 순순히 다가갔다.

―누에들이 대접을 제대로 받은 모양이다. 실을 잘 냈느니.

―살. 신. 성. 인. 제 몸을 녹여 사람을 입히니 당연히 인是인 거야.

―색을 맞나게 먹겠어.

누에는 뽕잎을 잘 먹었고, 누에에서 나온 실은 색을 잘 먹었다.

―나도 잘 먹고 있지.

정말이었다. 수강은 기를 쓰고 먹었다. 약도, 밥도, 다. 덕분일까. 수강에게 회복이 가까워오고 있었다. 하나 수강은 나아가는 몸을 의도적으로 무시했다. 그러면서 때때로 정신마저 함부로 버렸다. 그럴 때 수강의 눈은 단순했다. 아무것도 담지 않거나, 아무 데나 노려보거나, 였다. 또 그럴 때 수강의 앞엔 온전히 하얀 벽뿐이었다.

―백白은 바탕이다. 무릇 바탕이 희지 않고서야 어찌 채색을 베풀까.

―무릇…… 무릇…… 무릇 양반이라면. 모름지기 사내라면. 헤아려 생각건대 여인이라면. 아.

―바탕은 단순해야 하지. 그것이 바탕의 본연이고. 바탕이 본연을 잃으면 그건 더이상 바탕이 아닌 게야.

―하지만 희다는 것 자체도 색 아닐까.

―또하나의 색인 게지. 백이 색이 될 때를 아느냐?

―이 노인은 모든 것을 읽는 것 같아. 다 들여다보는 것 같아.

―잿빛을 띠면 회백灰白, 푸른빛을 띠면 청백靑白, 불투명하니

젖색이면 유백乳白이라 하지. 연한 담백淡白도 있고.

청백색은 정갈하면서도 서늘했다. 스승 장영과 두 아들이 나란히 입던 액주름도 언제나 청백색이었다. 겨드랑이 아래로 자글자글한 주름은 간격조차도 고왔다.

—하니 백은 색이면서도 색이 아니지.

수강도 그랬다. 수강이면서도 수강이 아니었다.

—또한 백은 색이 없는 상태를 일컫기도 하느니.

—무無도 되고 바탕도 되고 색도 되는구나. 색의 처음이자 마지막이라는 걸까. 아니지. 색의 마지막은 검정인데.

—백은 조심성을 필요로 하는 색이지. 가장 먼저, 가장 표 나게 더러워지는 것이 바로 백이니까.

—연홍아.

연홍이 머물던 한 달여, 수강은 연홍을 들여다보지 않았다. 아니, 못 했다. 처음엔 연홍의 '오염'을 인정할 수 없어서였지만, 나중엔 자신의 '오만'을 인정해서였다. 자신이 연홍에게 잠시나마 자진을 기대했다는 사실을 수강은 도저히 참을 수 없었다. 연애, 연모는커녕 의리조차 지키지 못한 자신을 견디기 힘들었다.

—더러운 건 나였어. 나, 최수강.

채관이 일꾼들에게 크게 일렀다.

—명주 말이다, 무리를 많이 먹여 편편하고 번듯하게 해야 한다.

무리란 쌀을 불리어 매에 갈아 체에 밭여 가라앉힌 앙금을 말

254

하고, 무리풀이란 이 무릿가루로 쑨 풀을 말했다. 무리로 첫 상관부터 해야 하는 게 소목 염색이었다.

—한동안 정신없을 게다. 다행이지.

색방에서, 채관과 수강은 한동안 말이 없었다. 고단한 날이었다. 끼니까지 거른 채관은 손이 다 떨릴 지경이었고, 새로 배운 것이 너무 많은 수강은 머릿속에 두드러기가 날 지경이었다. 하지만 두 사람 모두 겉으로는 고요했다.

—수강아.

채관이 드디어 말에 의욕을 세웠다. 하나 수강은 대답 대신 집어온 소목 부스러기를 만지작거렸다. 나무의 속살이어서일까. 한 줌이나 되는데도 너무 가벼워서 주먹 안에서 헛돌았다.

—한 사람을 결정할 뿐 아니라 그 사람의 삶까지 결정짓는 것이 무언 줄 아느냐?

왕, 이념, 신분, 재산, 가족, 건강 등등 당연하고 마땅한 것들이 수강의 닫힌 입속을 채웠다.

—그 사람의 가장 약한 부분이다.

사람의 가장 약한 부분. 수강은 뜻밖이었다.

—아주 오래전에 아끼는 사람을 잃었다. 어째서, 왜, 그렇게밖에 안 됐는지 나 자신에게 수없이 묻고 또 물었지. 그예 떨어져나간 그 사람을 미워하기도 했고. 한데 원인은 나였어. 솔직할 줄 몰랐던, 늘 겁을 냈던 나 자신의 유약함, 그거였지.

255

―아!

―충분히 감출 수 있었고, 그래서 남들을 속일 수도 있다고 자신했지만, 끝내 나를 넘어뜨린 건 취약했던 그 부분이었어.

―보잘것없는 하나가 아흔아홉을 거꾸러뜨리는 거구나. 뭣도 아닌 하나가 나머지를 다 망치는 거야.

―검송이 돌아왔다.

―뭐? 검송이? 왜?

수강은 기겁했다. 이유가 될 만한 것들이 백 가지도 넘게 수강의 머릿속에서 솟아났다.

―또 사고가 난 것일까. 사고라면 어떤 사고. 아님 정말로 일을 낸 것일까. 진정, 그예 그리되고야 만 것일까. 그럼 나는. 그럼 나는.

―홍이…… 연홍이 장악원으로 보내졌다, 했느니.

33

―그만 울라.

―하아, 이젠 헛소리가 다 들리고.

기진하고 맥진하니 물색없게도 환청이 다 오고야 말았다고 화율은 스스로를 납득시켰다.

―그만 울라, 화율.

하나 진짜였다. 실재였다. 아연한 화율이 고개를 들었다. 한 차사가 화율을 내려다보고 서 있었다. 사람에게든 귀신에게든, 가능한 모든 감정이 우거진 듯 깊고깊은 존재감이었다.

—어린 얼굴. 지긋한 표정. 낯이 익어.

—계속한다 한들 무슨 소용이랴. 저승에선 울음이 되지 않는 것을.

—누구였더라.

—섦구나. 전생과 이승을 기억한다 한들, 전생은 돌이킬 수 없고 이승은 상관할 수 없으니 그 또한 무슨 소용이랴.

—아, 대차사님.

—가자.

몸을 돌려 앞서 가는 대차사의 등에 나비가 촘촘하게 매달려 있었다. 얼룩이 진 나비, 무늬가 있는 나비, 점이 찍힌 나비. 나비들은 종이였지만 대차사가 움직일 적마다 부드럽고 우아하게 날갯짓을 했다. 마치 살아 있다는 듯이. 화율의 마음에 먼동이 터왔다.

—아!

—상제를 왜 만나려 하느냐?

—제 뜻이 아니었습니다. 감찰차사께서 보내셨습니다.

—몽유도는 원하지 않는데 올 수 있는 곳이 아니다.

대차사의 말에 화율이 제 속을 들여다보았다. 침착하게, 찬 찬히.

─맞습니다. 뵙고자 했습니다. 뵈었으면 했습니다.

─네가 무얼 원하든 너는 상제께 아무것도 얻어가지 못할 것
이다.

─하나 상제는 모든 것이십니다.

─해서?

─예? 아, 하니 하나라도 제게 여지가 있지 않겠습니까?

─네 말이 맞다. 상제는 모든 것이다. 해서 믿을 수 없다.

─예?

─연민이면서 증오일 수 있고, 자비이면서 공포일 수도 있는
것이 바로 상제다. 하니 그중 하나가 어찌 완전하랴.

─아.

─고로 믿어서는 안 된다.

만장의 숲을 벗어나자마자 대뜸 검은 안개가 들이닥쳤다. 진즉
부터 눈독이라도 들이고 있던 것처럼, 아주 오랜 시간 도사리고
있기라도 했던 것처럼, 우르르 화율을 덮쳐왔다. 온몸으로 빈틈
없이 파고드는 안개의 성마른 기운을 화율은 의연히 받아냈다.

─하나 사공이 말했습니다. 떼가 통했다고 말입니다.

─상제를 믿어서는 안 된다는 본보기가 바로 그 사공이다.

─예?

─사공 가시가 어떠하더냐?

─흐릿했습니다. 거의 투명했습니다.

─넋의 그림자다. 넋은 이승에 가 있다. 본인은 의식하지 못

하는 바다.

화율의 기억에 대차사의 말과 겹치는 부분이 있었다. 염색장 채관이었다.

연홍의 한 부분은 이승이 아니네. 나머지 한 부분은 지금 저승에 있다네. 완전히 끊어지지 못했지. 여기 나와 있는 연홍도, 거기 들어가 있는 연홍도 스스로는 의식하지 못하네.

―아, 연홍입니까? 연홍의 나머지인 겁니까?

―저승은 상제의 통치로 움직이는 나라가 아니다. 상제가 없어도 저절로 돌아가게끔 되어 있는 하나의 체계다. 때문에 열외와 예외를 두는 순간 틀어지게 되어 있다. 손상된 원칙은 손상된 원칙을 낳는다. 열외와 예외가 계속해서 열외와 예외를 끌어온다. 애초에 채관을, 연홍을, 그리 두어서는 안 되는 거였다.

―어찌 된 일입니까?

―물론 채관은 확장된 기억을 사사로이 쓰지 않는다. 홀로 고통스러울 뿐이다. 하니 그를 그리 내버려둔 것에 무슨 효용이 있으랴. 상제의 태만일 뿐이다. 하나 가시는 달랐다. 가시가 네게 잘못을 일으켰고 여기까지 오게 했다.

―가시는 누구입니까? 어떤 여인입니까?

―채관의 아내였다.

―아.

—채관이 죽고 나서 부족에 의해 섬 밖으로 쫓겨났다. 배에서 죽었다.

—왜입니까?

—아기를 낳지 않았다. 일부러. 부족은 그녀의 고의를 용납도 용서도 하지 못했다.

—아.

—그리고 궁녀였다.

—예?

—한 사내를 연애했으나 낳아서는 안 되는 아기를 가졌다.

—물에 버렸고 물에 묻었다는.

—한데 궁녀로서 버린 아기가 섬에서 의도적으로 유산했던 그 아기이기도 했다는 것을 저승에 와서 알았다.

—아.

—해서 저리 찾는다.

—알아볼 수 없다고 알려줘야 하지 않겠습니까?

—사공 가시는 이미 알고 있다.

—알고 있는데 어찌 찾습니까?

—하나는 '믿음'이다. 비록 자신은 저승이지만 이승을 알아볼 수 있을 거라는 기대에서 비롯된, 스스로에 대한 믿음. 또하나는 '믿지 못함'이다. 만약 이승이 되면 저승을 기억하지 못할 거라는 사실에서 비롯된, 스스로를 향한 '믿지 못함'.

—해서 무조건 버티는 겁니까?

—사람은 가난한 존재다. 기억 없이 태어나 기억을 두고 죽는다. 그렇게 가난하게 두어야 한다. 넋들에겐 자력이 있다. 뭉치려고 한다. 넋들에겐 복제욕구가 있다. 베끼려고 한다.

검은 안개가 조금씩 헐거워지고 있었다. 본가의 나리가 작정하고 양어미 얼굴에다 뿜어내던 연초 구름 같았다. 그러면서 빈 공간이 넓어져갔다.

—마지막 소원에 대하여 들었습니다.

—해서?

—예?

—상제는 모든 것이다. 그 무엇도 가능하며 전부가 될 수 있다.

—압니다.

—하니 믿어서는 안 된다고 했다.

—무슨……

—변별의 깊이. 그것이 상제와 차사의 차이다. 그 누구도 상제를 넘을 수 없다.

—하나 약속이지 않습니까?

—그러하다. 차사가 직을 그만둘 때 누군가의 명을 상관할 수 있다는 건 엄연한 사실이다. 하나 거기엔 모순이 크다.

—모순. 나는 대체 무얼 모르고 있는 걸까.

—차사가 상관하고자 하는 명은 대개 이승에서 관계를 가지고 있던 누군가의 것이다. 한데 차사가 직을 그만둘 즈음이면 그 누군가는 이미 죽은 자이다. 반대로 그 누군가의 명을 상관

하기 위해서 차사의 직을 그만두고자 한다는 건 무의미한 희생이다. 왜냐하면 차사는 자신이 상관하고자 하는 그 누군가의 원래 수명을 알지 못하기 때문이다. 몇살에서 얼마나 늘어나는지 알 수 없다. 차사의 직까지 그만두면서 상관한 명이 이승에서 고작 몇 날일 수도 있다는 뜻이다. 차사는 절대 알지 못한다.

—잔혹한 선택이구나.

나와 남. 둘 중 하나였다.

—다른 차사들도 압니까?

—묻지 않고 원하지 않는데 어찌 먼저 답하고 일러주랴.

—그래도 차사의 직을 그만두면서 그 마지막 원을 청한 차사가 있기는 하지 않겠습니까?

—없다. 차사를 그만둘 즈음이면 이승은 차사에게 얼토당토않은 세상이 된다.

—그래도 어찌……

—마지막 원의 허울을 깨닫고 나면 오히려 차사의 직분이 수월해질 것이다. 그 예가 나다.

—예?

—상제의 선물, 상제의 선심, 그래서 모든 차사가 고마워하는 마지막 선택의 기회. 나는 믿지 않았다. 믿지 않으니 모순이 보였고 더이상 고민할 필요가 없어졌다.

—한데……

—몽유관이다.

—아!

까마귀의 형형한 눈이 화율을 압도했다. 빗장이었다. 까마귀 모양의 바위만한 크기였다. 대차사가 까마귀의 날개를 밀자 문이 열렸다. 그리고 바로 들려오는 울림 없는 목소리.

—나, 상제는 무료다. 손님 하나가 달갑다.

상제의 첫 단어치고는 참 궁상맞다고 화율은 생각했다.

—또한 나, 상제는 기억이다. 다시 왔구나, 화율.

—제가 여기에 온 적이 있습니까?

—너와 나의 시간이 다르니 언제라고 말할 수는 없으나, 있다.

—왜 왔었는지 여쭈어도 되겠습니까?

—나, 상제는 망각이다. 답해줄 것이 없다.

—하나 좀 전엔 기억이라 하셨습니다.

—나, 상제는 이기다. 내게 이롭지 않은 것은 버린다.

—징신…… 섭지 차사는 어디로 갔습니까? 수많은 저승 이후 중에서 그의 선택은 무엇이었습니까?

—영면이다.

—아! 하면 끝입니까?

—그러하다. 설징신의 넋은 이제 없다.

—아!

—나, 상제는 상심이다. 이승과 원만했던 넋은 없다. 그렇다고 해도 대개의 넋은 다시 이승으로 간다. 영면을 택할 수밖에 없는 넋이 나는 가엾다.

─이승을, 이승의 사람 하나를 상관할 수 있겠습니까?

─나, 상제는 꿈이다.

─예?

─꿈이다.

─꿈?

─상관할 수 있다. 또한 너는 이미 상관했다.

─예? 어찌……

─꿈이 바로 이승을 상관하는 길이다.

─아!

─꿈은 저승의 은밀한 내부이고, 저승이 감춘 통로이며, 저승
의 홀연한 방문이다.

─저는 꿈으로 연홍을 상관한 적이 없습니다.

─했다. 해서 연홍은 준비했다. 의식하지 못했을 뿐이다.

─하면 연홍의 눈을 살려주십시오.

─나, 상제는 자비다. 네가 연홍에게 준 것이 불꽃이더냐, 얼
음이더냐.

─예?

─너는 안다.

─얼음입니다.

─하면 기다리라. 녹을 것이다.

─나을 수 있다는 말씀이십니까?

─나, 상제는 어둠이다. 모든 색의 그림자다.

— 색의 그림자.

　— 너 화율이 부지불식간 청한 하얀 어둠이 너를 앞질러 연홍에게 갔다.

　— 아, 저승의 첫날. 그때 그 하얀 어둠.

　— 나, 상제는 허물이다. 대차사의 말을 믿으라.

　— 예?

　— 대차사는 오로지 차사로만 살아왔다. 단 한 번도 저승 이후를 선택한 적이 없다. 대차사는 결코 속지 않는다. 단 하나도 원하지 않는다. 그것이 대차사의 깊이다.

　— 단 한 번도. 단 하나도. 그랬구나.

　— 전능은 때때로 허물이고 때때로 잘못이다. 그로 인한 피로가 깊다.

　— 아, 상제님.

　— 또한 나, 상제는 인간이다. 저승의 불신은 상제이면서 인간이기도 한 나, 상제의 혼돈으로부터 기인한다. 하니 화율, 몽유도를 떠나라.

34

　장악원의 외딴 방에 새 버릇이 생겨났다. 탁. 탁. 탁. 탁. 박자는 단조로웠지만 규칙적이었고, 가격은 둔탁했지만 맵기도 했

다. 탁. 탁. 탁. 탁. 냉담한 작은 주먹이 골고루 두들긴 앙가슴이
자갈색으로 멍들어갔다.

장악원은 새 노비를 버거워했다. 연홍은 오래도록 유지해온
관청의 정형에 전혀 맞지 않았다. 말 한마디 없이도 맹랑했고,
눈빛만으로 당당했으며, 남루한 무색 무명의 입성에도 기품이
있었다. 게다가 형조정랑의 신신당부까지, 연홍은 충분히 그들
의 신경을 거스르고도 남았다. 장악원의 위와 아래가 합심으로
연홍을 따돌렸다.

—아!

염색장이 신겨준 신발을 개킨 이부자리 사이에 부적처럼 숨겨
두고 연홍은 머릿속에 노랑을 풀었다. 아가들의 색, 노랑.

—아기를…… 쓰레기가 되게 할 순 없어.

아기. 연홍은 꿈속에서 받은 아기를 내내 염두에 두고 있었다.
까마귀가 우물에서 건져낸 아기. 연홍이 받아안고서야 울음을
그친 아기.

—아!

연홍이 앉은 채로 잠시 휘청, 했다. 연홍의 뇌수에서 조금씩
노랑이 사라지고 있었다. 노랑뿐만이 아니었다. 모든 색이 지워
지고 있었다. 일종의 농락이었다. 준 것을 도로 뺏어가는 것이어
서, 알던 것을 뒤집는 것이어서, 농락이었다.

—어머니.

어미의 흑색은 빛이 났다. 가시가 있는 밤송이를 달여낸 물에

백반을 풀어 서너 차례 물들이고 나서 삶은 쪽물로 덧들이면 천은 새카매지면서 윤기가 흘렀다. 어미는 그것으로 다가 아니었다. 물든 천을 조심조심 자근자근 두들겼다. 그러면 어느덧 반짝반짝해졌다. 마치 빛을 잡아간 밤하늘처럼. 과거가 뱉어낸 기억처럼.

흑은 끝이 아니란다. 색이 모이면 까매진대서 그러는 모양이지만, 아니란다. 아니고말고. 흑은 테두리인 게야. 색을 진정시키고 결국엔 숨겨주니까 보호의 색이고 피난의 색이지. 알았누? 이 어미는 우리 홍이에게도 그런 믿음직한 테두리가 있음 좋겠구나.

—아버지.

아비의 옷에서도 빛이 났다. 어미가 물들인 검은 비단으로 지은 답호를 입은 아버지는 당당했다. 답호는 두루마기 형태에서 소매를 덜어낸 옷으로 안에 받쳐입는 철릭의 색에 따라 분위기가 매번 달라졌는데, 철릭은 으레 어미의 기분을 따라갔다. 자주색, 홍색, 청녹색, 아청색, 군청색, 옥색 등등으로.

홍아, 이 아비는 글에 편견을 두지 않는다. 편식이 육신의 건강을 해치듯이 편견은 정신의 건강을 해치기 때문이다. 물론 그 영역은 제각각 다르다. 네 큰오라비는 사람에 그러하고 작은오라비는 무예에 그러하다. 큰오라비를 보거라. 서얼과 농, 공, 상을 따지지 않는다. 하니 주변이 깊고 넓어진다. 작은 오라비는 또 어떠하냐. 뒷골목 무지렁이 아이들의 싸움에서도 배우려고 한다. 하니 칼이 강해진다. 무엇보다도 너는 여인이 니 네 어머니를 본받아야 한다. 편견이 없는 데서 그치지 않고 누리는 이가 바로 네 어머니다. 그것이 네 어머니의 색이 다른 사람을 복되게 하는 이유다.

—어머니, 아버지, 큰오라버니, 작은오라버니.

연홍은 앉은 채로 그들을 차례로 부르며 손바닥으로 방바닥을 쓸었다. 돌이 날아오길 기다리던 여인처럼. 아주 오래전, 마을이 떼로 나서서 묻어버렸다던 부정한 여인처럼.

—부정한, 부정한, 아.

물론 연홍에겐 아무 일도 일어나지 않았다. 돌이 날아오지도, 산 채로 묻히지도 않았다. 그래도 연홍은 시간을 조금 더 지분 거렸다.

—뭐든, 어떻게든, 아.

결국 이름들은 결론이 나고 하나가 되어 연홍 앞으로 떨어졌다.

—수강……

연홍에게서 아기가 확인된 날이었다. 산파는 의구와 우려를 숨기지 않았다. 하나 염색장은 연홍을 안심시켰다. 아무 말도 하지 않았고 아무런 표정도 짓지 않았지만 곁에 있어주는 것만으로도 연홍을 편안하게 할 만큼 염색장은 깊디깊었다.

그리고 그 밤, 연홍이 누운 방문 아래 수강이 쭈그리고 앉아 밤을 새웠다. 갇혀서 나오지 못하는 울음을 들었지만 연홍은 나가보지 않았다. 아니, 나가볼 수 없었다. 연홍도 갇혀 있었다. 제가 만든 탯줄에 꽁꽁 묶여 제 포 안에 갇혀 있었다.

염색공장을 떠나오는 날도 연홍은 끝까지 수강을 꺼내지 않았다. 꺼내 무엇하랴. 불결을 떨어내지 못하는 마음을 꺼내 대체 무엇을 하랴.

—죽고 싶어.

연홍은 와공후를 끌어당겨 안았다. 그러곤 뜯기 시작했다. 와공후에선 물방울이 굴러가는 소리가 났다. 장악원의 악공이 연주하던 은쟁에선 물방울이 떨어지는 소리가 났으니, 줄악기들은 저마다 물방울을 갖고 노는 셈이었다.

—자꾸 졸다보면 잠들 테고, 그러다보면 죽을지도 몰라.

검은 어둠은 자연스럽게 잠을 불러왔다. 악착같아지려고 스스로를 다그치는데도 연홍은 자꾸만 졸았다. 그럴 적마다 연홍은 와공후를 끌어안고 신중하게 소리를 골랐다. 질긴 줄이 낯설어 피가 맺힌 손가락이 다시금 아파오면 연홍은 그제야 잠이 깨는 걸 느끼며 안심했다.

—정말 죽고 싶어.

죽어야 하는 건 아닐까, 그런 생각은 해봤지만 연홍에게 죽고 싫다는 생각은 처음이었다.

　—하지만 살 거야.

　다라라따르르드르르뚜르르…… 연홍은 사방으로 굴러가는 소리를 세며 조금씩 마음을 잘라냈다.

　검송은 매일 연홍에게 들렀다. 장악원도 엄연한 관청이어서 아무나 아무 때 드나들 수 있을 만큼 방만한 곳이 아니었다. 그럼에도 검송은 하루도 거르지 않았다. 게다가 빈손인 적이 없었다. 못생겼어도 향이 넘치는 모과며, 잘아도 탱탱한 대추며, 꼭지가 비뚤어졌어도 달게 익은 홍시며, 하는 식으로 과일을 하나씩 들고 왔다. 하면 연홍은 그 자리에서, 검송이 보는 앞에서, 다 먹었다.

　—검송.

　연홍은 검송에게서 그 사내를 찾지 않았다. 해서 검송은 연홍에게 그냥 검송이었다. 또한 연홍은 검송에게 그 사내를 들먹이지도 않았다. 해서 검송도 연홍에게 그냥 검송이었다.

　—이젠 오지 마.

　연홍은 처음부터 검송에게 말을 놓았다. 저절로 그래졌기 때문에 왜 그러는 것인지 이유 같은 건 생각조차 해보지 않았지만, 말을 내려놓은 연홍이나 놓인 말을 들어받잡은 검송이나 한가지로 순순했다.

　—괜찮아. 괜찮아졌어. 그래 보이지?

검송은 언제나처럼 묵묵부답이었다.

─그럭저럭 살아질 것 같아. 그러니 그만 와.

그럭저럭. 그렁저렁. 그냥저냥. 미약하기 짝이 없는 글자였다.

─마음을 꽤 많이 잘라냈거든.

어쨌거나 새살은 돋을 것이었다. 연홍은 새살의 순수함과 가능성을 믿었다.

─검송은 색을 흘리면서 살아. 난 소리를 굴리면서 살 거야.

소리를 따라 시간도 굴러갈 것이었다. 그건 곧 소리가 발전하는 만큼 시간도 부드러워질 것이란 뜻이었다.

─검송은 내가 어떻게 될까봐, 가 아니라 내가 어떻게 되는 걸 막지 못할까봐, 무서운 거야.

검송이 조금 움직였다. 연홍은 느꼈다.

─알아, 진심이라는 거. 검송의 마음이 들려.

정말이었다. 연홍에게 마음이 보이고 마음이 들리고 있었다.

─하지만 시의에 맞지 않는 진심은 죄라고 했어. 그런데 검송의 진심이 내 때에 맞지를 않아.

검송이 다시 움직였다. 연홍 역시 또 느꼈다.

─그러니까 이젠 그만 와.

드디어 검송의 말이 움직였다.

─내일 뵈어요, 아가씨.

검송이 나가고, 방문이 닫히고, 고요가 맑게 차오르기 시작했다. 사실, 마지막 말은 거짓이었다. 고요는 불가능했다. 장악원의 세상은 무척이나 어수선하고 소란스러워서 외딴 벽도 능히 뚫고 들어왔다. 그러니 차오른 것은 바깥의 소리들이라고 해야 맞았다. 그것도 아주 진하디진한. 어쨌든 연홍은 또 휘청, 해지는 몸을 다독였다.

　—아!

35

　—궁금한 것이 있습니다.

　—여인은 차사가 될 수 없는지를 물으려느냐?

　—어찌 아십니까?

　—하나같이 물어왔으니 미루어 짐작할 뿐이다. 사공 가시로부터 비롯되었음을 안다.

　대차사는 질문을 피하지 않았다. 건너뛰지도 않았다.

　—될 수 있습니까?

　—가하다.

　—여인을 본 적이 없습니다.

　—되고자 하는 여인이 드물다. 첫 칙을 들으면 거개가 접는다. 포기하고 만다.

　첫 칙. 산 자들을 상관할 수 없다. 보은도 보복도 모두 잊어라. 되지 않을 것이다.

─여인들은 관계를 천착하고 관계에 집착한다. 전부는 아니나 대부분 그러한 경향이 있다.

─관계……

─하니 두 번 생각하지 않는다. 차라리 현명하지 아니하냐.

─오직 그것 때문입니까?

─또한 여인들은 노동에 대한 미련이 없다. 사내들 중 일부는 단지 일 때문에도 차사의 직을 선택한다. 하나 여인들은 다르다. 여인들의 노동은 이승만으로도 이미 과하다.

─그럼 차사가 된 여인은 하나도 없는 겁니까?

─있기야 있다. 극히 소수이니 쓰임이 다를 뿐.

순간, 갑자기 물이었다. 몽유도를 휘도는 깊고 넓은 물. 만장의 숲을 지나지도 않았는데 벌써 물이었다. 아씨를 또 만나지 않아도 된다는 사실에 화율은 안심했지만 내색하지 않았다. 민무늬 만장 한 장으로 남은 아씨가 가여워서 그럴 수 없었다. 또 화율은 연유를 묻지 않았다. 저승에서 거리란, 시간 다음으로 물으나 마나 한 질문이었다.

끼걱끼걱 끼기긱 끼걱끼걱 끼기긱……

바람이 흐르는 것도 아니고, 배가 쓸리는 것도 아닌데 소리 혼자 생생했다. 끼걱끼걱 끼기긱 끼걱끼걱 끼기긱……

그새 대차사가 보이지 않았다.

─묻고자 한 것이 있었는데……

화율은 마음과 시선을 돌려 사공에게 주목했다. 넋의 그림자라서, 차마 이승으로 따라가지 못한 하나의 나머지라서, 투명하고 흐릿할 수밖에 없는 사공을.

—원하시던 것을 얻으셨습니까?

—모르겠소.

—깎아지르는 절벽을 느끼셨습니까?

—그건…… 그런 것 같소.

—몽유도에선 전부가 노출됩니다. 한꺼번에건 나누어서건 다 드러냅니다. 그래서 무서운 곳입니다.

끼걱끼걱 끼기긱 끼걱끼걱 끼기긱…… 사공이 팔을 돌리자 배가 서서히 섬을 떠나기 시작했다. 몽유도가 눈에서 밀려나자 화율은 왠지 모를 안도감에 맥이 풀려서는 고만 바닥에 주저앉아버렸다.

—제 부족에겐 젖의 전설이 있었습니다. 그 전설이 저를 키웠구요.

—젖. 이 여인의 안과 밖은 온통 물이구나.

—절망의 때였습니다.

왕이 섬에 닿은 때는 고향의 궁을 빠져나온 지 약 일곱 달여가 지난 뒤였다. 왕은 아직 젖도 못 뗀 아기였다. 수만 리를 떠내려오는 동안 금빛 날개를 가진 봉황이 아기의 머리맡을 지켰다. 봉황은 왕의 어미가 목을 끊어 자결하던 날, 아비의 무덤에서 울며 나타났다.

흘러오는 동안 왕의 젊은 유모가 살이 무너지는 병에 걸려 죽었다. 해서 아기는 여러 날을 굶었다. 하나 아기는 의연했다. 굶주렸지만 왕이었고, 어미의 살이 그리웠지만 왕이었다. 아기였지만 아기는 왕이었다.

왕이 섬에 닿은 시간은 새벽이었다. 하나만 남은 계절이 그들을 지켜보고 있었다. 처음 보는 나무에 둥지를 틀어 앉은 처음 보는 새들이 배를 향해 소리지르다가 봉황을 보고 놀라 숨었다. 봉황은 해안에 배를 놓고 떠났다. 잠시 머뭇거렸으나 뒤를 돌아보지는 않았다.

따라온 자들이 모여 근심했다. 왕이었지만 왕은 아기였다. 젖을 먹어야 했다. 하지만 왕을 따라온 여인들에게서는 나올 것이 없었다. 대신의 부인들은 늙어 젖이 말랐고 시녀들은 처녀의 몸이라 젖을 낼 수 없었다. 왕을 따라온 자들이 모여 기원했다. 며칠 밤, 며칠 낮이 흘렀는지 아무도 세지 못했지만 아주 오래였다. 그들이 지쳐 쓰러질 즈음, 여인들의 몸에서 젖이 나오기 시작했다. 말라붙은 젖에서도, 한 번도 불어본 적이 없는 젖에서도 젖이 나오기 시작했다. 그 젖이 강이 되어 흘렀다. 아기가, 왕이 살았다.

—그 왕의 이름이 사반…… 사반이었습니다.
—내게도 그런 이야기가 있소. 벽의 전설이랄까.
—그 전설이 차사 어르신을 키우신 겁니까?

—그럴 수도…… 비밀의 때였소.

다락은 나리가 머무는 사랑채의 작은방 구석 미닫이문을 열
면 마주 보이는 벽 속에 숨겨져 있었다. 문은 우재의 가슴께
에 달려 있어 기어오르기엔 높았고 뛰어내리기엔 위험했다.
게다가 좁았으며 거기서 시작되는 계단은 가팔랐다. 그러저러
한 이유로 다락에 오르려면 사다리를 이용해야 했는데, 우재
는 도망자이자 피난민답게 사다리를 다락으로 끌어올려 철저
하게 감췄다. 나리는 벽에 뚫려 있는 문의 절개선을 보기 싫
어했다. 해서 그 앞으로 병풍을 둘러쳐놓았고, 그것이 다락의
가림막 역할을 쏠쏠하게 수행하고 있었다. 나리도 잊었고, 드
나들며 쓸고 닦는 여종도 잊은 장소였다. 아무도 그 자리에
있는 문을 염두에 두지 않았다. 다락의 존재는 비밀이었다. 그
리고 그 다락이 우재와 그의 첫 장소였다.

—그의 이름이 징신이었소.
화율은 과거의 압력에 내장이 터지는 것 같았다. 그래도 조금
만 견디면 가라앉을 것이었다. 화율은 그 '조금만'을 기다렸다.
한데 그 '조금만'을 사공 가시가 당겨주었다.
—제 부족이 살던 그 섬에 맹굴, 이라는 나무가 있었습니다.

숲은 매일 출산했다. 작은 뿌리를 키워 바닷물에 낳는 지극

히 포유적인 식물, 맹굴. 새끼들은 모목母木에 붙어 있다가 반 뼘 정도로 자라고 나서야 독립해 바닷물에 제 집을 지었다. 호흡을 위해 뿌리를 드러내놓고 매일매일 산통하던 숲은 뒤로 면한 절벽 때문에 바깥 바다에서는 보이지 않았다.

—나무도 낳는 새끼를…… 저는 거부했습니다.
—그 다락 아래서 큰 다툼이 있었소.

나리에게 결벽과 신경질의 때가 다가오는 징조는 밥상머리에서 여실했다. 잦아지는 헛기침, 날카로워지는 수저질. 나리는 굳이 징신과의 겸상을 명령했고, 그 겸상 곁에 징신을 낳은 기생이 공경 어린 몸가짐으로 대령해 있기를 고집했다. 모든 화는 오첩반상에서 비롯돼 폭발했다. 하나 언제나처럼 우재와 징신에게 그 이유는 오리무중이었다.

　—징신이 뭘 잘못했다 하더이까?
　—그걸 모르더군.
　—안 물어보셨더이까?
　—이실직고가 먼저인 법.
　—해서 그리 때리셨더이까?
　—그것이 훈육의 정도인 법.
　—내가 못 산다!
　—뭐라?

―마음대로 해보시오, 어디. 나는 하나도 안 무섭소. 죽일
테면 얼른 죽이고 차라리 손 터소. 그게 서로한테 좋지 않더
이까?

　짝.

　―때려 죽이시거나 말려 죽이시거나, 엎어 죽이시거나 메
쳐 죽이시거나, 이러시거나 저러시거나 어차피 우린 거덜나게
돼 있지 않더이까?

　짜악. 짝.

　―참으로 대단한 내력이시오. 관 무슨무슨조 금자광록대부
예부상서 무슨무슨 부원군을 시조로 모신 거룩한 핏줄이라서
그러하시오? 아님, 사헌부 감찰을 지냈다는 육대조 할아버지
의 기개를 내려받아서 그러하시오?

　짝. 짜악.

　―아님, 그 험한 시기에 여든하나를 채우고 돌아가셨다는
오대조 할아버지의 끈기를 탁해서 그러하시오? 아님, 스물여
섯에 요절한 고조부의 여한이 유산이어서 그러하시오? 아님,
의병을 하셨다는 증조부의 용맹을 본받아 그러하시오?

　짝.

　―내 보기에 나리는 순 왈짜에 건달이시오.

　짝. 짝. 짜악.

　―죽이소. 여기서 죽는 것이 우리 모자가 사는 길 아니더이
까? 참으로 대단한 주제시오. 노련한 난봉꾼에 교묘한 행패꾼

278

같은……

짝. 짜악. 짝. 짝.

나리에게 애정과 관용의 때가 다시 오기까지 시간이 얼마나 소요될지는 예측불허였다. 그 기간은 보름 남짓이 될 수도 있었고, 반년이 넘어갈 수도 있었다. 기방 뒷방에서 우재와 징신은 늙어가는 기생의 양어깻죽지에 파묻혀 그때가 영영 오지 않기를, 차라리 잊히기를 기원했다. 나리는 그런 사람이었다. 그래서 그날, 짝과 짜악이 번갈아 터지던 그날, 우재가 앙붙들고 있지 않았다면 어쩌면 징신은 제 아비를 죽였을 것이었다. 징신은 정말 그랬을 것이었다.

— 양어미가 그리 숨어 전쟁을 치르는 줄은 몰랐소.

— 엄호해줄 병사 하나 없는 전쟁도 있답니까? 옹호해줄 전우 하나 없는 전쟁도 있답니까? 그건 전쟁도 전투도 아닙니다. 들으니 알겠습니다. 그 나리께서 양어미 되시는 분을 등쳐먹은 거지요.

— 등쳐먹다. 그래서 양어미는 늘 구역질을 했던 걸까.

화율은 사공 가시가 택한 어휘가 솔직하고 적절하다고 인정했다.

— 저도 등쳐먹었습니다. 사반에게 의지함으로 명을 부지하고, 사반에게 기생함으로 호사를 누리면서도 인정하지 않았습니다. 해서 아이를 버렸고, 해서 또 아이가 버려지고……

끼걱끼걱 끼기긱 끼걱끼걱 끼기긱……

—아이를 찾을 겁니다. 급급해하지 않습니다. 언젠가는, 반드시 찾을 겁니다.

36

—지루하구나.

목홍과의 씨름이 끝나고 휴지기에 들어간 공장은 살 발라낸 생선처럼 야위고, 술 먹인 과실처럼 꿀렁거렸다. 공기마저 성글었다. 공장 밖에 집이 있는 자들은 식구들을 찾아 집으로 갔고, 공장이 집인 자들은 놀 것을 찾아 거리로 나갔다. 모두 날을 새고 돌아올 것이었다. 식구도 없고 놀 것도 필요치 않은 자들은 방에 틀어박혀 나오지 않았다. 잠든 것도, 아픈 것도 아니면서 말을 아끼고 숨을 아끼느라 제각각 조용했다.

—일하지 않는 시간은 느릿느릿하지.

채관이 색방 뒤뜰 모퉁이에 쪼그려앉았다. 앞에 종이뭉치가 소복했다. 낱장으로 뜯어낸 책이었다. 채관의 책. 채관만의 기록.

—종이가 살아 있느니.

종이에는 눈에 보이지 않는 무수한 구멍이 나 있었다. 그 작은 구멍으로 바람과 빛이 드나들었고, 먼지를 걸러 방 안을 맑게 했다. 또한 신축성이 좋아서 때에 따라 습기를 빨아들이고 내뿜어 방 안의 습도를 조절했다. 그래서 사람들은 종이를 살아 있다고 했다.

—살아 있는 종이에 죽은 기록이라.

아무것도 적혀 있지 않은 표지를 집어 채관이 가만히 쓰다듬 었다. 하도 만져 날긋날긋했다.

—효용이 닿는 종이에 대략과 간략으로 생략한 허울이라.

채관의 시선이 널브러진 종이쪽들을 어루만졌다.

—기억을 보는 것이 무슨 소용이라고.

채관이 종이에 불을 놓았다. 하르르……

—기억을 본들 무엇이 달라진다고.

채관의 역사, 채관이 지내온 삶의 기록에 불이 올랐다. 하르르 하르르 하할 할할……

—종이라서 다행이지. 죽간이었으면 그 소동을 어쩔 뻔했어.

종이가 나오기 전에 책은 대나무였다. 대나무의 마디를 잘라 낸 다음 마디 사이의 부분을 세로로 쪼개 패를 만들고, 그 대나 무패를 불에 쬐어 기름을 빼고 이어붙여 책을 만들었다. 그때 글을 쓰기 위해 대나무를 평평하게 펴는 행위를 등^等이라고 한 다던가. 평평함은 곧 동일함과 통하기에, 그래서 등을 '같다'라 는 의미로도 쓴다던가.

—공평해야지. 열외와 예외를 두는 순간 원칙은 틀어지게 돼 있느니. 손상된 원칙은 손상된 원칙을 낳거든. 열외와 예외가 계 속해서 열외와 예외를 끌어오니까. 애초에 나를, 그 사람을, 그

리 두어서는 안 되는 거였어.

　불은 첫번째 책, 사반의 기록을 먹이 삼아 맹렬하게 타올랐다. 할할할…… 그러곤 신속하게 그 이후로 넘어갔다.

　나루에서 짐을 나르며 살던 때. 물을 배웠다. 물은 언제나 잡아당겼고, 한번 잡은 것은 좀처럼 놓아주지 않았다. 하나 정말 물을 알긴 했던 것일까. 아내를 찾지 못했다.

　역참에서 말을 먹이며 살던 때. 길을 배웠다. 길은 언제나 흘렀고, 아무것도 잡아두지 않았다. 하나 정말 길을 알긴 했던 것일까. 아내를 찾지 못했다.

　객주에서 술을 빚으며 살던 때. 중독을 배웠다. 중독은 언제나 깊어질 뿐이었고, 엉뚱한 것을 잡고 매달렸다. 하나 정말 중독을 알긴 했던 것일까. 아내를 찾지 못했다.

　도살장에서 갖신을 만들며 살던 때. 천賤을 배웠다. 천은 언제나 움직이지 못했고, 잡을 힘 따위 아예 있지 않았다. 하나 정말 천을 알긴 했던 것일까. 아내를 찾지 못했다.

　기방에서 줄악기를 튕기며 살던 때. 소리를 배웠다. 소리는 언제나 날았고, 잡을 엄두를 허락하지 않았다. 하나 정말 소리를 알긴 했던 것일까. 아내를 찾았다. 만나지 못했다.

　산막에서 먹을 찍어내며 살던 때. 색을 배웠다. 색은 언제나 변했고, 결코 잡히지 않았다. 하나 정말 색을 알긴 했던 것일까. 아내를 찾지 못했다.

때. 그 모든 때가 살라지고 있었다.

—나도 참 열심히 베껴가며 여기까지 왔느니.

어쩔 수 없었다. 채관은 번번이 기억을 가지고 태어났다. 해서 한시도 마음을 놓은 적이 없었다. 매번 아기로 시작했지만 한 번도 아기이지 못했고, 매번 다른 이름으로 불렸지만 언제나 사반의 그림자일 뿐이었다. 그래서 혼인할 수 없었고, 아비가 될 기회를 가질 수도 없었다.

재가 쌓이기 시작했다. 색방 처마에 눈 내려앉듯이 소복소복.

—참 까맣구나.

흑, 검정은 염색의 길에 들어서기 훨씬 전, 채관의 첫 색이었다. 숯이 식으면서 빛을 내면 채관은 늘 마음이 부셨다.

해마다 보리타작이 끝날 즈음이면 보리 가시랭이가 수북하게 쌓였다. 하면 산에서 진달래 생나무 줄기를 끊어와 모아놓고 그 위에 보리 가시랭이를 두껍게 덮어 불을 질렀다. 보리 가시랭이 아래 숨은 불은 꽤 오래 탔고 결국엔 숯을 만들어냈다. 그 진달래숯이 채관의 한 철 끼니가 되었다.

—그들에겐 상식의 색이었지.

상식. 상식이란 무엇인가. 너무나도 자명하고 명백하여 깊은 고찰이 없이도 누구나가 받아들일 수 있는 지식이 상식이었다.

—쯧쯧. 정의의 바탕이 되려고 했지만 스스로 정의로울 수는 없었던 게야.

흑심단. 검은 마음, 흑심단은 백제 회복 아니, 사반의 회복을 부르짖은 단체였다. 그들은 언제나 섬 밖을, 바다 건너를 노렸다. 사반의 아내를 어려서부터 키운 시녀도 마찬가지였다. 백제로, 고향으로 돌아갈 날을 꿈꾸었고, 사반이 왕위에 오를 날을 기대했다. 그래서였겠지만 그들은 사반의 혈손을 간절히 원했다. 그것이 명분이 될 것이라고 믿었다. 방계를 밀어내고 직계가 나라를 차지하는 그 순간을 소원했다. 때로는 곡진히 청해왔고 때로는 강압적으로 협박했다.

—내가 왕이어서…… 내가 왕이어서 그 사람도 그렇게 죽은 게고.

아내보다 먼저 죽었기 때문에 사반은 아내 죽음의 내력을 오랜 뒤에야 알았다. 흑심단에 의해 추방돼 배에서 죽었다는 그 내력 말이다. 사반은 아내가 홀로 겪었을 갈증과 허기가 고통스러웠다.

—그 기억을…… 봐서 무슨 소용이 있을 거라고.

사람이라면 대개가 묵은 것일수록 더 애지중지하는 경향이 있다지만 채관은 그래서가 아니었다. 사반이 그의 시작이어서, 그의 처음이어서 여태 버리지 못하고 가져온 시간이었다.

—저승은 왜 나를 이리 방치하는 것인지. 그래서 무슨 득이 된다고.

재를 뒤적이자 검댕이 날아올라 채관 얼굴의 주름 사이로 끼어들었다.

―보시오······

무어라 불러야 하는 걸까. 여보? 왕비? 부족의 어머니? 가시?
연홍?

―이젠 쫓지 않을 터이니 부디 편안하시오.

그때 들리는 발소리. 발의 주인은 망설이고 있었다. 수강이
었다.

―어려워.

먼발치서 지켜본 채관은 속이 빈 나무 같았다. 속이 빈 나무
를 본 적은 없었지만 왠지 속이 빈 나무라면 그럴 것 같은 것들
이 노인에게 한가득했다.

―왜, 왜일까. 노인이 왜 저러는 걸까.

이야기가 타고 있었다. 수강은 말리고 싶었다. 이야기가 다 없
어지고 나면 염색장마저 사라져버릴 것 같아서 말리고 싶었다.
하나 어찌.

―오련?

그런 수강을 염색장이 손짓했다. 수강은 잠시 미적거리다가
채관 곁에 같은 모양으로 쪼그려앉았다.

―결국 다······ 다 탔어. 마저 읽지 못했는데.

―정념인 게야.

―정념. 어떤 정념인 걸까.

모든 법의 본성과 모습을 올바르게 기억하고 잊지 않는다는

불교의 정념正念? 아니면 감정을 따라 일어나선 당최 억눌러지지 않는다는 마음의 정념情念?

　― 케케묵을 수밖에 없지. 한데 케케묵는 건 사람에게만 일어날 수 있거든. 바람은, 산은, 물은 그리고 색은 케케묵을 수 없어. 오직 사람만 낡고 뒤떨어지고 어리석을 수 있느니.

　― 하면 정념은 정념情念일 거야.

　― 뼛속까지 시가 배어든 자를 일컬어 시골이라 한다 했든가.

　시골詩骨. 글 안에 있을 때 수강도 되고 싶어한 적이 있었다. 하나 얼마만큼 시만을 위해 살아야만 시가 골수까지 적실 수 있단 것인지 글이 쉽지 않았던 수강은 끝내 이해할 수 없었다.

　― 하면 이 노인은 색골色骨이겠구나.

　색골. 세상은 하필 여색을 밝히는 자를 일컬어 색골이라 했다.

　― 하면 나는 색골이란 소리지. 허허, 색골이라. 얄궂기도 하다.

　생각을 먼저 해놓고도 그 생각 때문에 수강은 새삼 속이 쓰렸다. 공장에 와서 겪은 '색'은 존귀했다. 그 색이 고작 여인네 치맛자락이나 들치고 다니는 자들에게 붙으니, 정녕 색골이어야 하는 채관 같은 사람이 색골이 될 수 없었다.

　― 많이들 미치느니. 미칠 것들이야 널렸으니 말이다.

　― 나도 이젠 미쳐야 하는데.

　― 하나 사람에 미치면 그건 끝인 게야.

　― 아.

　― 수강아.

286

—연홍아.

—색하고의 친분이 얼마간은 쌓인 것 같지 아니하냐?

그랬다. 수강과 색의 거리는 퍽 가까워진 터였다. 수강에게 색이 아까워지고, 조심스러워지고 있었다. 몸이 만들어 몸에 걸치는 것에 불과하다던 색이 그 몸만큼 소중해지고 있었다.

—나는 좀 서운하구나. 네 건잠머리가 꽤 흥이 났거든.

일의 방법도 일러주고 이런저런 도구도 챙겨주는 것을 건잠머리라 할 때, 수강의 손에 든 색물이 짙어질수록 채관의 잔소리는 띄엄띄엄해질 수밖에 없었다. 이젠 수강의 몸이 할 탓이었다.

—쉬어야겠어. 이젠 그만두어야 해.

—안 돼. 이 노인이 없으면 안 돼.

—아무 탓도, 어디 탓도 아니거든. 쉼 없이 이승을 선택한 건 나 자신이니까.

—날 잡아줘야 해. 그렇게는 안 돼.

—하니 그만두는 것도 내가 할 바느니.

37

역시 호락호락하지 않았다. 도무지 알아볼 수가 없었다. 이 길과 저 길이 어긋나고 뒤틀렸다. 이 물과 저 물이 섞이고 겹쳤다. 어느 쪽으로 날아도 소란한 시장이 있었고, 기세등등한 병사가 있었고, 연이파리 그득한 연못이 있었다. 냄새조차도 없었다. 풀, 꽃, 뿌리, 열매, 돌, 흙, 벌레, 갖은 염료들이 풍기던 갖은 냄새들은 다 어디로 흘러가버렸다는 것인지. 오싹, 하는 순간이 지나가고 화율은 깨달았다.

─어르신이 힘을 놓은 거야.

하지만 왜. 벌써 왜. 끝내 묻지 못할 것이었다. 해서 버려야 할 것이었다. 질문은 그랬다. 쓸 수 없다면 버려야 했다.

─연홍의 나머지를 만났다고 말해주고 싶었는데.

말하고 싶었지만 말하지 않은, 말해야 했지만 말하지 못한, 그런 여분의 말이 또하나 늘어서 화율은 무거웠다.

─말, 말…… 이승도 저승도, 결국 말 때문에 어지럽혀지는 거야.

말하지 못했거나 말하면 안 되거나 말하지 않거나, 하는 이유로 나타나지 못한 말들과 그럼에도 해버려서 드러난 말들이 늘 충돌했다. 하나 말들의 다툼에서 다치는 쪽은 말이 아니라 사람이었다.

또 역시 호락호락하지 않았다. 도저히 알아볼 수가 없었다. 이산과 저 산이 구별되지 않았다. 나무, 그 나무 옆에 나무, 그 나무 뒤에 나무, 또 나무, 사방 나무. 그래서 산은 아무 산일 뿐이었다.

─학산일까? 그렇다면 좋겠지만……

거기까지 말해놓고 화율은 기가 막혔다.

—뭐가 좋다는 거지. 내 죽은 자린데. 연홍이 밟힌 자린데.

화율이 스스로를 비웃었다.

—왜, 더 지껄여봐.

순간, 차가운 바람이 승냥이처럼 치달려와 쇳빛부전나비를 들이받았다. 나비는 붕 떴다가 그대로 떨어져서는 자갈돌처럼 굴러 나뭇등걸 사이로 처박혔다. 하나 나비는 저승 소속이어서 아무 데도 상하지 않았다.

—저승의 나비가 이승의 사내보다 강하구나.

이승의 황우재는 아무것도 아니지 않았던가.

—저승을 떠나면 화율도 아무것도 아닌 게 되겠지.

'떠남'을 강박처럼 달고 살던 이승이었다.

—징신, 징신……

그래도 떠나지 못한 건 정작 그 말을 어떻게 징신에게 두고 가야 할지에 대한 두려움이었다. 그 말을 궁리한 날이면 징신은 그 맘을 엿듣기라도 한 듯이 집으로 들어오지 않았다. 우재는 집 안 책방 서안에 엎어져서, 징신은 기방 기생 치마폭에 엎어져서, 각자의 생각에 머리를 파묻은 채 밤을 새웠다.

집을 나간 적이 있었다. 집. 그런 집도 집일 수 있을까. 아무것도 가져갈 게 없었다. 버릴 것에 불과한, 버려도 아무렇지 않은 것들만 남은 곳도 집이라고 할 수 있을까. 다 두고 가도 아무렇지 않은 집. 그 집이 우재의 집이었다. 그것도 집이었을까.

집을 나간 적이 있었다. 마음에 진물이 흘러서 더이상 견딜
수 없었다. 곪아터지고 썩어문드러진 마음이었다. 맘을 옮겨야
했다. 하나 맘을 옮길 수 없으니 몸을 옮겨야 했다. 옮겨서 심어
야 했다. 열매를 맺기는커녕 뿌리조차 내리지 못하고 말라 죽을
지라도 일단 자리를 갈아야 했다. 그래서 집을 나갔다. 집. 나리
의 집. 그것도 집이었을까.

집을 나간 적이 있었다. 하나 우재는 단 한 번도 집다운 집을
가져본 적이 없었으므로 그 말은 모순이었다.

집을 나간 적이 있었다. 발단은 심부름이었다. 기방에 가서 징
신 모자의 짐을 완전히 담아오라는 나리의 명이었다. 애정과 관
용의 때였고, 자신의 처와 자식을 다시는 기방 따위에 버려두지
않겠다는 다정한 의지의 실천이었다. 하나 시한부일 것이 분명
한 그 애정과 관용마저도 징신 모자의 몫이었다. 나리에게 우재
는 걸러내버려야 할 불순물이었다. 나리에게 우재는 반갑지 않
은 손님이 매달고 온 잡개였다. 나리에게 우재는 냉혹하게 대하
지 않으면 절대로 복종하지 않을 적국의 포로였다.

그날 기방에서 한 사람을 만났다. 조선팔도 짚어가며 지도를
그린다는 노인이었다. 별의 위치를 확인하느라 목은 두루미만큼
길어지고, 땅의 위치를 가늠하느라 허리는 얼레지꽃처럼 굽었다
는 노인이었다. 노인은 사람의 마음도 그 자리가 어디쯤인지 알
아볼 수 있을 정도로 빛나는 눈을 가지고 있었다.

―길을 잃은 게지. 길에서 길을 잃은 것이 아니라 아예 길 자

체를 찾지도 못한 게지.

　─길눈이 밝으시겠습니다.

　─한 번 가본 길은 알지.

　─가면 안 되는 길도 가보셨습니까?

　─가면 안 된다고 알려주려면 그래야 하지.

　─위험하지 않습니까?

　─죽을 수도 있지.

　─한데 왜 무릅쓰십니까?

　─땅을 알면 내 자리가 보일까, 내 자리를 찾을까, 해서지.

　그 말에 덜컥, 무작정, 노인을 따라갔다.

　고작 사흘 정도, 노인을 따랐을 뿐이었다. 하나 그 사흘이 지나는 동안, 홀로 되돌아오던 이틀 동안, 우재는 양어미를 이해했다. 그것 말고는 방법이 없었다는 양어미를.

　많은 사람들이 그렇게 살고 있었다. 실성한 아들을 두었다는 중늙은이는 새끼를 포기할 수 없어서, 살아 있는 시어미만 넷이라는 과수는 도리를 저버릴 수 없어서, 밤마다 두들겨맞는다는 아낙은 정을 끊을 수 없어서. 어쩔 수 없어서, 견디고 참아가며. 누가 뭐라 하건 그들에겐 그것만이 방법이었다. 해서 우재도 징신을 놓지 않기로, 양어미를 버리지 않기로 했다.

　─어딜 다녀오시었소?

　그새 양어미에게 녹이 더 깊어져 있었다. 부식의 과정 중 막

바지 단계에 이른 것처럼 보였다. 그건 곧 부서질 거란 의미였다. 사람은 죽어서 흙에 묻혀야 썩는데 양어미는 이미 썩고 있으니 죽으면 바로 흙이 될 것이었다.

　—굳이 말하지 않아도 되오.

　—잘못했습니다.

　—내 놀다가 주워들은 말이 있소. 한 선비가 이런 말을 했다 하더이다.

　—잘못했습니다, 어머니.

　—막한입산미실로 호간무수미간산莫恨入山迷失路 好看無數未看山. 산에 들어 길 잃음을 유감으로 알지 말라. 여태껏 못 본 산을 수도 없이 볼 터이니.

　—용서하십시오, 어머니.

　용서라. 불감청이었다. 속으로는 간절하나 감히 청할 수 없는.

　—우리 우재 도련님, 어떠하시었소?

　우재는 그래도 시도했다. 양어미의 문장과 다음 문장 사이, 그 틈으로 잘못과 용서를 들이밀기 위해서 아무 말이라도 꺼내보려고 애썼다.

　—새로이 본 것이 뭐라도 있으시오?

　하나 쉽지 않았다. 되지 않았다.

　—그 또한 말하지 않아도 되오.

　우재는 결국 그 틈을 놓치고야 말았다.

쇳빛부전나비는 등걸 틈에서 나와 바람에 정면으로 섰다. 하나 곧 꽃잎처럼 쓸려가 수풀 속으로 고꾸라졌다. 역시 다친 곳은 없었다.

—지잉시이이이이이인!

이승의 것들은 듣지 못하는 절규가 등걸의 빈 구멍을 채웠다.

—나를 묻지 않고 갔다면서. 해서…… 해서…… 가는 길이 어떠했어?

하필, 하필 왜 영면이었을까. 다시 만날 수도 있었는데. 알아보지 못한다 해도, 기억조차 못한다 해도.

—돌아오지 못한다는 걸 알고도, 알면서도 그랬어? 해서…… 해서…… 가는 길이 편안했어?

자포자기였을까, 기억에 대한.

—나를 묻지도 않고. 나한텐 묻지도 않고. 혼자…… 그게 됐어?

복수였을까. 스스로에 대한.

—지잉시이이이이이인!

집을 나간 적이 있었다. 닷새 만에 돌아와 양어미 앞에 엎드려 아무 말도 하지 못하고 죽은 듯, 했던 적이 있었다.

그리고 그날. 슬픈 다락.

—징신.

그러면 안 되는 것 같아서 말하지 않았고, 그래선 안 될 것 같아서 견뎌온 시간이었다. 목과 목이 엉키면서 그 말이 짓이겨졌다. 살과 살이 비벼지면서 그 시간이 뭉개졌다. 서로가 서로를 그렇게 원해본 적이 있던가. 다가가지 않아도 닿을 수 있는 사람이었고, 내밀지 않아도 만져지는 사람이었고, 부르지 않아도 들리는 사람이었다. 그래서 더 다가가지 않았고, 더 내밀지 않았고, 더 부르지 않았다. 참고, 참고, 또 참고, 또 참고. 하나 왜? 세상이 인정하지 않아서? 세상이 허락하지 않아서? 하면 세상이 인정하고 허락한 것들은 다 안녕하고 무사한가?

우재와 징신은 그 세상에서 비켜서기로 했다. 세상이 세상의 법칙으로 두 사람을 죽이겠다고 하면 순순히 죽어줄 작정이었다.

그리고 그날. 끝내 들켜버린 다락.

—도련님들.

눈과 눈이 얽히다 엉겨붙었다. 말과 말이 떠돌다 튕겨나갔다. 세 사람이 그 자리에서 할 수 있는 것이 단 하나라도 있을 수가 있던가.

그건 그림이었다. 다른 누군가의 눈에는 몸서리치며 내다버리거나 능글거리면서 숨겨둘 춘화였고, 늙어가는 기생의 눈에는 거친 폭풍우를 암묵만으로 휘갈긴 생경한 풍경화였고, 벌거벗은 두 사내의 눈에는 그냥 있는 그대로의 자화상이었다.

쇳빛부전나비 한 마리가 더듬이를 치켜세웠다.

—겨우 여기까지 오려고 그렇게 기를 썼단 말이지.

나비가 날아올랐다.

─견딜 수 있는 것들만 남기를 바라는 걸지도 모르지. 하니 가야겠지. 만약에, 혹여 견딜 수 있다 해도.

나비는, 이번엔 바람을 거스르지 않았다.

38

마른 몸에서 마른 비늘이 후두두 떨어졌다. 계절이 바뀌고, 바뀐 그 계절이 농익는 동안 수강은 씻지 않았다. 박대는 철저했다. 몸뚱이 겉도 부응했다. 때가 더께로 잡히고 이가 빌붙었다. 젖은 머리에서 젖은 머리카락이 뭉텅뭉텅 빠졌다. 계절이 바뀌고, 그 계절이 무르익는 동안 수강은 한뎃잠을 고집했다. 학대는 투철했다. 몸뚱이 속도 부응했다. 오장육부에 오한이 들고 핏줄은 손가락 발가락 끝까지 냉기를 실어날랐다. 그렇게 수강은 제 몸뚱이의 안팎을 오염과 감염을 향해 내몰았다.

서리가 포슬포슬 내려앉은 색방 뒤뜰의 새벽, 짱알거리는 되새 울음소리가 수강을 흔들었다. 새벽이 제 살을 찢어 해를 낳을 때, 제 일도 아니면서 으레 소리를 질러대는 건 사방의 새들이었다. 그래주고 얻어가는 것이 무엇일까. 잠 없는 애벌레? 짱알짱알. 깡알깡알. 수강이 눈을 비볐다. 추위와 불면으로 눈에 금이 가는 것 같았다. 삶이 끔찍해서 무참無慘했고, 스스로가 부끄러워서 무참無慚했다.

— 그래도, 무참하고 무참해도, 무참하고 무참해서 죽지는 않을 것 같아.

그랬다. 정말 그랬다.

— 글 없이, 글 밖에서, 글을 염두에 두지 않고도 살아지고 있고.

문필에 대한 부담이 모조리 사위었다는 후련함마저 없었다면 수강은 버티지 못했을 것이었다. 물론 그것이 장차 색 안에서 색과 더불어 색만 붙들고 살 수 있을 거라는 장담은 아니었다. 수년을 그리하고도 결국 색을 떠난 자, 부지기수였다.

— 색을 좇아가다보면 어떻게든 되겠지.

줄에 널어놓은 무명천에 파도가 일었다.

— 왜목의 바다 같아.

바다.

수강의 아비 최혁이 당진현감으로 임직했을 적이었다. 최혁은 곧잘 말을 달려 왜목을 다녀오곤 했다. 왜목은 당진 관할로 서쪽 바다임에도 일출을 볼 수 있는 소박한 작은 마을이었다. 물론 최혁이 한가하게 일출 관람이나 하겠다고 왜목을 찾은 건 아니었다. 그는 소금의 생산량에 관심이 많았다. 그 소금으로 당진이 조금이라도 더 편안해지기를 바랐다. 하루 종일 바다를 훑어가며 염전을 살피다가 해가 바다로 가라앉고 나면 최혁은 등에 매달고 간 아들의 손을 잡고는 말 한마디 없이 말에게로 향했다.

왜목의 어부들은 바다의 물때를 빛의 깊이로 구별했다. 물이 비면 빛은 가벼웠고 물이 차면 빛은 무거웠다. 어쨌거나 물이 들고 나는 그 경계에서 앞뒤로 오고가는 파도가 수강의 어린 눈에 언제나 벅찼다.

그 바다가 한 폭 옷감에 들어 흔들리고 있었다.

―정말 되는구나. 내가 했구나.

혼자서, 제힘으로만 물들인 첫 색이었다.

정색이든 간색이든 아무 색이나 걸러보라. 물론 색은 차례를 지켜 배워야 하느니. 하나 스스로 난처할 것도, 다른 일꾼들의 구설을 염려할 것도 없다. 나는 너를 색을 가르치는 사람으로서가 아니라 좀더 살아본 사람으로 권면하는 것이니.

그랬다고 해도 선뜻 나서진 건 아니었다. 아무 색. 정말 아무 색이어도 되는 걸까. 수강에겐 아직 트집 잡힐 것들이 많았다. 물과 염료만 건사하는 일마저도 미심쩍은 바가 너무 컸다. 색의 복판에서 헤매는 터에 그 어떤 색이 수강에게 아무 색이 되어줄 것인가.

고심 끝에 수강이 고른 것은 갈매나무 껍질이었다. 갈매나무는 습하고 볕이 잘 드는 곳을 좋아하고, 바람이 찬 것은 잘 견디나 바람이 탁한 것에는 약한, 그런 나무였다. 늘 메마르고 늘 추운 수강에게 맞춤이었다.

　—같이 놀아보는 거야.

　서로 이해하고 서로 수긍하고 서로 더불어 놀면서 낼 수 있는 색, 그것이 수강의 목표였다.

　갈매나무의 늙은 껍질을 진하게 달이자 녹색은 쉬이 후련하게 흘러나왔다. 수강은 자신을 애먹이지 않아준 첫 색에 감격했다. 그 색이 마당 구석에서 보란 듯이 펄럭이는 중이었다.

　—압두록을 아는구나.

　염색장이었다.

　—청둥오리 이마에 앉은 녹색이라 해서 그리 부른다는 것 또한 알겠구나.

　염색장은 불편해 보였다. 마치 선천적으로 날개를 접지 못하는 새 같았다. 그래서 착지가 불가능한 새 말이다. 긴긴 비행 끝에, 하늘에서 굶어 죽어야 하는 새. 불구의 새.

　—색이 잘 먹었느니.

　마치 후천적으로 아가미가 닫힌 물고기 같기도 했다. 그래서 호흡이 불가능한 물고기 말이다. 긴긴 잠수 끝에, 물속에서 질식해 죽어야 하는 물고기. 불구의 물고기.

　—숲인가 하면 바다이고, 바다인가 하면 숲인 색이지.

　—빛인가 하면 어둠이고, 어둠인가 하면 빛인 색이고.

　—또……

　—연홍의 색이기도 하지. 연홍의 눈 색. 그건……

검송이 남복한 연홍을 마당에 부려놓던 날, 채관이 연홍의 눈꺼풀을 올렸었다. 그때 보았던 얼음을 수강은 내내 잊지 못했다. 절망이면서 희망이었고, 소멸이면서 생성이었고, 청순이면서 관능이었고, 꿈이면서 죽음이었던, 그런 살얼음이었다.

—많은 것들이 버무려져 있었어.

—푸르다, 하는 범위에서만은 낙낙하고 넉넉한 색이고.

—이 노인 앞에서라면 발가벗을 수 있을까. 나도, 색도.

—너의 첫 색이 기대 이상이다.

—또 아시는가?

—네 뜻이 미쁘다.

—역시 발가벗겨졌어.

—홍이가 느껍겠느니.

—어찌 이리 다 아시는 걸까.

압두록은 관현맹의 필수 색이었다. 맹인 관현악 연주자들은 녹색 비단으로 만든 두건을 쓰고 압두록색 무명으로 만든 단령 위에 주석 갈고리가 달린 붉은 가죽띠를 매었다. 물론 압두록이 연홍을 보듬을 수 있는 색이 될 수 있을지 그건 모를 일이었다. 연홍은 줄악기 담당이었고, 악공에도 악생에도 여악에도 속하지 않았다.

—소속이야 무슨 대수겠어.

수강도 그렇게 여겼다. 다만 '맹盲'이 아파서 '맹'을 주목했을 따름이었다.

─홍이 마음이 조금은 느슨해지겠구나.

─얄팍하게 흉내낸 의리 따위에 불과한데.

─수강아.

─게다가 연홍은 색을 보지 못해.

─너 스스로에게 아무것도 저지르지 마라. 다 부득이했느니.

─아니, 부득이하지 않았어. 쓸데없게도, 쓸모없는 까탈이었어.

─후회도 가하고 자책도 가하고 반성도 가하나, 그 때문에 너를 들볶을 건 없다.

─후회이고 자책이고 반성이라는 거지. 지금의 내가.

─검송이 장악원에 메밀꿀을 들여갔느니.

메밀꿀은 빈혈에 좋았다.

─검송은 몸을 아껴줄 줄 아는 아이거든.

─나는 아니란 뜻이겠지. 맞아, 난 아니야.

수강은 검송이 부러웠다. 검송은 몸과 맘을 움직이는 데 부지런했다. 게다가 검송은 자신의 밑천에도 환했다. 몸과 맘, 단 두 개뿐인 밑천에. 누구나 다 가지고 있지만 누구나 다 잘 쓰는 건 아닌 것이 바로 몸과 맘이었다. 검송은 몸을 만들고 부리는 데 지혜로웠고, 맘을 전하고 나누는 데 후했다.

─사람은 누구나 제 몸을 아껴주는 이에게 맘을 부비게 돼 있지.

─이 노인이 내게 그러했던 것처럼. 내가 이 노인에게 그러한

것처럼.

—사람이 발라야만 색이 바른 것은 아니다. 천하의 잡놈도 손만 밝으면 색을 낼 줄 아는 법.

—그럴 거야. 기술이니까.

—하나 바르지 않은 마음은 색을 귀찮아하지. 우선은 참지 못하고 기다리지 못하니까. 그래서 고르지 않게 되고.

—나는 연홍을 기다리지 못했어.

—네가 품은 섭리가 네게 길을 보여줄 것이다. 해서 눈이 남은 것 아니겠느냐.

—혹…… 연홍을 위해서 내 눈이 남은 것일까.

—부럽구나.

—내가? 무엇이?

—내겐 남은 것이 없거든. 해줄 것이 없어. 하나 수강, 너는 다르느니.

—기다리는 것? 기다릴 수 있는 시간의 길이?

—수강아.

—알아줄까? 내가 그리하면…… 기다리면 연홍이 알아줄까?

—마음과 겨루지 마라. 세월이 바쁘다.

염색장이 마라, 했으니 응당 예, 해야 하겠지만 수강은 혀가 없음을 핑계로 대답하지 않았다. 뒷덜미가 저릿저릿했다. 누렁, 퍼렁, 하나하나 빠져나오던 온갖 염료처럼 색방 뜰이, 아니 채관이 비어가고 있었다.

─하고자 한다고 명분이 생겨나지 않고, 피하려 한다고 변명이 만들어지지는 않는다. 하니 마음과 겨루지 마라.

─계속해서 기다리기만 하면 되는 걸까?

─나는 이제…… 기다리지 않을란다. 여기…… 다신 오지 않을란다.

39

당집 훤히 내려다보이는 언덕배기, 가을물 옴팍 든 무청밭 두렁 볕살 아래 한 할매가 곰방대 두 개를 쟁강거리고 있었다. 늦게 배운 도둑질에 날 새는 줄 모르고, 늦바람에 집안 말아먹는다더니, 뒤늦게 들인 연초 맛에서 사는 낙을 찾은 터였다. 게다가 가을이었다. 산천신의 해코지만 없었다면 딱히 고생스러웠다 할 것도, 특히 시달렸다 할 것도 없었다고 주억거려주고도 남을 아량이었다. 추수의 힘이었다. 수해며 냉해며 하늘이 낚아채간 게 너무 많아 막상 수중에 떨어진 건 겉보리 닷 말이 고작이라고 해도, 지주며 관이며 사람에게 갚을 것이 너무 많아 정작 입에 풀칠로 남은 건 팥알 열 됫박이 전부라고 해도, 한 해 농사의 끝은 모처럼의 여유라는 은혜를 베풀었다.

─하이고, 폴랑폴랑 연기 속에 그러고 들어앉아 있어서 난 또 선녀님이 강림이라도 하신 줄 알았지. 작작 좀 태우지그려?

—어딜 댕겨 오는가?

—쟁기가 나갔잖어. 옆동 대장간에. 아들 메누리가 좀 바빠야지. 이런 거라도 나서서 거들어야 호역까지 이겨먹고 살아남아선 밥만 축낸다는 소리 안 듣지.

—여우 도섭 한 걸 보니 대장간이 아니라 홀애비 보쌈하러 갔던 거라.

—하이고, 이 할망구가 지렁이 하품하다가 턱 빠지는 소리 하고 앉었네. 채올 영감탱이 있음 나 좀 보여줘봐. 밤새 등짝이나 긁는 데 부리면 쓰겠구만.

—한데 왜 옆동인가? 주가는 뭐하고?

—물으나마나 들으나마나지, 뭘. 또 작파하고 들어앉었어.

—또? 쯧쯧. 할망구 죽은 지가 언젠데 여직. 정신 차릴 때가 지났어도 한참 지났거늘.

—그립겠지. 아쉽겠지. 할망구가 다른 사람들한테야 극성스럽고 그악스러웠어도 제 식구들한테는 벌벌 떨었으니. 방이도 좀 이뻐했어? 그래선가, 그놈도 지 애비 옆에서 홀쩍이고 있더마는. 얼마나 질질거렸는지 꾀죄죄한 것이, 방이에미도 포기한 모양이여.

—안 그러게 생겼는가? 방이애비가 어찌 얻은 아들이라구. 내리 딸만 낳는다고 시집살이가 좀 고됐는가?

—참 허망하게 갔지. 산전수전 다 견딘 이가. 저번 호역에도 끄떡없었잖어. 대체 뭔 일을 겪었길래 일이 그래 됐을까 모르

졌네.

　—밤마실 간다고 나갔던 할망구가 싸아아, 해져가지고는 들어왔더라지 않던가? 말도 못하고, 숨도 안 쉬고 냉수만 겹나게 들이켜더니 그게 급체가 되설랑 끙끙 앓다가 사흘째 되던 날.

　—참 사람이란 게, 물에도 얹혀 죽으니.

　—그러니 우리 나이면 매사에 조심해야 한다지 않던가. 미음 한 숟가락도 골백번씩 씹고.

　—안 그래도 남은 늙은이도 별로 없는데 그렇게 속절없이 줄어드는구만. 하나씩, 둘씩.

　—염색장 어르신도 안 좋은가보던데.

　—히이? 아니 왜?

　—제법 놀라네. 왜 맘에 두고 있었는가?

　—하이고, 이 할망구가 송충이 지 털에 간지럼 타다 마디 꺾이는 소리 하고 앉았었네.

　—정색하는 걸 보니 맘에 있었던 거라. 무안하니까 괜히.

　—그나저나 해원굿 준비는 잘 돼가나 모르겠네.

　두 할매가 동시에 당집을 내려다보았다. 마을신이 머무는 곳이라고 하기엔, 당산이 사는 곳이라고 하기엔 참으로 검박한 모양이었다. 물정, 염치 모르는 잡귀들이야 화려하고 요란한 것을 밝히는지 몰라도, 한 마을을 관장하는 당산 정도면 그 품격도 남다를 거라는 사람들의 믿음이었다. 사람도 깨친 도가 크고 깊으면 토굴을 찾는데 하물며 신임에랴.

—굿은 무슨. 비가 많아서 농사도 그저 그렇구만. 뭐 걸을 거나 있었는가.

　—그래도 인심이 그게 아니지. 얼마나 원통방통했겠어. 알아주기라도 해야지.

　당집 돌아 콩밭 둔덕길에 항아리를 머리에 인 댕기머리 처자 둘이 나타났다. '하이고' 할매는 곧 알아보았다. 손녀딸들이었다. 평생을 부려먹어서 힘 떨어진 눈이었지만, 그렇다고 알아보지 못할 리 없었다. 핏줄은 눈의 힘으로 알아보는 것이 아니었다. 그건 온몸과 온 맘의 무조건적인 반응이었다. 제법 컸다고 집안일 거드는 손녀들이 할매는 흐뭇했다. 지레 자식 눈치 보느라 쟁기 들고 옆동까지 다녀온 수고도 잊을 만큼.

　—새 만신이 꼭두쟁이 큰딸이라면서?

　—왜 아니겠는가?

　—하이고, 신이 제대로 찾아갔구만.

　—나도 그리 본다네. 꼭두가 뭔가. 상여에 꽂는 나무인형 아닌가.

　—그렇지. 넋 외롭지 않게 같이 가주고, 넋한테 길도 가르쳐주고, 넋이 울면 놀아도 주고, 넋한테 뭔 일 생기면 막아도 주고. 그런 꼭두 깎아 내놓던 집 딸이니 신도 어여뻤겠지.

　—안 그래도 작년 이맘때 아우 잃고부터 좀 이상하긴 했네. 시름시름.

　—지 손으로 키웠다니 왜 안 그랬겠어. 반은 에미였을 텐데.

게다가 저번 호역에 나머지 식구들까지 싹 다 죽었잖어. 박절하
기도 하지.

─사람들이 들어가보니까 애가 다 죽게 생겼길래 같은 호역
인 줄 알고 가시나무로 지붕을 얽어놓고 왔다잖든가. 한데 시신
치운다고 한참 뒤에나 가봤더니 멀쩡한 것이. 다들 놀래가지고.

─멀쩡이 뭐여, 형형했다지.

─신병이었던 거라, 그게.

─듣자니 고거 원래부터 발칙했다더마는. 빈틈없고 야무지고
영리하고. 이름이 뭐였더라?

─이름 알아 뭐하려고. 알아도 부를 생각 말아야지. 감히 새
신 업은 만신 이름을 함부로 불러젖혔다 뭔 액땜을 하려구.

─몇이지?

─새 만신 춘추? 열셋.

─하이고, 한창 깨꽃밭일 나이네.

─깨꽃밭뿐이겠는가. 이 꽃밭 저 꽃밭 다 되는 나이지.

─그래도 겨우 열세 살짜리 만신이라. 하이고.

─어리다고 우습게 볼 일이 전혀 아니라. 저번에 내림굿 못
봤는가?

─못 봤잖어. 막내딸년 몸 푸는 거 거드니라고.

─아, 그때 보니까 애를 한 스물은 낳아 길러보고, 그 스물 중
에 열은 먼저 보내고, 첩 꼴도 쉰 넘게 보고, 성질머리 뭣 같은
시에미한테 천 날은 들들 볶인 것 같던데.

―흐미나, 어째 가심이 짠하구만.

―다들 그랬지. 어린 것이 너무 밝고 맑아서 그렇다고.

―이번 굿은 아주 짱짱하겠네. 아무래도 새 신이니 영발이 대단할 것 아녀.

―그렇기를 바라는 거지. 영산이 돌면 될 일도 안 되니까.

―영산, 영산, 잡귀 영산. 목을 매서 자결 영산. 물에 빠져 수살 영산. 낳다 가서 하탈 영산. 범에 물려 호 영산. 거리거리 객사 영산. 주마창에 가든 영산. 칼에 맞아……

―고만 해라. 속 시끄럽게.

―왜. 이 정도면 만신으로 나서도 되지 않었어?

―귀신 원 풀어준다고 굿판 차려놓고 귀신 내쫓을 일 있는가? 조신하게 늙어야지.

―먼저 간 우리 영감탱이보다도 잔소리가 많구마는. 알었네. 알었……

당집 건너 멀리 비탈 그늘에 좁게 밀착한 한 무리의 사내들이 돌연 눈에 띄면서 두 할매는 말을 놓쳤다. 무더기로 등장한 건장한 사내들도 뜻밖이려니와 무슨 작당들을 하는지 분위기가 제법 급박해 보였다. 두 할매가 뭐라고 토를 달아야 하나 잠깐 궁리하는 사이 사내들이 사라졌다. 사방으로 흩어지더니 금방.

40

검송이 재온 메밀꿀은 입에 달았고 맘에 달았다. 벌써 세번째였다. 입덧은 평범했지만 그렇다고 아무거나 다 먹히는 건 아니어서 매 끼니마다 연홍은 꾸역꾸역, 했다. 다행히 메밀꿀이 식욕을 부추기고 영양을 도왔다. 연홍은 은수저를 조심스럽게 내려놓았다. 그런 연홍을 검송은 오라비처럼, 지아비처럼 바라보았다.

고소함이 남은 혀끝을 잠시 옴쭉거리던 연홍의 귀가 쫑긋, 했다.

—염색장 어르신은?

—많이 편찮으세요……

검송의 대답이 길었다. 구체적인 증상, 들여가는 약재, 섭식의 양, 문안 오는 인사들, 등등. 다른 것도 아니고 스승의 병세였다. 검송은 도저히 이성적일 수 없었다. 물론 검송은 종잡지 못하고 있었다. 나날이 쇠약해지는 스승이 노환 때문인지, 질병 탓인지, 과로로 인함인지. 검송이 일일이, 세세히 읊는 내용을 연홍은 귀담아들었다.

—그렇구나!

연홍이 가만, 했다. 그런 연홍을 눈 안에 둔 채로 검송이 방안 여기저기를 둘렀다. 변함없이, 언제나처럼 초라했다. 도대체가 여인의 거처라고는 도저히 볼 수 없는 무미건조한 공간이 연홍의 방이었다. 먹장구름 뒤덮인 초저녁에 흐린 기름불마저 없는 방 안이 검송은 애달팠다.

눈먼 작은 여인이 둥지를 틀고부터 장악원의 외딴 방에는 한번도 불이 켜진 적이 없었다. 외딴 방은 빛을 자급자족했다. 방의 밝기에 가장 크게 영향을 미치는 건 구름이었다. 구름이 해를 궁지로 몰지만 않으면 외딴 방은 퍽 밝은 편이었다. 하나 외딴 방의 주인은 빛을, 빛의 밝기를 염두에 두지 않았다. 그럴 필요가 없었다. 볼 수 있는 것이 오직 하나뿐이었으므로.

연홍이 또 한번 귀를 쫑긋, 했다.

—나, 소리가 늘었어.

장악원은 소리가 사람에 우선했다. 연홍의 소리가 익어갈수록 장악원의 얼음장 같던 경계심에도 물이 새는 기미가 보이고 있었다. 장악원의 위아래가 가까워오는 중이었다. 착실하게 자라나는 소리에게, 그 소리를 키우는 연홍에게. 그건 연홍보다 검송이 먼저 알았다. 외딴 방 문간의 온기가 날로 후해지고 있었다.

—말도 많아졌구.

방을 같이 쓰는 짝은 없었지만 소소하게 드나드는 말친구들이 하나둘 생겨나기 시작했다. 물론 모든 대화는 닫힌 마음문 밖에서 겉돌았다. 문을 열어 마음 안으로 누군가를 들이거나, 문을 열고 누군가의 마음 안으로 들어가기엔 아직 시간이 필요했다. 어쨌거나 그것 또한 검송이 연홍보다 먼저 알았다. 연홍은 전과는 다르게 자꾸만 검송에게 말을 보챘다.

—어르신이 들어주셨음 좋겠어. 내가 내는 소리들을.

연홍의 진정이었다. 채관이 연홍을 들어주었으면 하는 바람. 채관에게 칭찬받고 싶은 바람.

—근데…… 난 거기 안 가.

—모셔올게요.

—될까? 많이 안 좋으시잖아.

—그래도 오실 거예요. 그러실 거예요.

검송은 주저 없이 단정했다. 염색장이 연홍에게 얼마나 따뜻한 마음인지 검송은 잘 알고 있었다.

—그리고……

검송이 연홍 쪽으로 흑적색 작은 보따리를 밀었다.

—이거.

—뭔데?

—그 사……

검송이 대답을 하다 말고 말을 깨물었다. 그러고는 고개를 돌려 창을 노려보았다. 부스스한 나무 그림자가 만든 얼룩이 창에 가득했다. 얼룩. 얼룩은 사람에도, 시간에도 졌다. 검송의 형은 그 개차반 같은 짓거리로 연홍에게 얼룩을 만들어놓았고, 수강은 그 거룩한 위선으로 연홍의 시간에 얼룩을 만들어놓았다. 그래서 검송은 얼룩이 싫었다. 그 어떤 얼룩도 다 보기 싫었다.

—창에 얼룩이……

연홍의 질문과 검송의 대답이 어긋나고 있었다. 연홍은 억지

로 비틀어 맞추지 않았다. 해서 어떤 얼룩인지 묻지 않았다. 그
저 잠자코 기다렸다. 검송의 문장과 문장 사이에 우발은 없다는
것, 그래서 검송이 먼저 무언가를 말하지 않는 한 연홍이 들을
수 있는 건 하나도 없다는 것을 연홍은 잘 알고 있었다.

검송이 일어나 창을 열었다. 가을 냄새가 와르르 쏟아져들어
왔다. 그건 말라가는 흙냄새이기도 했고, 매워지는 바람 냄새이
기도 했고, 잠들어가는 나무 냄새이기도 했다. 연홍은 새삼스러
웠다. 계절의 움직임이, 시간의 흐름이.

장악원의 외딴 방에 둥지를 튼 작은 여인을 따라간 것이 오직
어둠 하나뿐이어서 작은 여인은 두 번 다시 시간을 세지 않았
다. 작은 여인에게 시간은 이미 하찮아진 지 오래였다. 하찮아진
시간이 계절에서 떨어져나와 독자적으로 움직이기 시작했다. 연
홍을 그 어떤 한순간에 붙박아놓은 것이 시간의 첫 일이었다.
염색공장에서의 첫날, 첫 저녁.

─홍아, 좀 괜찮누?
─염색장 어르신? 염색장 어르신, 맞지요?
─음.
─제가 오긴 왔네요. 수강은요?
─예 있느니. 들여주련?
─아니요.

검송이 크게 숨을 들이켜더니 바로 말로 뱉었다.

—그 사람이 전하래요.

그 사람.

연홍은 흑적색 보자기에 마음을 서슴지 않았다. 또 매듭을 풀고 보자기를 여는 동안 손을 더듬지도 않았다. 검송은 연홍의 마음을 들추지 않았다. 오지 말라는 인사가 사라진 것만도 어디인가, 그랬다.

연홍은 밤새 옷을 만지작거리고 있었다. 압두록 무명 단령. 수강이 연홍에게 입으라며 따로 물들여 지어보낸 마음이었다. 압두록. 압두록은 관현맹의 색이었다. 관현맹 스스로는 구별할 수 없는 색으로 관현맹이 구별되는 모순. 하나 연홍은 이제 색이 궁금하지 않았다.

그런데 무언가가 달라지고 있었다.

—뭐지?

연홍이 옷에서 얼굴을 들어 두리번거렸다.

—뭘까?

검은 어둠에 흰빛이 끼어들고 있었다. 송글송글 맺히는 땀방울처럼, 봉글봉글 맺히던 물방울처럼.

어미는 뭐든 그냥 버리는 법이 없었다. 거기엔 염료도 해당됐다. 색을 만들고 색을 물들이고, 그러고 나서 남은 염료는 질게 쑤어 식힌 풀에 섞었다. 성기고 거친 베주머니에 담긴 색풀과

자투리 천조각이 연홍에게 건네지면 놀이는 시작되었다.

　꿀렁꿀렁하지? 미끈미끈하고? 이제 힘을 조절해가면서 짜는 거야. 색이 맺히는 게 보이지? 천에 찍어보련? 톡 톡 두들겨도 되고, 씩 씩 문질러도 되고, 꽉 꽉 눌러도 돼. 하고 싶은 대로 해봐. 알았누? 색은 즐거운 거란다.

　그때처럼, 베주머니에 동글동글 배어나오던 색처럼, 흰빛이 끼어들고 있었다.
　―돌아온 걸까?
　연홍은 둘 중 하나일 것이라고 생각했다. 하얀 어둠의 귀환이거나 검은 어둠의 붕괴이거나.
　―어느 쪽이건 상관없는걸.
　하나의 죽음이 지나가고 두 개의 목숨이 남지 않았는가. 여인이 없어지고 어미와 자식이 남지 않았는가.
　게다가 계절이 거꾸로 흘러가고 있었다. 여름 한더위에도 어쩐지 차고 어쩐지 추웠던 손발이 서릿발 자욱한 새벽녘에도 온기를 유지했다. 연홍은 그 이유를 짐작했다. 이부자리에서 몸을 마저 일으킨 연홍이 굳은살 박인 손가락으로 가슴을, 배를, 쓰다듬었다.
　―너지?
　공, 공, 공…… 대답처럼, 몸속에서 진동이 울렸다.

―네가 그렇게 한 거지?

가슴을, 배를 쓰다듬는 연홍의 손길이 좀더 아늑해져갔다. 문득 살갗이 따끔따끔했다. 배 아래쪽에 무수한 작은 골이 만져졌다. 여린 살이 벌써 트고 있었다. 야금야금 조금씩, 그런 모양이었다. 어쩌면 언젠가는 짜개질지도 몰랐다. 해서 살이 왈칵 열리고 아기가 이른 제 모습을 드러낼지도.

―나는 너를…… 뱉어내지 않을 거야.

아기가 차마 들을까 연홍은 속으로 말했다.

―토해내지도 않을 거야.

꿈. 그 꿈이 그렇게 했다. 연홍이 받아들고서야 울음을 멈추었던 아기. 그 아기를 모른 척할 수 없었다.

―하지만 너를…… 내가 너를…… 진심으로 반길 수 있을까?

하나 과연 진심의 순서는 어디일까. 사건의 앞에 놓여야만 하는 필수조건일까, 사건의 뒤에 놓여도 무방한 충분조건일까.

―그래도 태어나줘. 무사히 살아줘.

연홍은 순서 같은 건 아무래도 상관없었다. 어디에건 있기만 하면 되는 것이 진심이었다.

―그래줘…… 아가.

그래서 연홍은 겁나지 않았다. 아무것도, 어떤 것도.

연홍과 와공후는 하나로 보였다. 소리를 짓는 것도 아니면서 연홍은 내내 와공후를 끌어안고 놓지 않았다. 그런 연홍을 검송은 바라보지 않으려고 애썼다.

　―결국 나를 못 들으시는 거지?

　―……

　―그런 거지?

　―듣고 싶다고 하셨어요.

　사실이었다. 검송이 연홍을 전했을 때, 채관은 듣고 싶다고 했다. 얼굴 가득한 주름결을 따라 햇살을 접어넣으며 정말로 듣고 싶다고 했다.

　―정말 그러셨어요.

　연홍이 가만, 했다. 그런 연홍을 눈 밖으로 밀고 검송이 고개를 숙였다. 질 낮은 기름불에선 빛보다 그을음이 더 많이 나오고 있었다. 눈먼 작은 여인의 어두운 외딴 방이 싫어서 챙겨온 불이었다. 하나 검송은 후회스러웠다. 연홍은 방이 어두울 때 더 밝았다. 아니, 아니었다. 검송의 눈에 연홍은 방이 어두울 때 더 잘 보였다.

　―알았어.

　연홍이 와공후를 떼어냈다. 막 젖 떼는 아기처럼 칭얼거리면서 줄악기가 어렵사리 떨어져나갔다.

　―알았어. 그리고……

　연홍이 흑적색 작은 보따리를 검송 쪽으로 밀었다.

　―도로……

도로. 연홍은 멎었다. 그건 멎은 것이었다. 통곡도, 출혈도 언젠가는 멎게 마련이었다. 통증의 기억이 남겠지만 그건 잊으면 그만이었다. 또 기대했던 대로 마음을 잘라낸 자리에 새살이 돋았다. 부드럽고 하얗게. 수강의 진심이 연홍의 새살에 맞지 않았다.

—도로 갖다줘.

검송은 안도했다. 안도. 하지만 정작 검송 본인은 제 맘을 숨아본 적이 없어서 있는 줄 몰랐고, 있는지조차 모르기에 읽을 수 없는 가여운 글자였다.

41

한 사내가 차례를 기다리고 있었다. 기다리기 시작한 지 한참이 지났는데도 차례는 좀처럼 오지 않았다. 목이 매달리는 순간보다 목이 매달릴 차례를 기다리는 그 긴 때가 더 고통스러웠다.

길이었다. 건천동 근처였을 수도 있고 배오개 시장 근방이었을 수도 있었다. 어쨌거나 길이었다. 그 길에서 한 청년이 사내를 지목했다. 그리고 사내는 붙들려왔다. 사내의 집에서 죽은 몸하나가 나왔다고 했다. 사내는 모르는 일이었다. 사내는 갈기갈기 찢긴 죽은 몸도 몰랐고, 두번째 손가락이 뭉툭한 청년도 몰랐다. 사내는 아무런 죄도 짓지 않았다. 하지만 아무도 믿지 않았다.

목이 매달리기를 한참이나 기다리고 있는데도 목이 매달릴 차
례가 좀처럼 오지 않아서 목이 매달려야 할 사내는 너무나도 고
통스러웠다.

악몽이었다. 하나 차사는 잠들 수 없는 존재였기에 그 모든
그림은 환각이었다. 아니, 차사는 미칠 수도 없는 존재였으므로
그 모든 그림은 기억이었다. 그 기억이 실재였는지, 만약에 그렇
다면 그 기억의 위치가 뚜껑별꽃 아씨의 전이었는지 후였는지,
아씨와 징신의 사이였는지 화율은 알고 싶지 않았다.

아씨를 기억하고부터 화율은 스스로에게 화를 내고 있었다.
진심이 둘이었다. 아씨도, 징신도 다 진심이었다. 어떻게 진심이
둘일 수가 있는 걸까.

ㅡ기억하지 못해서? 그 생과 이 생이 때도 자리도 달라서?

물론 그건 그랬다. 이승에는 하나의 때만 존재했다. 하나의 때
가 끝나고 또하나의 때가 시작되는 사이에 저승이 있었으나 저
승은 양때를 연결해주지 않았다. 때와 때는 독립적이었고 개별
적이었다.

ㅡ그래도 이건 아니야. 말도 안 돼.

아무리 타당하고 합당한 이유가 있다고 해도 화율에겐 그냥
변명에 불과할 뿐이었다.

ㅡ다시 이승을 선택한다면 그 선택의 횟수만큼 진심도 늘어

난다는 거잖아. 그럼 난 그 진심들 때문에 살아서는 살지 못하고 죽어서는 죽지 못할 거야.

화율은 알았다.

— 다음에는 징신, 네가 아니란 뜻이야. 이번 생에서 아씨가 아니었듯이 다음 생에선 네가 아니란 뜻이야. 하니……

선택의 때가 왔음을.

— 그럴 수밖에 없어. 하나……

화율이 선택할 대상은 불완전했다. 간청 정도로는 되지 않을 수도 있었다. 구걸, 어쩌면 그걸 해야 하는지도 몰랐다.

— 말이야. 말밖에는 없어.

간청이든 구걸이든 시작은 말이었다. 저승은 먼저 반응하는 법이 없었다. 말해야 했고 또 말해야 했고 계속해서 말해야 했다. 말이 없이 저승과 통할 방법은 없었다. 저승은 마음을 언제나 모른 척했다.

화율은 저승을 움직일 말을 찾았다. 하나 대차사 앞에 섰을 때 화율의 입속은 텅 빈 채로였다. 화율은 떼에 능했던 사공 가시가 부러웠다.

— 가상하나 가엾다. 진정이냐?

— 예.

— 어찌하랴. 너를 어찌하랴.

— 그것 말고는 방법이 없습니다.

— 너를 알고 너의 전후를 알고 너의 처지를 안다.

—마지막 원…… 들어주십니까?

—어찌하랴. 너를 어찌하랴.

—아기를 상관하려 합니다. 다만 아직 태어나지 않았습니다.

—연홍 복중의 아기를 말하는구나.

—그 아기를 상관하게 하여주십시오.

—어찌하랴. 너를 어찌하랴.

—되겠습니까?

—아기에게 때를 주고 너는 어디로 가려느냐?

—죽겠습니다.

—이미 죽은 자가 또 죽고자 하는구나.

—진심을 또 낳고 싶지 않습니다.

—하나 대개의 넋들은 진심을 찾아 다시 이승으로 향한다.

—더이상의 진심은 필요치 않습니다.

—가엾고 가엾구나, 화율.

대차사가 스르르 청띠신선나비로 변하더니 날아올랐다. 날갯짓이 밭았다. 빈사의 흐느낌처럼. 냉정하고 엄격하기만 할 것 같았던 푸른 띠가 연민과 측은의 색이 되어 노을 아래를 돌았다. 화율은 송구스러웠다. 대차사를 괴롭히는 것 같아서, 저승을 수고롭게 하는 것 같아서.

청띠신선나비가 돌아왔다. 스르르, 나비는 다시 대차사였다. 어린 얼굴, 지긋한 표정.

—하나의 죽음이 다른 하나의 삶과 닿는 때가 오는구나.

저승에, 한 넋의 마지막이 한 생명의 처음을 상관하는 때가 가까워오고 있었다.

— 되는 겁니까?

— 하나의 선택이 다른 하나의 때를 만드는구나.

저승에, 한 차사의 죽음이 한 아기의 출생을 북돋는 때가 다가오고 있었다.

— 고맙습니다.

순간, 쇳빛부전나비 한 떼가 소리없이 대차사와 화율을 지났다. 곤주인지 울계인지 혐소인지 알아볼 수 없었지만 화율은 반가웠고 그래서 뭉클, 했다. 나비가 날아간 자리를 노을이 흘러내려 채웠다. 화율은 첫 걸이를 떠올렸다. 그때, 징신…… 섭지 차사에게 단 한마디라도 말을 건넸더라면.

— 전에 여쭙지 못한 것을 지금 여쭈어도 되겠습니까?

— 하라, 화율.

— 지금껏 이승의 수명을 상관한 차사가 없었다고 하셨습니다. 이승의 시간이 이승을 얼토당토않도록 만들었기에 그렇다고 하셨습니다.

— 그러하다.

— 징신…… 섭지 차사도 그냥 갔다는 뜻입니까?

— 섭지 차사는 넋을 두고 왔다. 놓친 것이 아니다. 두고 왔다.

— 하면?

— 그것이 상관이다.

320

—하면?

—그 넋은 이승을 이어가고 있다. 다만 전과는 다른 삶일 것이다. 섭지가 또하나의 예외를 만든 셈이다.

—아.

—그 예외가 또 어떤 예외와 열외를 끌어올지 저승은 걱정한다.

—대차사님께선 왜 단 한 번도 저승 이후를 선택하지 않으셨습니까?

—두려움 때문이다. 죽음에 대한 두려움.

—아.

—나는 다시는 죽기 싫다. 네가 더이상의 진심을 필요로 하지 않듯이 나는 더이상의 죽음을 원하지 않는다. 어쩌면 저승에서 제일의 겁쟁이가 나일 것이다. 해서 나는 너, 화율이 부럽고 가상하다. 죽음보다 진심을 염려하고, 결국엔 그 진심을 쫓아가는구나.

—저도 두렵습니다.

—하나 너는 선택했다.

—방법이 없었습니다.

—아니, 방법은 수도 없이 많았다. 하나 너는 진심을 선택했다. 너의 선택이 곧 너다.

—아, 대차사님.

—이제 되었다. 화율.

―영면의 땅에서 징신…… 섭지 차사를 만날 수 있겠습니까?

―알 수 없다. 영면에서 돌아온 자는 없다. 돌아올 수 있는 자도 없다. 영면은 모든 것의 밖이고 모든 것의 끝이다.

―알겠습니다.

―가라, 화율. 길은 저절로 열릴 것이고 가는 내내 편안할 것이다.

42

맷베 스물한 매끼. 삼베 스무 자 한 필을 일곱 쪽으로 자르고, 그 각 한쪽의 반 정도를 다시 셋으로 갈라 만든 베끈 스물한 줄.

―왜 매지?

죽은 자에게 쓰는 베가 '매'였다. 해서 관 없이 땅속에 누워야 하는 시신을 베로 단단히 여미는 일은 매질이었다.

―매질, 매, 매질……

검송이 그 사내를 찾아 가했다는 처벌도 매질이었다.

―찾았어요. 정해진 거처도 없고, 한군데 붙어 있는 성정도 아니라서 찾기까지 꽤 걸렸어요. 그래도 찾았어요. 작신, 흠씬, 패줬어요. 저한테 지던걸요. 제가 크긴 컸나봐요.

담담한 토설이었지만, 연홍은 울부짖는 검송의 마음을 들었다. 연홍은 검송에게서 단 한 번도 찾으려 하지 않았던 사내였는데, 검송은 저도 가지고 있을 수밖에 없는 제 안의 사내를 찾아내 제 사내로 하여금 그 사내를 응징하게 했던 것이다. 연홍을 위해서였든 저 스스로를 위해서였든, 어쨌거나 연홍 때문에.

　―해서…… 죽는대?

　그렇게까지 하지는 못했을 거라는 걸 알면서도 연홍은 그예 물었다. 놔뒀다면 그냥 놔둔 채로 갈 작정이었는데, 죽인 것도 아니고 죽게까지 패준 게 뭐라고.

　―그 생각도 했어요. 정말 그럴까, 그래버릴까, 했어요. 근데…… 제가 그러면 스승님이 편하지 못하실 거 같았어요.

　옳았다. 그랬을 것이었다. 염색장 채관, 그가 검송을 키우지 않았는가.

　―매질, 매, 매질, 매, 매……

　연홍은 계속해서 되돌렸다. 되돌리고 되돌릴수록, 그래서 닳고닳을수록 그 매움이 옅어질까 하는 마음에서였다.

　―왜 하필 매라서, 그 많은 글자 중에서 왜 매가 되어서 결국 매질인 거지?

　매질. 그 매질.

　매질은 아주 신중했다. 염색공장에서 가장 나이가 많은 일꾼이 마치 연애하는 여인을 보듬듯, 갓 태어난 제 새끼를 쓰다듬

듯, 손을 움직였다. 스물 한 매끼 끈들이 염색장을 죽음에 가두고 있었다. 자상하게, 완전히.

연홍의 눈이 늙은 일꾼의 손을 떠나지 못했다.

—아!

—아, 그랬구나.

—네, 괜히 먼 물로 모셔서는……

검송은 자책했다.

아픈 선잠에서 막 깨어난 염색장이 퀭, 했다.

—살내를 좀 맡아야겠어. 날물의 살내 말이다.

날물. 하면 익은 물도 있다는 뜻일까. 검송은 묻지 못했다.

—내 뒤를 좀 봐주련?

염색장은 조금 느렸지만 한 치의 흔들림도 없이 혼자, 물까지 걸었다.

채관이 닿은 곳은 동지 한참 지나 오간수문 근처 외진 물가였다. 갈대 휘어진 물에 반쪼가리 낮달이 하얗게 출렁이고 있었다. 뜻밖에, 그 좁은 물에 배 한 척이 매어져 있었다. 거의 부서졌고 변변한 삿대도 없는 버려진 배였다. 뻣뻣한 물결에 앙상한 배 밑창이 앞뒤로 긁히고 있었다.

—내 끝이 이 물이라면 좋겠지마는……

왜. 검송은 역시 묻지 않았다.

—내가 이 물에서 죽으면 공장 식구들이 애를 먹겠지.

그럴 것이었다. 물은 공장에서 멀었고, 공장과 설었다.

어디선가 까만 바람이 날아와 품고 있던 재를 염색장에게 털었다.

—누가 뭘 살랐나 보느니. 사를 건 많으니까. 그렇게 사라지는 것도 많고.

채관이 부서진 배 앞에 쪼그려앉았다. 꼭 가을밤 식구들 몰래 산보 나온 처녀 같다고 검송은 생각했다.

—사람이 죽으면 말이다. 흙에 묻지. 하면 흙은 그 사람을 다시 키워올리느니. 하나 물은 아니다. 물은 절대로 돌려주지 않아. 저희들끼리 나누고는 끝이지. 물한테서 뭔가를 받으려면 물속에 바람이 불기를 기다려야 하지.

하얀 낮달이 노랗게 익어갔다. 올빼미인지 쪽독새인지 도대체 알아들을 수 없는 울음소리가 이슥한 마음을 할퀴었다.

—하니 이젠 그만두었으면 좋겠구나. 그 사람이 이젠 물가를 떠났으면 좋겠어.

문득 채관이 일어서더니 줄을 풀어 배를 밀었다. 끼익 끼익 끽 끽…… 배의 굳은 근육이 풀어지는 소리가 요란했다. 한참을 그러더니 배가 천천히 흘러갔다. 용케 가라앉지도 않고 비틀거리지도 않고 그렇게 흘러 사라져갔다. 끼걱 끼거덕 끼덕 끼거덕 끼기덕 끼디덕……

—가자. 되었어. 다 되었느니.

—그리고 돌아오셔서는 바로 가셨어요. 첫닭이 울기 직전에.

—아, 그랬구나.

어두워지는 색방 뒤뜰이었다. 맷베 스물 한 매끼를 칭칭 두른
염색장이 구덩이 속에 가라앉았다. 일꾼들이 차례로 돌아가며
각자 메고 져온 보따리를 풀어 말린 꽃잎들을 염색장 위에 쌓았
다. 공장의 염료는 그로써 반이나 없어진 셈이었지만 일꾼들은
개의치 않았다. 꽃은 또 필 것이었다.

어두워진 작은 구덩이 앞이었다. 정성껏 말려두었던 갖은 꽃
잎들이 염색장을 고이고이 숨겼다. 일꾼들이 차례로 돌아가며
흙을 떠넣었다. 흙은 곱게 부서졌고 부드럽게 흘러내려가 꽃잎
들을 덮었다. 훌쩍이는 소리가 번갈아 들렸다. 야박한 장례였다.
해 떨어진 후, 공장 식구들끼리만 조용히, 색방 뒤뜰 모퉁이에,
그것이 채관의 마지막 명이었다. 받들어 지킬 수밖에 없는 그
명이 서러워서 산만한 사내들이 숨죽여 울었다.

어두운 색방 뒤뜰 작은 무덤 앞이었다. 일꾼들이 돌아갔다. 그
들은 두려웠다. 지금껏 몸담아온 공장과 지금껏 지켜온 색이, 그
들이 앞으로 몸담을 공장과 앞으로 지켜갈 색과 어떻게 다를지
염려되었다. 하나 그것은 내일의 일이었다. 지금은 오로지 슬퍼
하고 오로지 그리워할 시간이었다. 일꾼들은 다시는 보지 못할
스승의 기억을 나누기 위해 둘 혹은 셋이 되어 방으로 돌아갔다.

마지막으로 세 사람이 남았다. 달 없는 밤의 어둠이 너무나도 적나라해서 그림자들은 진즉부터 피해 있었다. 세 사람도 그림자가 없었다.

먼저 움직인 건 연홍이었다. 그냥 돌아섰고 그대로 걸었다. 흙 몇 알갱이가 지팡이 끝에 튀었다. 네 발짝쯤 떼었을까. 연홍이 문득 멈춰서더니 몸을 다시 돌렸다.

—어르신은 내 땅이 차가울까봐 걱정했는데……

우선은 길이 멀다. 하고, 가는 길에 계절이 바뀔 터이니 땅도 찰 게야. 발이 편안하고 따뜻하고, 그랬으면 하느니.

연홍은 제 배처럼 봉긋한 새 무덤이 슬펐다. 눈이 열리자마자 바로 보아야 한 것이 염색장이 묻힌 흙이어서 연홍은 슬펐다.

—어르신을 본 적도 없는데……

연홍의 눈은 아직 비밀이었다. 보이기 시작했지만, 아무 데도 말하지 않은 터였다. 흰빛이 돌아온 이후 색이 많아지고 있었고, 선과 원이 드러나고 있었지만 연홍은 확신하지 못했다. 하얀 어둠이든 검은 어둠이든, 어둠이 언제 또 들이닥칠지 몰랐다.

—아!

그 비밀의 눈이 흙을 보고 있었다. 속속들이 알지 못했고 알 수도 없었지만, 왠지 앞으로 세상이 끝날 때까지 언제나 잊지 못할 것 같은 염색장의 마지막이었다.

그런 연홍을 수강은 열심히 담았다. 전에 그랬던 것처럼 눈에, 마음에 가득히. 물론 비 아래 버선발로 달달 떨고 섰던 다홍치마 소녀 연홍은 이제 없었다. 구름 아래 처연히 버티고 섰던 노란 신의 작은 여인 연홍도 이제 없었다. 그래도 연홍은 연홍이었다.

고개를 들던 연홍의 눈과 연홍만 따라가던 수강의 눈이 마주쳤다. 하나 그랬나 싶은 순간 연홍은 벌써 몸을 돌리고 있었다. 수강은 연홍이 자신을 알아본 것 같다고 생각했다. 하나 어찌. 지팡이가 다시 찬찬히 움직였다. 검송이 연홍을 부축했다. 한 발짝 뒤에서, 손도 대지 않고 오로지 제 가진 진정만으로 부축이 가능하다는 듯이.

수강은 채관이 제게 주었던 말들 중에 하나를 꺼내들었다.

그럴 수밖에 없고, 그럴 수밖에 없고, 그럴 수밖에 없지.

43

—봐라. 별 떨어졌다.

소녀의 흐릿한 목소리가 가다 말고 넘어졌다. 목소리는 좀처럼 일어설 줄을 몰랐다. 소녀는 목소리를 다시 보내기 위해 안간힘을 냈다.

─봐라. 별 떨어졌다고.

하나 조용했다. 쓸데없이 농친다고 타박하는 소리도, 그게 정말이냐고 놀라는 소리도, 기어이 미쳤나보다며 달려오는 소리도 없었다.

─아, 맞다. 다 죽었다.

그랬다. 호역의 한가운데, 식구들이 하나하나 차례대로 죽었다. 대강 짜맞춘 널도 없이 들것에 실려나가 구덩이에 버려졌다. 지짐 몇 장 부쳐와 퍼져앉아 함께 울어주는 늙은 아낙도 없었고, 첫술에 까박까박 졸다가 그대로 뒤집어지는 어린 사내도 없었다. 참으로 조촐하기 그지없는 죽음들이었다.

─이젠 내 차례인 거다.

소녀는 기다리는 중이었다. 아파서, 살이 잘리고 뼈가 부서지고 힘줄이 뜯기고 오장육부가 꺼내져 짓이겨지는 것처럼 아파서, 게다가 무서워서, 갖가지 꼭두만 남은 방에 혼자인 것이 무서워서, 죽기를 기다리는 중이었다. 어서, 빨리. 한데 저승차사가 늦어지고 있었다.

─별 떨어졌는데……

반짝거리는 푸른빛 하나가 소녀의 눈 바로 앞에 떠 있었다. 소녀는 별일 거라고, 별일 수밖에 없다고 생각했다. 움직이지 않는 푸른빛이 별이 아니면 대체 무어겠는가.

─떨어졌다니까. 별, 별이……

순간, 별이 움직였다. 아주 어려서 딱 한 번 보았던 길쓸별처럼 빛찌꺼기가 그을음처럼 따라붙었다.

—별 가나보다.

떨면서, 흔들리면서 별이 소녀의 눈에서 위로 한 뼘 정도 멀어졌다.

—하…… 아이고!

소녀는 입을 다물지 못했다. 별이 아니었다. 그건 나비였다. 파란 날개를 가진 아주 작은 나비.

—봐라, 봐라. 나비 좀 봐라.

봐라. 봐라. 소녀는 계속 불렀다. 식구들이 없다는 걸 그새 또 잊어서, 식구들이 죽었다는 걸 인정하기 싫어서, 그래서가 아니었다. 그 말은 소녀의 오랜 습관이었고, 습관이어서 저절로 그래졌다.

—봐라. 봐라.

소녀가 나비를 향해 팔을 뻗었다. 쭈뼛쭈뼛 옴짝꼼짝 어렵게 다가가던 손가락 끝이 나비에게 닿으려던 그때였다. 나비의 가슴께가 예리한 칼로 그은 것처럼 벌어졌다.

—나비 죽나보다.

소녀는 울음을 터뜨리기 직전이었다. 나비가 죽을 것 같아서, 나비가 죽는 것마저 봐야 하는 것 같아서 무서웠다. 하나 그 틈에서 흘러나온 건 나비의 숨이 아니었다. 실이었다. 가늘지만 바람의 뼈처럼 단단해 보이는 실. 그 실이 단호하게, 마치 목적지를 아는 철새처럼 한 치의 머뭇거림도 없이 소녀를 향해 곧장

내려왔다.

—아이고, 나비야.

소녀가 있는 힘을 다해 실을 움켜잡았다. 순간 뚝. 실이 끊어졌다. 나비가 가슴을 닫으며 실을 끊어낸 것이다.

—나 놓지 마라, 나비야. 나 데려가라, 나비야.

소녀가 불렀지만 나비는 그대로 사라졌다. 남은 실가닥이 소녀의 손바닥 안에서 녹아 스며들었다.

땀 찬 손바닥을 치맛자락에 문지르며 아낙이 입을 비쭉였다. 얼추 잡아 마흔 앞뒤인 듯싶은 얼굴에 잔털이 듬성듬성했다. 또래로 보이는 옆의 아낙은 콧등이 벌집이었다.

—그러니까 그 나비가 저승이라는 소리지?

—그렇지, 그렇지. 구체적으루다가 저승차사님.

—에이, 다 헛꿈이지. 그런 게 어딨다고.

—아니지, 아니지. 뭐든 가능한 거니까.

—하면 왜 놓아준 건데?

—차사님 보시기에 어여뻤는가.

—어여쁘면 끼고 데려가야지 두고 가나? 그나저나 새삼 그 얘기가 왜 나오지. 꼭두쟁이 큰딸 살아난 게 언제 적 일이라고.

—해원굿을 코앞에 두고 나니 별별 걱정들이 밀려와서는. 만신이 너무 어리다고 구설이 돈 모양이라.

—아하. 하늘이 내린 만신이니 입 다물라, 그거구마는.

―그렇지, 그렇지.

―에이, 꾸며낸 이야기 같은데. 혹 신도 안 받은 것이 헛꿈에지 무덤 판 거 아닌가 몰라.

―아니지, 아니지. 신 없는 만신이 어디 가당키나 하다구? 감히 신을 사칭했다가 무슨 벌을 받으려구.

웅얼웅얼, 중얼중얼. 새 만신의 전설이 마을 속에서 분분했다. 그래도 결론은 대강 하나로 모였다. 저승이 풀어준 운때 밝은 넋. 꼭두쟁이가 늘 깎아 내놓던 나무인형을 대신할 살아 있는 꼭두.

―아, 나비.

연홍도 나비를 알았다. 무지개가 터진 것처럼 떼로 날아내려오던 나비들. 그리고 그중 하나. 그 나비 때문에 한동안 이승을 잃었었다. 하얀 어둠이 앞을 막아 세상을 볼 수 없었으므로.

연홍은 불을 들고 선 소녀를 바라보았다. 열셋, 깨꽃 같은 나이에 벌써 전설을 품은 새 만신을.

―저 아이한테도 나비가 간 걸까.

어쩌면 그랬을 수도 있겠다고 연홍은 생각했다. 다만 다른 점은 소녀는 나비 때문에 이승을 찾았다는 사실이었다.

―나한테 온 나비는 뭐였고, 저 아이한테 간 나비는 뭐였을까?

소녀가 장승에 불을 놓았다. 장승은 마른번개에 목이 부러졌다. 신이 사람의 고난에 동참한 거라는 의견이 있었는가 하면, 신은 사람에게 한 번도 자비로운 적이 없었다는 의견도 있었다. 어쨌거나 장승은 금세 불꽃을 올렸다. 뿌리 잃은 나무라서 장승은 진즉부터 말라 있었다. 탁 톡 토닥 탁 탁 타다닥. 하얀 별들이 하늘로 튀어올랐다가 다시 떨어졌다. 새 가을 들어 가장 낮게 내려온 감푸른 하늘로.

소녀가 남은 불을 그 앞에 단단히 꽂고 나서 몸을 돌렸다. 천천히, 아주 천천히. 연홍의 눈이 소녀의 눈을 뒤따라갔다.

당집을 빙 둘러 사람들이 빼곡했다. 울긋불긋, 알록달록, 제가진 가장 좋은 옷으로 단장한 사람들이 각양의 자세로 서 있었다. 마을이 다 몰려나온 것 같았다. 없는 사람들, 잃은 사람들, 남은 사람들로 이루어진 마을이었다.

—나는 어떤 사람일까. 없는 사람? 잃은 사람? 남은 사람?

연홍이 배를 쓰다듬었다.

—아니면 얻은 사람?

소녀가 두 팔을 앞으로 단정히 모아내리더니 마을을 향해 허리를 숙였다. 깊숙이, 아주 깊숙이.

—꼭두 인사 받으시오.

소녀의 목소리엔 높낮이가 분명하지 않았다. 줄 하나를 붙들고 올라가지도 내려가지도 않으려 하는 단조로운 음에 마을이 긴장했다.

아낙이 또하나 끼어들었다. 키가 컸다.

—비 퍼부은 자리에 햇살, 그러고 나서야 꽃 한 송이.

—그렇지, 그렇지. 덩치랑 다르게 자네는 말이 참 곱네.

—이젠 다 잘될 거여. 저승은 저승대로, 이승은 이승대로.

—안 그래도 눈 떴다고 난리 난 관비까지, 상서로운 일 천지라.

—원래도 배냇봉사는 아니었다더마는.

—생각에, 놀라서 그랬던 거라. 집안 결딴나는 꼴 보고는 눈이 딱 굳어서. 왜 전에 새끼 셋 연달아 먼저 보내고 나서 입이 얼어붙어서는 반년 남짓 말 못 한, 거 누구도 있잖았는가.

—하면 그건 상서로운 거하고는 상관이 없는 게 되지. 제풀에 어두워졌다 밝아졌다 한 거를.

—아니지, 아니지. 저번 호역 때 구덩이가 밀어올린 미나리아재비 못 봤는가? 그게 다 죽은 사람 하나하나가 끼친 힘 아닌가? 산 사람도 마찬가지라. 하나하나 풀리고 녹으면 그게 다 마을을 살리는 거라.

—그 관비 말이지. 혹 나라에서 노비 되기 전으로 돌려놓아 줄라나?

—돌아가도 꼭 좋을 것만은 아니라. 기다리는 식구도 없고, 남은 재산도 없고, 고작 애비 없이 키워야 하는 새끼 하나가 단데 차라리 지금이 나은 거라.

—하기사 노비 신세라지만 지금은 옆에 사람이라도 있으니까.

속닥속닥, 속살속살. 연홍의 내력도 마을 속에서 어지러웠다.

—신에게 기도하지만 결국 기대하는 건 사람인 거야.

연홍은 소녀가 종종거리고 선 당집을 한 점 한 점 찍어갔다.

—당집에 있는 건 신이 아니라 마을의 마음인 거고.

소녀가 손에 쥔 하얀 천을 살그미 하늘로 띄웠다. 천은 하늘을 잠시 안아주고 다시 내려왔다. 내려오는 천을 소녀가 붙잡았다.

—비나이다 비나이다 어루어루 당산님하.

반 바퀴 돌고 으쓱, 다시 제자리로 돌아 까딱. 발을 디뎌 만든 춤사위들이 붐볐다. 치맛자락에선 아무 소리도 나지 않았다. 목 따로 몸 따로 불길에 사로잡힌 장승 주위를 나는 듯이 돌고 나서, 소녀가 하늘을 우러렀다.

—비나이다 비나이다 어이어루 당산님하.

소녀는 발등에 달린 방울을 땅에 대고 잔잔히 털었다. 땅이 몸을 비틀었다. 바람이 낭창낭창해졌다. 낭창낭창해진 바람이 깨금발로 뛰어와 소녀의 발목을 붙잡았다. 바람을 칭칭 동여맨 소녀는 서낭당 신목에 밤새 매달아둔 비단 천조각 같았다.

—당산 주신 바람으로 이내 몸이 피었으니 이내 몸이 드릴 말씀 부디부디 들으소사. 당산 주신 꽃열쇠로 이내 맘이 열렸으니 이내 맘이 전할 말씀 모쪼록이 들으소사.

마을의 모든 눈이 새 만신의 입술을 주목했다. 연홍은 눈을 감았다.

—간밤 내내 짚어보니 이내 몸이 각시옵고 오는 내내 따져보니 당산님이 신랑이라. 섞은 살이 없었다고 신랑각시 아니런가 나눈 말이 없었다고 부부 인연 아니런가. 천지신명 노여움에 내 형제들 데려가고 산천신명 노여움에 내 새끼들 잡아가니 발기발기 찢겨버린 이내 마음 누이 마음 철렁철렁 뒤틀리는 이내 마음

어미 마음. 잡귀잡신 분탕질에 이내 몸이 주저앉고 잡귀잡신 비역질에 이내 마음 무르는데, 신랑 되신 당산님이 모른 척이 어인일고 낭군 되신 당산님이 모른 척이 어쩐 일고. 이내 작은 몸뚱이가 당산님을 바라옵고 이내 여린 마음씨가 당산님만 원하오니, 무심하신 당산님하 무정하신 당산님하 이제 그만 돌아앉아 각시 원을 들으소사.

신의 언어가 만신의 입에서 마을에게로 줄줄 흘러내렸다. 만신이지만 소녀였다. 만신으로선 당연했지만 소녀로선 어울리지 않는 단어들이 마을은 버거웠다.

─물난리에 가신 넋들 오한 들어 떨우오니 한품 가득 얼싸안아 따뜻하게 쬐오시고, 돌림병에 가신 넋들 흑빛 들어 썩으오니 두 품 가득 끌어안아 자상하게 만지소사. 상하귀천 이승이나 넋 값 같은 저승이고 약육강식 이승이나 넋 길 같은 저승이니, 부디 가신 그곳에서 이승일랑 상관 말고 부디 계신 그곳에서 여한일랑 잊어가서. 저승 지나 가실 적에 윤회 환생 무얼 하든 두고 가는 것들에게 미련일랑 주지 말고, 저승 넘어 머물 적에 영면 반복 어딜 가든 두고 가는 것들에게 회한일랑 주지 마소. 혹여라도 잡귀잡신 이 자리를 넘보거든 이내 신랑 당산님이 멀리멀리 쫓으시고, 이내 몸이 드린 정성 부족하다 하오시면 이내 몸을 데려가도 나는 나는 괜찮소사.

─아니, 아니야. 괜찮지 않아.

마을의 정성은 한 번도 부족했던 적이 없었다.

—마음이 들리지 않아. 저 아이의 속을 듣고 싶은데.

연홍이 눈을 떴다.

—아!

사그라지는 불앞에 소녀가 온몸을 던졌다. 소녀의 마른 등이 잠시 꺽꺽, 거리다 가라앉았다. 연홍은 소녀가, 소녀의 몸부림이 가여웠다.

—비나이다 비나이다 어루어루 당산님하. 비나이다 비나이다 어이어루 당산님하. 부디 저를 봐서라도 해원하게 하옵시고 부디 저를 봐서라도 만복하게 하시소사.

—저 아이도 결국은 사람을 기대하는 거겠지. 사람한텐 사람밖에 없으니까. 여기 있는 사람들. 이 마을 말이야.

신은 멀었다. 사람을 위로하는 건, 사람을 돕는 건, 결국 사람이었다. 살아 있는 사람. 멀리 있는 신도 아니고 죽어 가버린 사람도 아닌, 살아남아 곁에 있는 사람.

—그래, 수강도 살아남은 사람이지.

뱃속이 울렸다. 콩, 콩, 콩…… 굿판이 더 요란해지기 전에 연홍은 몸을 빼냈다. 길이 한가했다. 햇살 탓일까, 짤막하니 무지개 번진 아지랑이만 철도 잊고 몽글몽글했다. 한껏 끌어내린 팔로 배를 껴안은 연홍이 그 길을 걸어갔다. 이제는 집이 된 장악원을 향해서, 그 장악원의 외딴 방을 향해서, 그 방에서 기다리고 있을 소리를 향해서. 사뿐사뿐, 자박자박, 사붓사붓. ■

작가의 말

+

내 이야기의 팔 할은 공부에 의지한다.
공부가 지겨워지는 순간 이야기는 없다.
재능 없는 자의 비극이다.

+

죽음이 너무 가까웠다.
나쁘지 않았다.
이야기는 끝이 났고, 어쨌거나 나는 살아 있다.

2010년 여름
김진규

문학동네 장편소설
저승차사 화율의 마지막 선택
ⓒ 김진규 2010

초판 인쇄 │ 2010년 6월 23일
초판 발행 │ 2010년 6월 29일

지은이 김진규
펴낸이 강병선
책임편집 최유미 │ 편집 이경록 염현숙 조연주 │ 디자인 엄혜리 유현아
마케팅 장으뜸 서유경 정소영 │ 온라인 마케팅 이상혁 한민아
제작 안정숙 서동관 김애진 │ 제작처 한일프린테크(인쇄) 시아북바인딩(제본)

펴낸곳 (주)문학동네
출판등록 1993년 10월 22일 제406-2003-000045호
주소 413-756 경기도 파주시 교하읍 문발리 파주출판도시 513-8
전자우편 editor@munhak.com │ 대표전화 031)955-8888 │ 팩스 031)955-8855
문의전화 031) 955-8890(마케팅) 031) 955-8864(편집)
문학동네카페 http://cafe.naver.com/mhdn

ISBN 978-89-546-1156-5 03810
www.munhak.com

문학동네 장편소설
저승차사 화율의 마지막 선택
ⓒ 김진규 2010

초판 인쇄 │ 2010년 6월 23일
초판 발행 │ 2010년 6월 29일

지은이 김진규
펴낸이 강병선
책임편집 최유미 │ 편집 이경록 염현숙 조연주 │ 디자인 엄혜리 유현아
마케팅 장으뜸 서유경 정소영 │ 온라인 마케팅 이상혁 한민아
제작 안정숙 서동관 김애진 │ 제작처 한일프린테크(인쇄) 시아북바인딩(제본)

펴낸곳 (주)문학동네
출판등록 1993년 10월 22일 제406-2003-000045호
주소 413-756 경기도 파주시 교하읍 문발리 파주출판도시 513-8
전자우편 editor@munhak.com │ 대표전화 031)955-8888 │ 팩스 031)955-8855
문의전화 031) 955-8890(마케팅) 031) 955-8864(편집)
문학동네카페 http://cafe.naver.com/mhdn

ISBN 978-89-546-1156-5 03810

www.munhak.com

문학동네 장편소설